KB117848

아이언 위도우

죽음을 삼킨 여자 1

쟈오 재이 시란 지음 | 심연희 옮김

arte

"내가 이름도 없는 한낱 숫자로 지워지지 않고
살아남아 이 이야기를 쓸 만큼 강하게 크기까지
옆에 있어 주었던 레베카 쉐퍼에게 바칩니다."

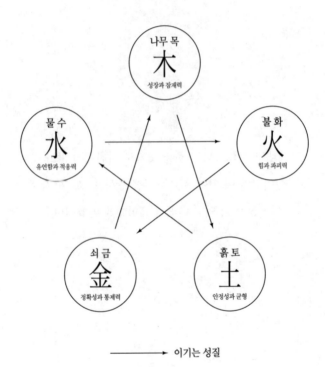

나무 목
木
성장과 잠재력

물 수
水
유연함과 적응력

불 화
火
힘과 파괴력

쇠 금
金
정확성과 통제력

흙 토
土
안정성과 균형

──────▶ 이기는 성질

이 책에는 폭력과 학대, 자살 충동, 성폭력에 대한 언급(실제 상황에 대한 묘사는 없습니다), 알코올 중독, 고문 등의 장면이 포함되어 있음을 알려드립니다.

본 소설은 역사 판타지나 대체 역사물이 아닙니다. 중국 역사의 문화적 요소에서 영감을 받아 창조한 이야기로, 완전히 다른 세계를 배경으로 한 미래의 시점을 그려냅니다. 또한 이 책에 등장하는 역사적 인물은 전적으로 다른 환경에서 다시 상상하여 창조된 캐릭터입니다. 특정 시대를 정확하게 서술하는 것은 이 책의 목적이 아닙니다. 따라서 역사적 인물을 다시 상상하는 과정에서 가족 관계나 작중 인물 간의 나이가 바뀌는 등, 창작의 자유에 기반해 수많은 변형이 이루어졌습니다. 실제 역사에 대해 알고 싶다면 역사책을 참고해주시기 바랍니다.

프롤로그

　'혼돈'이 다가온다. 짙은 먼지 폭풍을 밤새도록 일으키면서, 거대한 혼돈 떼가 울부짖으며 황야를 달려오고 있다. 반달이 쏟아내는 은빛과 찬란한 별빛이 가득한 하늘 아래, 기(氣) 금속으로 이루어진 얼굴 없는 투실투실한 몸체가 반짝였다.

　오늘 놈들과 맞서 싸우기 위해 전장으로 나가는 조종사는 평소보다 적었다. 하지만 양광은 당황하지 않고 만리장성 바로 바깥에 있는 자신의 망루에서 행동 개시 명령을 내렸다. 바로 자신의 '크리살리스' 구미호에게. 새파랗고 진한 초록빛을 띤 구미호는 7, 8층 건물만큼이나 몸집이 커서, 금속 발톱이 바닥을 쿵 밟을 때마다 땅이 흔들렸다.

　크리살리스는 평범한 전투 병기가 아니다. 전기차나 호버크래프트처럼 핸들이나 손잡이로는 크리살리스를 조종할 수 없다. 조종사 자신이 크리살리스의 정신이 되는 것, 그것만이 이 병기를 움직이게 하는 방법이다.

양광의 육체는 오늘 밤 전장에 데려온 '첩' 조종사를 두 팔로 껴안고 조종석에서 잠들어 있다. 하지만 그의 정신은 생생히 깨어 자신의 크리살리스 각 부분에 머릿속으로 명령을 내리고 있었다. 지평선을 등진 채 이쪽으로 다가오는 혼돈 떼를 향해 돌진하라고.

그의 양편으로 전투에 투입된 다른 크리살리스들이 흐릿하게 보였다. 그들도 혼돈에게 빠르게 달려들었다.

지금 양광의 등에는 척추를 따라 가느다란 침이 촘촘하게 박혀 있다. 그 침을 통해 생명력인 기를 내보내어, 양광은 구미호에게 힘을 불어넣었다.

기(氣)는 이 세상 만물을 유지하기 위해 반드시 필요한 본질이다. 나무가 싹을 틔우는 것부터 불꽃이 활활 타오르고 행성이 회전하는 것까지, 모든 세상 만물은 기를 통해 움직인다. 양광은 자신의 기를 끌어내는 동시에 크리살리스의 정신 연결 장치를 통해 첩 조종사의 기를 빨아냈다. 첩의 연약한 정신은 양광에게 저항하지 못했다.

이윽고 그녀의 기는 양광의 정신 속에 깊이 파묻혔다. 첩이 지닌 기억의 파편이 정신을 뒤흔들었지만 양광은 애써 무시했다. 첩에 대해서는 가능하면 모르는 게 낫다. 지금은 자신의 기와 첩의 기가 상호작용하는 데 오롯이 집중할 때였다. 그래야 기력을 몇 배로 증폭시켜 커다란 크리살리스를 지휘할 수 있다.

양광에게 먼저 다가온 혼돈 몇 마리는 모두 평민급이었다. 놈들은 거대한 금속 벌레처럼 구미호를 파고들어 죽이려 했다. 혼돈의 몸이 어슴푸레한 별빛을 받아 온갖 색깔로 빛났다. 그중에는 몸에서 빛을 뿜어내는 놈도 있었다. 기를 무기로 바꾸어 발광하는 광선포나 번뜩이는 번개의 형태로 발사하는 혼돈이었다. 양광이 인간의 몸으로 이런 혼돈과 마주쳤다면, 집채만 한 놈들의 몸체에서 나오는 광선포를 맞고서 순식간에 타버렸을 것이다.

하지만 지금 양광은 구미호의 조종석에 앉아 있다. 건물만 한 크기의 구미호에 비하면 혼돈은 너무 작아서 양광을 해칠 수 없다. 구미호의 발톱으로 놈들을 파괴하자, 낯선 감정이 폭발하듯 그에게 밀려들었다. 슬픔과 공포, 분노는 정적이면서도 사나웠다.

사실 크리살리스는 혼돈의 겉껍질로 만든 병기다. 이토록 놀라운 위력의 병기를 어떻게 만드는지는 양광도 정확히 알지 못한다. 크리살리스 제작법은 최고위급 기술자들만 공유하기 때문이다. 다만, 혼돈의 몸체를 부술 때마다 놈들의 감정이 전해진다는 것만은 확실히 안다. 수백 년 동안 크리살리스 제작 기술을 발전시켜 왔지만 혼돈의 감정을 차단할 방법은 아직 개발하지 못했다.

조종사들은 공적인 자리에서 이에 대해 잘 이야기하지 않았다. 하지만 전투 중에 느껴야 하는 혼돈의 혼란스러운 감정은 몹시도 저항하기 힘든 것이었다.

양광이 현존하는 조종사 중 가장 강한 이유는 바로 이런 감정을 누구보다 잘 떨쳐낼 수 있어서였다. 그는 강도 높은 정신 공격을 뿌리친 후, 계속해서 혼돈을 격파해 나갔다. 구미호의 아홉 꼬리는 마치 아홉 개의 팔다리처럼 뒤편에서 사방으로 흔들리고 끼익 소리를 냈다. 병기의 꼬리가 혼돈을 내리칠 때마다 금속성을 띤 소리가 울려 퍼졌다.

양광은 혼돈에게 일말의 동정심도 느끼지 않았다. 놈들은 우주에서 온 침략자다. 인류가 2천여 년 전부터 부단히 발전시켜 이룩해 낸 빛나는 문명을 삽시간에 잿더미로 만든 게 바로 혼돈이었다. 혼돈의 침략 이후, 인류는 다시 부족사회 수준으로 전락해 흩어지고 말았다. 만약 전설의 족장이었던 황제(黃帝)가 신들의 도움을 받아 전투 병기 크리살리스를 개발하지 않았더라면 인류는 문명을 되찾지 못했을 테고, 지구는 지금쯤 혼돈의 차지가 되었을 것이다.

파리 같은 빨간 눈의 카메라 드론이 구미호 주위를 윙윙 날았다. 인간해방군 소속의 드론도 있었지만, 온 화하(華夏)에 전투를 중계하려고 민간 언론사에서 띄운 것도 있었다. 조금의 실수도 있어선 안 된다. 양광은 최대한 집중하며 긴장 상태를 유지했다. 지켜보는 팬들을 실망시킬 순 없으니.

"구미호! 놈들 중에 대공(大公, prince)급 혼돈이 있다!"

전략가 하나가 구미호 조종석에 달린 스피커를 통해 소리쳤다.

양광은 곧바로 경계 태세에 들어갔다. 구미호와 같은 체급의 대공급 혼돈이 나타나는 건 드문 일이었다. 최대한 부서트리지 않고 잡을 수 있다면 좋을 텐데. 그러면 놈의 겉껍질로 만든 새로운 대공급 크리살리스를 신들에게 바쳐 괜찮은 하사품을 받을 수도 있을 텐데. 알려지지 않은 신기술이 담긴 비밀 문서나 의약품 같은 선물 말이다. 이 전투에서 승리하면 전투 순위 또한 엄청나게 올라가겠지. 어쩌면 화하 최고의 조종사인 이세민을 제칠 수도 있지 않을까? 살인자가 되어 최고 조종사 자격을 박탈당한 놈 대신, 내가 최고가 되는 것이다.

양광은 정확하게 혼돈을 겨냥해 쏘기 위해 구미호를 더 복잡한 형태로 변신시켜야 했다.

"형천, 엄호해 줘! 나는 변신할게!"

양광은 구미호의 입을 통해 가까이 있던 동료를 불렀다. 그의 기를 타고 목소리가 전장에 울려 퍼졌다.

"알겠습니다, 대령님!"

형천이 '무두전사(無頭戰士)'에서 소리쳤다. 형천이 조종하는 크리살리스인 무두전사는 이름대로 머리가 없는 대신 가슴팍에는 노랗게 빛나는 눈이, 배에는 이글거리는 입이 달려 있었다. 구미호 앞으로 다가온 형천의 크리살리스가 기로 만들어진 거대한 금속 도끼를 혼돈 떼에게 휘둘렀다. 놈들은 빛을 내뿜으며 죽어갔다.

안심한 양광은 기력을 최대한 발휘해 구미호에게 기를 보냈다. 구미호의 진녹색 표면이 쩍 갈라지며 틈새로 환한 빛이 새어 나왔다.

크리살리스는 혼돈의 겉껍질로 만들어졌지만, 여러 면에서 혼돈보다 우월하다. 혼돈의 기력은 너무 약해서 자신의 몸체를 이루는 기 금속의 숨은 능력을 이끌어내지 못한다. 그저 둥근 덩어리로만 존재할 뿐.

하지만 인간은 그 이상의 것을 만들어냈다.

양광이 기립형 구미호의 모습을 상상함과 동시에 전투병기 구미호가 그에 맞추어 변신하기 시작했다. 여우의 네 다리가 가늘어지고 길어졌으며 허리는 잘록해졌다. 어깨를 뒤로 젖힌 구미호는 조금 더 인간의 형태와 가까워졌다. 아홉 개의 꼬리가 창처럼 뾰족해져 빛 줄기를 뻗는 태양처럼 반원형으로 펴졌다. 마치 여우가 천적을 위협하려고 꼬리를 든 듯한 모습이었다.

양광은 구미호를 똑바로 세웠다. 기를 통제하느라 더욱 강한 기력을 쓰는 중이었지만, 그래도 구미호를 두 다리로 일으켜 균형을 잡을 만큼의 기량과 통제력은 남아 있었다. 일어선 상태에서는 구미호의 앞발을 무기로 써서 싸울 수 있다.

양광은 어깨 뒤로 손을 뻗어 아홉 꼬리 중 하나를 발톱으로 잡아 부러뜨렸다. 그러곤 부러진 꼬리를 창처럼 쥐었다. 그가 온갖 크기의 혼돈 떼를 헤치며 돌진하자 드디어 대공급 혼돈이 저 앞에 모습을 드러냈다.

양광은 자세를 낮춘 뒤 땅에서 뛰어올랐다. 앞발에 든 창이 허공을 가르며 달빛을 받아 빛나더니, 이내 호선을 그리며 혼돈의 둥근 몸체를 꿰뚫었다. 벌레처럼 동그란 몸에 여섯 개의 자그마한 다리가 달린 걸 빼면 놈에게는 별 특징이 없었다. 마치 도자기 창고가 한꺼번에 폭발하듯, 혼돈의 기 금속이 엄청난 소리를 내며 산산이 조각났다. 기로 가득한 몸체가 부들부들 떨렸고, 곧 빛이 확 퍼졌다가 사그라들었다. 양광은 곧바로 마음을 다잡았다. 머지않아 혼돈의 분노와 공포가 강렬하게 찾아들 것이다.

바다처럼 널리 퍼져 번뜩이는 혼돈 떼를 저지하던 다른 크리살리스들은 기쁨의 함성을 질렀다. 카메라 드론이 대공급 혼돈의 겉껍질로 접근하자, 양광은 저들이 내보내는 방송 화면을 바라보며 환호할 화하의 평민들을 떠올렸다. 그러자 온몸에 짜릿한 기쁨이 퍼지는 듯했다. 그는 혼돈의 몸에서 창을 뽑아내며 구미호 조종석에 털썩 앉았다. 하지만 구미호와 접속을 끊은 후에도 낯선 공포감이 머릿속에 계속 어른거렸다.

그건 첩의 몸에서 흘러나오는 공포였다. 여자의 공포가 마치 파도처럼 그를 파고들었다.

양광은 첩의 정신이 다시 육체로 돌아가지 못하리란 걸 알아챘다. 그는 지금도 무의식적으로 첩의 모든 것을 통제하고 있었다. 심지어 심장 박동까지도. 그가 연결을 끊는 순간, 그녀의 모든 신경이 끊어지고 심장은 뛸 힘을 잃게 될 것이다.

그렇게 첩은 이 세상을 떠나고 말겠지. 돌아올 방법은 없을 테고.

하지만 그건 중요하지 않다. 첩의 가족은 후한 보상을 받게 될 테고, 그녀의 넋은 황천에서 편히 쉬게 되리라.

그녀의 이름이 기억나지 않는다. 일부러 기억하지 않았다. 이제껏 양광을 거쳐간 첩 조종사는 셀 수 없이 많았다. 그런 걸 일일이 떠올렸다간 정신이 흐트러지고 말 것이다. 이런 일로 정신을 흐릴 수는 없다. 자신에겐 지켜야 할 세상이 있지 않은가.

첩은 자신의 미래를 이미 알고 있었다. 애초에 양광을 위해 입대하기로 마음먹은 여자다.

양광은 쓸데없는 생각을 떨쳐버리고 나머지 혼돈 떼를 짓밟으며 창으로 찔러댔다. 조국이 안전하리라고 믿는 그의 팬들이 안심할 수 있도록.

첩의 고귀한 희생은 헛되지 않으리라.

제 1 장

WAY OF THE FOX
여우의 길

산에는 꼬리가 아홉 달린
여우의 모습을 한 괴물이 있도다.
그 소리는 갓난아기의 울음 같으며,
그 괴물은 사람의 고기를 먹느니라.

《산해경(山海經)》

제1장

저 나비는 죽은 언니가
아니었으면 좋겠어

내가 살아온 지난 18년간, 어디론가 팔려가 무참하게 죽임을 당하지 않은 건 모두 일자 눈썹 덕분이었다.

그러나 오늘 나는 참 고마웠던 일자 눈썹과 작별하게 되었다.

뭐, 하지만 내가 직접 눈썹을 뽑는 건 아니다. 언니가 남기고 간 족집게를 들고 있는 건 이치였다. 눅눅한 숲속 흙 위에 깔아둔 대나무 돗자리에 무릎을 꿇고 앉은 이치는 내 턱을 살짝 들어 올리고 미간의 눈썹을 하나씩 뽑는 중이었다.

살갗이 타는 것처럼 화끈거렸다. 이치가 내 눈썹을 뽑는 동안, 반묶음한 그의 먹빛 머리카락이 옅은 비단옷 위로 스르르 흘러내렸다. 반면 이치의 머리카락보다 훨씬 헝클어지고 떡이 진 내 머리카락은 낡은 헝겊으로 아무렇게나 묶여 있었다. 기름 냄새가 나는 헝겊은 더러웠지만 얼굴 위에 머리카락이 흩어지지 않도록 고정해 주었다.

나는 아무렇지 않은 척하려고 했다. 하지만 집중하는 이치의 부드러운 이목구비를 보자, 나도 모르게 그 얼굴을 너무 오랫동안 눈에 담고 말았다. 내 인생의 마지막 나날을 참고 견디게 해줄 무언가를 가슴속에 새기고 싶었다. 속이 뒤틀리며 눈물이 왈칵 솟았다. 눈물을 삼키려고 얼굴을 찡그려봤지만 그럴수록 코끝이 시큰해졌다. 한마디로 아무 소용이 없었다.

당연히 이치도 내 표정을 알아차렸다. 그는 손을 떼고 내가 왜 이러는지 궁금해했지만, 털이 뽑혀나가는 따끔한 통증 외에 눈물의 또 다른 이유가 있을 거라고는 생각하지 못하는 듯했다.

우리가 이렇게 만나는 것도 오늘이 마지막이라는 걸, 이치는 전혀 모르고 있으니까.

"측천아, 괜찮아?"

이치가 속삭였다. 우리가 숨은 곳 가까이에 있는 폭포에서 솟아난 수증기가 그의 고운 비단 소맷자락에 어른거렸다. 우리 둘은 낮게 자라는 나무 아래 웅크려 있었는데, 근처에서 마구 떨어지는 물줄기 소리 덕에 목소리가 새어 나갈 염려는 없었다.

나는 퉁퉁 부은 눈을 흘겼다.

"계속 하다 말다 하면 더 아프기만 하다고. 자, 빨리 하던 거나 끝내. 내가 알아서 참을 테니까."

"그래, 알았어."

이치는 찡그린 얼굴을 펴고 금세 웃었다. 그 모습에 왜 이리 마음이 아픈 걸까. 그는 화려한 비단옷 소매로 내 눈물을 닦아주고는 다시 가지런히 팔꿈치 근처로 옷자락을 내려뜨렸다. 부자들이 입는 옷의 소매는 너무 길고 나풀거려서 실용적이지 못하다. 이치가 놀러 올 때마다 나는 항상 그 소맷자락을 놀려댔지만 솔직히 그건 이치의 잘 못이 아니다. 그를 포함해 스물일곱 명이나 되는 형제자매들이 저택 에서 나갈 때면 항상 고급 옷만 입히는 이치의 아버지 탓이다.

며칠에 걸쳐 내리던 비가 그치고 막 맑아진 참이었다. 눅눅한 열 기와 흔들리는 나뭇잎이 뒤섞인 우리 둘만의 세계로 청명한 햇살이 조각조각 흘러들었다. 빛과 그림자가 어우러진 무늬가 이치의 하얀 팔뚝에 아른거렸다. 터질 듯한 봄날의 푸르른 향기가 우리에게 스며 들어 혀끝까지 봄 향기의 맛이 느껴졌다. 이치는 이 좁은 나무 아래 에서도 단정하고 바르게 앉아서, 그의 무릎은 아무렇게나 접어 앉 은 내 다리와 닿을 듯 말 듯 닿지 않았다. 아주 짧은 간격이지만 절대 로 좁힐 수 없는 두 무릎 사이의 거리. 이치가 입은 명품 비단옷은 우 리 집에서 만든 거칠고 낡은 윗도리며 바지와 터무니없을 만큼 대비 되었다. 이치를 만나기 전까지 나는 세상에 이토록 하얗고 매끄러운 천이 존재한다는 것조차 몰랐다.

이제 이치는 더 빠르게 내 눈썹을 뽑기 시작했다. 너무 아파서 미 간이 두 동강 나는 것 같았다. 그러니 내 눈에 다시 눈물이 고인대도 무슨 일이 있냐고 의심받지는 않겠지.

이치에게 부탁하지 말걸 그랬나. 하지만 어느 정도 지나고 난 뒤 거울을 보고 깨달았다. 내가 직접 눈썹을 뽑았다면 훨씬 더 고통스러웠을 거다. 거울 속 내 모습은 꼭 우리 언니 여의(如意)처럼 보였다. 이제껏 날 못난이로 보이게 했던 일자 눈썹이 없어지니, 나는 언니와 똑같았다.

게다가 평생 일자 눈썹으로 살았던지라, 내 손으로 좌우 대칭을 이루는 눈썹을 만들 자신도 없었다. 따지고 보니 우습다. 내 눈썹 하나 가지런히 정돈하지 못하면서 어떻게 죽으러 나선다는 걸까.

따끔거리는 통증 생각은 그만두기로 했다. 나는 이치의 무릎 위에서 반짝반짝 빛나는 태블릿 화면의 스크롤을 내렸다. 그리고 지난달 나를 보러 온 후로 이치가 추가한 학교 수업의 필기 내용을 읽었다. 내가 태블릿을 만지다니! 변방의 산속에서 녹음이 우거진 봄날의 열기에 휩싸여 이치와 단둘이 있는 것보다 더 나쁜 짓처럼 느껴졌다. 동네 어른들은 여자애가 이런 천상의 물건을 만져서는 안 된다고 했다. 뭐라더라, 여자가 지닌 '사악한 특성'이 성스러운 물건을 망친다나? 여자의 사악한 특성이란 대체 뭘까. 인류 문명이 혼돈에 의해 사라진 후에도 하늘에 계시는 신들의 은혜로 이런 태블릿을 만들 기술이 다시 생겨났다는 건 알고 있다. 하지만 그게 나와 무슨 상관인가. 귀한 존재인 남자의 '그릇된' 반쪽인 천한 여자라는 이유만으로 날 존중하지 않는다면 나도 그들을 존중하지 않을 것이다.

나뭇잎 그림자가 드리워진 이치의 비단옷 위로 태블릿 스크린이 달빛처럼 빛났다. 그 안에 든 지식은 이 누추한 산골 바깥의 더 큰 세상에서 온 것이다. 내가 알아서는 안 되는 지식이 날 유혹했다. 예술과 과학, 혼돈과 크리살리스의 이야기들. 태블릿을 좀 더 가까이 당기고 싶어서 손가락이 근질거렸지만 움직일 수가 없었다. 태블릿의 움푹 들어간 곳에서부터 흘러나오는 원추형 네온 불빛이 나에게 딱 맞는 완벽한 눈썹 형태를 얼굴에 드리워주고 있었기 때문이다. 이치가 소유한 도시의 기기들은 언제나 놀라운 성능을 뽐낸다. 우리 가족이 나에게 눈썹을 다듬으라는 '최후통첩'을 했다고 이치에게 거짓말을 하자, 그는 몇 분 만에 이 기능을 이용해 내 눈썹을 다듬어주기 시작했다.

지금 나를 도와 눈썹을 뽑아주는 게 어떤 의미인지 알게 된다면 이치는 나를 얼마나 미워하려나.

머리 위 나뭇가지에서 물방울이 떨어졌다. 작은 물방울이 뺨을 스쳤지만 작업에 몰두한 이치는 알아차리지 못했다. 나는 굽은 손마디로 그 얼굴에 스친 물기를 닦았다.

깜짝 놀란 이치의 눈이 휘둥그레졌다. 반투명한 느낌마저 주는 희고 고운 피부 위로 홍조가 피어났다.

어쩔 수 없이 난 미소를 지었다. 그리고 이번에는 손끝으로 그를 만지면서 윙크했다.

"어머나, 이치. 내 눈썹이 너무 예뻐서 그러는 거야?"

이치는 웃음을 터뜨렸다가, 실수를 알아챈 듯 손으로 입을 확 막으며 주위를 둘러보았다. 괜찮아. 우리는 잘 숨어 있잖아.

"그만해."

이치가 잔잔하게 미소 띤 얼굴로 말했다. 그러곤 내 시선을 피하며 덧붙였다.

"나 일 좀 하자."

내 두 뺨에 확 퍼지는 열기를 어떻게 부인할 수 있을까. 문득 마음 속에 죄책감이 스쳤다.

이치에게 말해. 내 안의 목소리가 애원했다.

하지만 나는 애써 아무렇지 않게 그 손을 놓았다. 그리고 이치가 필기한 내용을 더 훑어보았다. 혼돈 공격의 통계 역학을 설명한 사회 과목이었다.

대체 뭐 하러 이치에게 말해? 그러면 내 임무가 위험해지잖아. 이치가 우리 사이를 어떻게 생각하든, 나는 한 번도 이 관계를 진지하게 여긴 적이 없었다. 해서는 안 될 어리석은 생각이니까. 이치는 화하에서 제일가는 부잣집 도련님이다. 그에 비하면 나는 이치가 호버바이크를 타고 집에서 멀리 벗어나 조용히 평화를 만끽하려다 우연히 만난 변방의 소녀일 뿐이다. 우리가 함께 있는 걸 누군가에게 들켰을 때 가족의 명예를 더럽혔다며 돼지우리에 끌려가 처박혀 죽는 쪽은 나지, 이치가 아니다. 우리가 넘지 말아야 할 선을 넘은 적이 단 한 번도 없다고 하더라도.

나는 이치의 입술을 바라보았다. 그 섬세한 곡선을 눈빛으로 이리저리 훑다가 문득 옛 기억이 떠올랐다. 그 입술이 얼마나 부드러워 보이는지 소리 내어 감탄했던 적이 있었다. 그때 이치는 매일 4단계에 이르는 각질 제거와 보습 등으로 관리한 덕이라고 인정했다. 나는 그 입술을 만지면서 눈물이 날 정도로 웃었다. 하지만 이내 웃음을 그치고는 이치의 눈망울을 지그시 바라보았다. 아주 가까운 거리에서, 아마도 지나치게 가까이 선 채로.

그 다음엔 어땠더라? 맞아. 곧바로 뒤로 물러서서 말을 돌렸었지.

내 마음속 연약하고 날것인 부분이 아파왔다. 나는 절대로 이치와 함께할 수 없을 것이다. 어쩌면 이 모든 관계가 이치에겐 한낱 놀이에 불과할지도 모른다. 그 가능성을 난 결코 배제한 적이 없고, 또 배제할 수도 없었다. 이치가 쉬는 날 찾아가는 변방의 소녀가 나 말고 또 있을지 누가 알겠는가. 내가 이 애에게 나를 허락하자마자, 이치가 저 흠잡을 데 없는 비단옷의 허리띠를 추스르며 눈앞에서 나를 비웃으면 어떡하나. 이 모든 게 그에게 참 하잘것없었노라고, 그런데 나에겐 생사가 갈릴 만큼 치명적인 일이라니 얼마나 우습냐고 비웃는다면? 그런 비참한 상황을 매순간 머릿속에 그려보면서도 나는 여전히 이치의 부드러운 미소와 속삭이는 말에 스르르 넘어가곤 한다.

어쩌면 극도로 조심했기 때문에 이 모든 게 더욱 짜릿한 걸지도, 그래서 이치가 지난 3년간 매달 말에 날 찾아왔던 걸지도 모른다.

나는 이치의 진짜 속마음이 뭔지 절대로 알 수 없을 것이다. 그래도 괜찮다. 내가 스스로의 감정에 지지 않는 한, 그 어떤 놀이를 한들 패배할 리는 없으니까.

그리고 현실적으로 지금 마을 사람 모두에게 이 모습을 들킨다 해도 가족들이 나를 죽일 리 없었다. 이제야 가족이 원하는 대로, 날 군대에 첩 조종사로 팔아넘길 수 있도록 스스로를 예쁘게 단장하고 있었으니. 언니를 팔았던 때처럼, 그렇게 똑같이.

하지만 한 가지, 내가 더 크고 무시무시한 계획을 품고 있다는 걸 가족들은 절대로 알 수 없을 것이다.

이치가 내 눈썹 아래쪽을 다듬는 동안, 나는 손가락으로 그의 수업 자료에 있는 혼돈-크리살리스 전투 사진을 어루만졌다. 백호 모양의 크리살리스는 아주 날카롭고 강렬해서, 한때 이것이 둥글고 아무런 특징 없는 혼돈의 겉껍데기였다는 걸 믿기 힘들었다. 크리살리스의 최종 진화 단계인 '영웅형'은 불투명하고 매끄러운 유리로 만든 인간형 호랑이 전사의 모습이다. 갑옷같이 단단한 백호 크리살리스의 가장자리는 녹색과 검은색으로 빛났는데, 그가 웬만한 나무보다 커다란 과(갈고리 모양으로 되어 있어 적을 공격할 때 후려치거나 걸어서 끌어당길 수 있는 긴 병기_옮긴이 주)를 들어 올릴 때마다 그 색이 흐릿하게 번졌다. 군대가 병사를 모집할 때 가장 빈번히 사용하는 이미지기도 했다. 그 이미지를 보면 마음이 편했다. 백호 크리살리스에 연결된 소년과 소녀의 정신은 균형 잡힌 한 쌍이었기 때문이다. 백호의 조종석에서는 소년의 정신이 소녀의 정신을 먹어치울 위험이 거의 없었다.

하지만 여자 조종사의 운명은 대부분 그렇지 못하다.

가족 때문에 억지로 입대한 언니가 대공급 조종사가 되었을 때, 난 언니가 남자 조종사에게 정신을 먹힐까 봐 너무 무서웠다. 하지만 막상 언니는 전쟁터에 나가지도 못했다. 조종사는 언니를 전통적인 방식으로 물리적인 위해를 가해 죽였다. 왜 죽였는지는 나도 모른다. 우리 가족에게 돌아온 건 언니를 태운 재뿐이었다. 식구들은 지금껏 여든하루째 넋을 놓고 있다. 기대했던 만큼 두둑한 유족 보상금을 받지 못했기 때문이다.

우습다. 언니는 평생 보살핌을 받으며 살아온 사람인데.

여의는 언제 결혼한대?

여의가 대신 입대하는 거야?

세상에, 여의가 햇볕을 이토록 많이 쬐면서 밖에 앉아 있었어? 얼굴이 좀 탔겠는데.

언니가 죽었다는 소식이 퍼진 후로 아무도 언니 이야기를 꺼내지 않았다. 심지어 언니의 재를 어떻게 했느냐고 묻는 이도 없었다. 재는 이치와 나만 아는 개울에 뿌려서 떠내려 보냈다. 우리 둘, 아니 언니까지 셋만이 알고 있는 비밀이다.

문득 이치 뒤의 나뭇가지에 매달린 나비의 고치가 눈에 들어왔다. 크리살리스는 고치라는 뜻이기 때문에, 죽은 조종사들은 나비로 환생한다는 말이 있다. 그게 사실이라면 지금 보이는 저 나비는 죽은 언니가 아니었으면 좋겠다. 언니는 멀리, 이곳에서 멀리멀리 떨어진 곳에 있기를 바란다. 훈계를 늘어놓고 성가신 소문이나 퍼뜨리기 좋아하는 마을 사람들과 탐욕스러운 친척들, 쓰레기 같은 조종사들이 닿을 수 없는 곳으로, 저 멀리.

고치 속에서 꿈틀대던 나비가 표층에서 벗어나고 있었다. 잠시 후 나비는 고치를 찢고 새로 태어나기 시작했다. 아래쪽에서 거꾸로 머리가 나타나더니, 이어서 더듬이가 꿈틀대며 튀어나왔다. 그리고 마침내 대미를 장식하듯 나비가 활짝 핀 꽃처럼 고치에서 완전히 빠져나왔다.

이 숲에는 나비가 흔하다. 그러니 고치에서 나온 나비는 그리 특별한 볼거리가 아니었다.

하지만 이 나비엔 특별한 데가 있었다. 날개의 무늬가 대칭이 아니었기 때문이다.

"저것 봐!"

나는 벌떡 일어섰다.

"뭔데 그래?"

이치가 내 어깨 너머를 바라보며 물었다.

"저 나비는 날개 무늬가 서로 달라!"

내 말에 이치도 놀라움의 탄성을 질렀다. 그렇다면 이건 흔히 나타나는 현상이 아니었다. 내가 변방 지대 농부의 딸이라서 몰랐던 게 아니다. 이치는 내 눈썹을 거의 다 다듬었다고 말한 다음, 태블릿을 들고서 나비의 확대 영상을 찍었다.

우리가 잘못 본 게 아니었다. 나비의 한쪽 날개는 검은 바탕에 흰 점이 있었고, 다른쪽 날개는 흰 바탕에 검은 점이 있었다. 마치 음양의 상징처럼 말이다. 이런 나비들은 음양나비란 이름으로 불린다. 하지만 음과 양의 무늬를 다 가진 나비를 본 건 처음이었다.

"어떻게 이럴 수가 있지?"

나는 멍하니 나비를 바라보았다. 이치가 빙긋 웃으며 대답했다.

"궁금한 게 있으면 어떻게 해야 하는지 알잖아."

"검색해 보라 이거지?"

나는 이치가 가르쳐준 대로 태블릿의 검색창을 열었다. 검색창 사용법은 어렵지 않았다. 그냥 질문의 키워드를 입력하면 되니까. 신에게 많은 공물을 바쳐야만 하사받을 수 있는 비밀스러운 문서의 내용을 학자들이 알기 쉽게 정리하여 이렇게 몇 번의 터치만으로 편리하게 접근할 수 있게 하다니, 새삼 그 사실이 현실감 없고 무시무시하게 다가왔다.

떠오르는 검색 결과 중에서 학술적 내용을 골라 눈을 가늘게 뜨고 집중해서 읽었다. 이치의 수업 필기보다 훨씬 어려웠지만, 어떻게든 내 나름대로 파악해서 이해하기로 했다.

"그러니까 양쪽 날개가 다르다는 건…… 나비가 수컷이면서도 암컷이라는 거야."

눈이 번쩍 뜨이는 것 같았다. 나는 이치에게 물었다.

"그럴 수가 있어?"

"가능하지. 자연에는 다양한 형태의 생물학적 성이 존재하거든. 필요하면 성별을 바꾸는 생물도 있어."

내 옆에 앉은 이치는 대나무 돗자리 이곳저곳으로 시선을 돌리며 비단옷에 회색 흙이 묻지 않게 옷자락을 모으며 대답했다. 나는 눈을 빠르게 깜빡였다.

"하지만 난 이제껏…… 근본적인 기가 음인 존재가 여성이고, 양인 존재가 남성이라고 생각했는데."

음양이란 우주를 살아 있게 하는 대립적인 힘을 상징한다. 음은 차갑고 어둡고 느리고 수동적이고 여성적인 모든 것을 의미한다. 반대로 양은 뜨겁고 밝고 빠르고 능동적이고 남성적인 모든 것을 의미한다. 우리 어머니는 그렇게 말했다.

하지만 이치는 어깨를 으쓱였다.

"세상에 그렇게 딱 잘라 말할 수 있는 건 없다고 생각해. 양에도 음이 있고, 음에도 양이 있어. 상징에도 그렇게 나타나 있잖아. 생각해보면, 인간 중에도 이 나비처럼 태어난 존재가 있을 거야. 성별을 정확히 알 수 없는 사람 말이야."

내 눈이 더욱 커졌다.

"그러면 말이야, 그런 사람들이 조종사가 되면 어느 자리에 앉게 될까?"

모든 크리살리스의 좌석 배치는 똑같다. 여자애들은 낮은 곳에 위치한 음의 자리에 앉고, 남자애들은 그 위편 양의 자리에 앉아 여자애를 두 팔로 안는다.

이치는 대나무 돗자리를 두드렸다. 생각에 잠긴 그의 아름다운 눈썹이 살짝 움직였다.

"그 사람이 어느 성별에 더 가까우냐에 따라 다르겠지?"

나는 어리둥절해지고 말았다.

"그게 무슨 뜻이야? 그러면 얼마나 남성스럽고, 얼마나 여성스러워야 조종석이 성별을 인식하고 작동하는 건데? 애초에 크리살리스 조종 시스템에서는 성별이 왜 그렇게 중요한 거야? 조종이란 전적으로 기력에 달린 거잖아. 그런데 왜 힘에 희생당하는 건 언제나 여자애들이 되어야 해?"

"난…… 모르겠어."

나는 제대로 된 답을 찾고 싶은 마음에 검색을 해보았지만 빨간 경고창만 뜰 뿐이었다.

경고: 권한 부족
결과를 볼 수 없습니다.

"아, 크리살리스 제작 기술에 대해서는 아무것도 검색이 안 되는 구나. 정보를 작성할 수 있는 사람도 극히 제한돼 있고."

이치가 태블릿을 회수했다.

나는 손에서 태블릿이 스르르 빠져나가는 것을 느끼며 음양의 날 개를 모두 지닌 나비만 빤히 바라보았다.

여자. 그 이름은 내가 뭘 할 수 있고 뭘 할 수 없는지 강제하는 것 말고는 아무짝에도 쓸모가 없는 꼬리표에 불과하다. 허락 없이는 아 무 데도 가지 마. 살갗을 너무 드러내고 다니면 안 돼. 너무 큰 소리 로 말하지 마. 무뚝뚝하게 말해서도 안 돼. 여자인 나는 남에게 보여 지는 모습을 끊임없이 의식해야 한다. 주체적으로 사는 것은 아예 불가능하다. 나의 미래는 단 두 갈래뿐이다. 남편에게 아들을 낳아주 거나, 아니면 나의 상대가 된 남자가 영광스러운 자리에 올라가도록 힘을 보태다 크리살리스 안에서 죽는 것. 다른 길은 없다.

단단하고 치밀한 고치 같은 것이 몸뚱이를 감싸고서 답답하게 옥 죄어드는 것 같았다. 내 마음대로 살 수 있다면 저 나비처럼 날아다 닐 텐데. 그래서 이름 모를 구경꾼들 따위가 내게 단순한 딱지를 붙여 꼼짝 못하게 만들도록 내버려 두지 않을 텐데.

"이치, 너는 여자애들이 남을 위해 희생하는 경향을 타고난다고 생각해?"

내가 중얼거렸다.

"음, 아니. 왜냐하면 너는 여자애지만 남을 위해 절대로 희생할 것 같지 않거든."

"뭐?"

나는 우울한 가운데서도 그만 웃음을 터뜨리고 말았다.

"왜? 내 말이 틀렸어?"

이치는 두 손을 허리에 대고 소매를 나부꼈다.

"그래! 네 말이 다 맞아."

나는 애써 웃음을 참았다. 그리고 조금 뒤엔 입가에서 미소가 서서히 사라졌다.

그래. 나는 남을 위해 살지도, 남을 위해 고통받지도 않을 거야. 하지만 언니의 복수를 위해서라면 목숨도 바칠 수 있어.

그런 내 생각을 알 리 없는 이치는 웃으며 말했다.

"하지만 솔직히 말해서 네가 네 삶을 소중히 여기는 건 전혀 잘못이 아니야. 원하는 게 있으면 싸워야지. 그건 칭찬받아 마땅해."

나는 장난스럽게 그의 말을 되받아쳤다.

"오호, 눈썹 다듬으니까 내가 아주 예쁜가 보네? 듣기 좋은 소리도 하고?"

"너한테 거짓말을 할 배짱은 없으니 인정할게. 솔직히 다들 하는 방식으로 꾸미니까 훨씬 예뻐 보여."

이치의 미소가 부드러워졌다. 별빛이 드리운 밤의 연못처럼, 두 눈은 빛과 그림자로 얼룩진 그늘 속에서 밝게 빛났다.

"겉모습이 어떻든 넌 내가 아는 측천이잖아. 어떤 모습을 하고 있더라도 난 네가 세상에서 가장 멋진 여자라고 생각해."

가슴이 철렁 내려앉았다. 심장에 금이 가는 소리가 들렸다.

이럴 순 없어. 이치에게 사실대로 말하지 않고서는 떠날 수 없어.

"이치."

내 목소리는 자욱한 연기가 낀 듯 어둑하게 들렸다.

"미안, 내가 좀…… 그랬나? 아, 그래. 너무 이상했지?"

이치의 웃음이 떨렸다.

"얼마나 이상했어? 수치로 표현해 봐. 1부터 시작해서, 제일 높은 수치는 '늙은 아저씨가 너한테 웃어보라고 말했을 때 드는 나쁜 기분'이라고 쳐. 얼마나 불편했어?"

"이치."

나는 그의 두 손을 잡았다. 이 손의 미약한 온기가 지금부터 이치가 받게 될 충격을 조금이나마 덜어줄 수 있을까? 잘 모르겠다.

그는 입을 다물고 당황한 얼굴로 맞잡은 손을 바라보았다.

그리고 내 입에서 오랫동안 간직해 왔던 그 말이 흘러나왔다.

"나, 첩 조종사로 입대할 거야."

이치의 입이 멍하니 벌어졌다.

"누구의 조종사로?"

입을 벌렸지만, 차마 놈의 이름이 뱉어지지 않았다.

"그 조종사."

이치는 내 눈을 살피며 물었다.

"양광의 조종사로?"

나는 고개를 끄덕였다. 얼굴에서 온기가 사라지는 것이 느껴졌다.

"양광은 네 언니를 죽였잖아!"

"그게 놈을 택한 이유야."

나는 이치의 손을 뿌리치고 헝겊으로 둘러 묶은 머리에서 기다란 나무 비녀를 뽑았다.

"나는 놈의 아름답고 매혹적인 첩이 될 거야. 그리고……."

비녀를 반으로 비틀어 당기자, 그 안에 숨어있던 날카로운 날이 모습을 드러냈다.

"놈이 잠드는 순간, 목을 그어버릴 거야."

제2장

문밖으로
뿌려지는 물처럼

나는 대나무 지팡이를 짚고서 홀로 산길을 비틀비틀 내려갔다. 날이 저물어가자 숲에는 황혼의 햇살이 내렸고, 빛을 받은 이파리들은 칼날에 잘린 듯한 격자무늬 그림자를 내 몸 위로 꾸물꾸물 드리웠다. 서쪽 봉우리 너머로 해가 지기 전까지 집에 돌아가지 않으면, 우리 가족은 내가 또 도망쳤다고 생각할 것이다. 그러면 온 마을 사람이 손전등을 든 채 달려나와 수색견을 풀고 샅샅이 산을 뒤지겠지. 자기 딸들도 나처럼 도망칠 수 있다고 생각하게 돼선 안 될 테니.

내 자그맣고 닳아빠진 신발 아래로 눅눅한 나뭇잎들이 짓밟혀 으깨졌다. 이치는 나에게 새 신발을 주겠노라고 수도 없이 말했다. 하지만 그의 선물을 받을 순 없었다. 가족이 이치의 존재에 대해 알게 될까 봐 무서웠다. 내가 계속 마음에 품어왔던 목표를 알고 경악하던 이치의 얼굴이 떠올라 울컥 목이 메었다. 내가 대화를 거부하고 숲속으로 사라져 버린 후, 내 이름을 애타게 부르던 이치의 목소리도 떠올랐다. 말하지 말았어야 했다. 어차피 그 애가 날 막아설 것도 아니었는데.

아까 맞이한 그 끔찍한 순간을, 우리는 서로의 마지막 기억으로 간직하게 되겠지.

나무 위로 이륙하는 호버바이크의 엔진 소리가 들렸던가. 모르겠다. 지금쯤 이치가 산을 떠나주었기를 바랄 뿐이다. 그는 아무것도 바꿀 수 없다. 나는 그의 소유물이 아니다. 아무도 날 소유하지 못한다. 물론 나를 소유했다고 생각하는 사람이 있을지도 모른다. 하지만 제아무리 날 야단치고 협박하고 때리더라도 내 머릿속을 통제할 수 있는 사람은 없다. 그 사실이 그들을 좌절하게 만들 것이다.

숲길 끝자락에서 핏빛 석양이 아지랑이를 이루며 비추었다. 산 그림자에서 벗어나자 내가 자라온 마을의 계단식 논이 눈앞에 펼쳐졌다. 층층이 높아지는 논은 하늘로 솟을 것처럼 온 산허리를 뒤덮고 있었다. 논에 차오른 투명한 물이 불타는 하늘을 비추었다. 내 지팡이는 진흙으로 된 논두렁 위를 찍으며 쩍 소리를 내었다.

내가 다섯 살이었던 해의 겨울은 살을 에는 듯 추웠다. 추위가 어찌나 맹렬하던지 논이 모두 꽁꽁 얼었던 그때, 할머니는 내 신발을 벗긴 다음 억지로 논 위를 걷게 했다. 살 속으로 냉기가 스며들어 얼어붙고 발이 보라색으로 변하자, 할머니는 집에서 남자들을 모두 내쫓고는 서리 낀 콘크리트 바닥에 날 앉혔다. 그리고 내 발을 펄펄 끓는 돼지 피와 마취제 성분이 담긴 나무 대야에 넣었다. 이어서 아주머니 두 명이 내가 움직이지 못하게 꾹 잡아 눌렀고 할머니는 내 발 오목한 부분의 뼈를 모두 부러뜨렸다.

그때 나는 어마어마하게 비명을 질렀다. 지금도, 심지어 전혀 원치 않을 때조차도 내 입에서 터졌던 소리가 문득 떠오르곤 한다. 그럴 때면 뭘 하고 있든 흠칫 놀라버리고 만다.

그 이후 통증은 나와 함께해 왔다. 한 발짝씩 걸음을 뗄 때마다 찌릿한 아픔이 다리를 타고 올라온다.

걸음을. 디딜 때마다. 언제나.

그 후 나는 제대로 걷지 못한다. 얼어붙은 논 위를 냉기에 곱아드는 고통을 느끼며 걸었던 그날이 마지막이었다. 내 발은 천에 꽁꽁 묶여 불룩하고 기형적인 살과 뼈의 덩어리가 되어버렸기에 휘청이며 비틀비틀 걸을 수밖에 없다. 그 일로 발가락 세 개가 떨어져 나간 데다 상처는 감염되어 죽다 살아났고, 그때부터 영원히 균형을 잡고 설 수 없는 몸이 되었다. 남은 발가락은 발바닥을 감싸듯 접혀 발뒤꿈치를 움켜쥔 꼴이 되었다. 마치 뒤틀린 뼈와 살덩이를 다리 쪽으로 꽉 쥐어짠 형태랄까. 내 발바닥은 손바닥보다도 작다. 한 쌍의 완벽한 연꽃 발이다.

이 발은 나의 상품 가치를 크게 올려주었다.

가족들은 내가 눈썹을 다듬지 않는다고, 허리에 너무 살이 쪘다고 끊임없이 나를 꾸짖었다. 그러다 내가 전족을 풀겠다며 반항하면 끔찍한 매질과 욕설을 퍼부었다. 부숭부숭한 눈썹은 뽑으면 되고 살도

빼면 되지만, 발을 풀어 자라게 두면 다시는 연꽃 발로 돌아갈 수 없다. 그리고 점잖은 집안에서는 아들을 전족을 하지 않은 여자와 결혼시키지 않았다.

"전족이 없으면 우리가 오랑캐와 다를 게 뭐란 말이냐!"

내가 전족 의식이 싫다며 비명을 지르고 흐느끼는 동안, 할머니는 이렇게 소리쳤다. 오랑캐란 사람의 발길이 닿지 않은 야생을 배회하며 사는 부족을 가리킨다. 이들은 살림살이를 말에 얹고 혼돈을 피해 도망치며 살아간다. 그중 일부는 우리가 혼돈을 영토에서 완전히 몰아냈을 때 화하로 편입되었다. 이후 남겨진 더 먼 곳 출신의 오랑캐들은 만리장성을 통해 끈질기게 소규모 잠입을 시도했다. 우리는 국경 지대에 살기 때문에 이웃에 오랑캐가 많다. 가족들은 내게 오랑캐 여자들처럼 되면 안 된다고 언제나 으름장을 놓았다. 그 여자들은 '도덕도 수치심도 품위도 없이 사방팔방 뛰어다니기' 때문이었다.

어릴 적에는 그런 여자가 되면 어떡하나 두려웠다. 하지만 이제는 대체 그 여자들의 뭐가 나쁜지 알 수 없게 됐다.

계단식 논 위쪽으로 옹기종기 모인 집을 지나자, 논에 무릎까지 잠긴 채로 일하던 남자 몇 명이 비틀대며 일어나서는 내가 뒤뚱뒤뚱 걷는 모습을 보며 추파를 던졌다. 이 근방에 사는 사람들은 서로 잘 아는 사이기 때문에 감히 날 쫓아오지는 못했지만, 그들은 자신의 욕망을 숨기지 않았다.

외모가 봐줄 만한 변방 지역의 딸들은 첩 조종사로 입대하지 않으면 도시의 부유한 남자에게 팔려간다. 그러니 변방의 남자들은 아들을 낳아줄 아내를 찾기가 힘들어진다. 신부를 사 오는 값은 수만 위안까지 치솟았다. 이곳에 사는 이들이 절대로 감당할 수 없는 가격이다. 하지만 돈을 벌 방법이 있긴 하다. 딸을 입대시키거나 도시의 돈 많은 남자에게 파는 것이다.

악순환이다. 그것도 좀처럼 타파하지 못할 악순환. 우리 중 변방이 좋아 이곳에 사는 사람은 아무도 없다. 그럼에도 어쩔 수 없이 이곳에 머무르는 이유는 우리의 조상이 살던 주(周) 지방을 221년 전 혼돈에게 빼앗겼기 때문이다.

나는 표현할 수 있는 최대한의 혐오를 담은 눈빛으로 남자들을 노려보았다. 계단식 논은 석양을 받아 구릿빛으로 이글이글 빛났다. 저 열기가 논의 물을 부글부글 끓여서 놈들을 산 채로 삶아버리면 좋겠다 싶기도 했다.

그 순간, 내 지팡이가 뚝 부러졌고 나는 바닥에 넘어졌다.

중력의 작용. 내가 이치에게 배운 첫 번째 과학 개념이다. 중력 때문에 나는 진흙투성이 두렁으로 엎어져 하마터면 논에 빠질 뻔했다. 손바닥 아랫부분이 진흙을 깊숙이 눌렀다. 밀도 높은 진흙의 냉기가 코와 뺨에 부딪혔다.

나는 두 팔로 몸을 일으켰다. 달아오른 얼굴에서 잿빛 오물이 떨어져 옷에 튀었다. 곧 남자들의 비웃음 소리가 들려오겠지. 미리 마음의 준비를 했다.

그런데 아무 소리도 들리지 않았다.

남자들은 이쪽을 보는 대신 논을 첨벙첨벙 뛰어다니고 신나게 소리치며 태블릿을 든 사람 주위로 모여들었다.

순간 온몸에 떨림이 퍼졌다.

숨이 턱 차올랐다. 곧이어 분명한 진동이 땅을 울리며 물을 휘저었다.

국경 너머에서 혼돈과 크리살리스의 전투가 시작된 것이다.

나는 땅에 귀를 밀착시켰다. 진흙이 묻어 더러워지고 머리에 묶은 끈은 축축해지겠지만 상관없었다. 여기서 산 몇 개만 더 지나면 만리장성이다. 맑은 날에는 그곳에 주둔하는 크리살리스들에게 기가 빨려 메마르고 먼지투성이가 된 생명 없는 봉우리들이 보인다.

남자들은 각 조종사가 얻을 전투 점수를 예측하며 내기를 걸어댔다. 하지만 그런 도박보다는 크리살리스가 이 행성에 가하는 물리적 힘을 느끼는 쪽이 훨씬 생동감 있고 본능적이며 놀라웠다.

그 어마어마한 힘이라니.

목이 바짝 말라왔지만 동시에 입에는 침이 감돌았다. 눈을 감고서 크리살리스를 지휘하는 내 모습을 그려보았다. 건물을 내려다보며 거대한 팔다리를 휘두르고, 빛나는 광선포를 발사해 대지를 강타하는 내 모습을. 날 짓밟으려 하는 자는 한발 앞서 짓밟아놓을 거고, 도망치고 싶어 하는 여자들은 모두 풀어줄 수 있겠지.

들려오는 남자들의 환호성에 내 백일몽이 깨졌다.

고개를 세차게 저었다. 흙덩어리가 소매에 날아와 묻었다. 흙투성이가 된 몸을 일으켜 무릎으로 기어가며 나는 부러진 지팡이를 빤히 바라보았다.

이런 망상, 정말이지 하지 말아야 했어.

아버지는 내가 통금 시간 전에 집에 온 걸로 쳐줄까. 모르겠다. 마지막 남은 햇살의 찌꺼기들이 우리가 사는 요새의 산에 유령같이 푸른 광채를 드리웠다. 거대한 산 그림자는 혼돈처럼 으스스했다.

"어디 갔다 왔니?"

우리 집 옆, 판자로 만든 부엌 창문 너머로 어머니가 나직하게 물었다. 길 쪽으로 난 창문에는 창살이 달려 있었고 나는 그 길 위에 우두커니 선 채였다. 어머니의 목소리는 휘젓고 있는 죽이 담긴 커다란 냄비에서 나오는 수증기만큼이나 가냘팠다. 할머니는 어머니 뒤쪽 의자에 앉아 논에 서식하는 지느러미 달린 물고기 루오유의 비늘을 벗기고 있었다. 화덕에서 피어오르는 불빛이 두 사람의 주름진 얼굴에 넘실거렸다. 창살 뒤로 보이는 할머니와 어머니는 마치 불타는 지하 감옥에 갇힌 것 같았다.

"숲에 있었어요."

창문 너머로 어머니에게 약초와 칡이 든 주머니를 건네며 대답했다. 평소에도 나는 숲에서 오랫동안 약초를 캐며 시간을 보내곤 했다. 이치를 처음 만났을 때도 약초를 캐고 있었다.

"무슨 일 있었니?"

어머니는 내가 건넨 주머니를 나무 선반에 올려놓으면서도 내 더러운 몰골에서 시선을 떼지 않았다. 어머니의 머리 위로 묶인 낡고 빛바랜 끈에서 흰머리가 삐져나와 있었다.

"넘어졌어요. 지팡이가 부러져서."

나는 집들이 쭉 늘어선 돌바닥 위에 불안정하게 섰다. 그리고 한 층 아래 지어진 이웃집의 점토 기와지붕에 떨어질세라 조심스레 발을 내디뎠다.

"전투가 시작된 게 너한테는 다행이구나."

어머니는 집 대문을 슬쩍 바라보았다. 탁탁 튀는 화덕의 주황색 불꽃이 어머니의 눈 속에서 아른거렸다.

"서둘러. 네 아버지에게 그런 꼴 보이지 말고."

"알았어요."

"내일 아침에 그 옷 깨끗하게 빨아놔라. 군에서 보낸 사람이 왔을 때 더러운 모습을 보이면 안 되니까."

무심하게 던진 어머니의 말이 가슴을 찌르는 비수처럼 느껴졌다. 어머니는 내가 입대를 결심한 진짜 의도를 모르겠지만, 상황이 어찌 됐든 입대를 하면 나는 죽은 목숨이나 다름없었다.

언니의 최후가 어땠는지 분명히 기억하고 있을 텐데. 아니, 기억이나 하려나?

가끔 어머니는 아무 문제도 없었던 것처럼 행동해서, 오히려 내 머릿속을 가득 채운 기억이 사실은 틀린 것이 아닐까 의심마저 들 때가 있다.

"어차피 군대에서 더 좋은 옷을 줄 텐데요."

나는 부엌 창문의 창살 너머로 희미하게 너울대는 빛을 빤히 바라보았다.

"그래도 단정하게 보여야 하지 않겠니."

내가 세운 암살 계획에는 한 가지 치명적인 결과가 뒤따르게 된다. 나는 그 사실을 있는 힘껏 무시해 왔다. 내가 철의 귀족을 죽인다면 우리 가족은 3대가 멸해질 것이다. 인간의 평균 기력 수치는 84밖에 되지 않는다. 반면 철의 귀족은 최대 기력 수치가 2,000이 넘는 조종사다. 어머니와 아버지, 열일곱 살이 된 남동생과 조부모님, 숙모들과 숙부들이 전부 나와 함께 처형될 것이다. 양광 같은 조종사는 전력에 너무나 중요하기 때문이다.

내가 당신을 지켜야 할 이유를 하나만 줘. 나는 걸음을 멈추고 어머니를 빤히 바라보았다. *날 말려줘.*

내가 바라는 건 단 하나였다. 가족의 가치를 입증할 증거가 필요했다. 내가 가족의 목숨을 소중히 여기는 만큼, 그들도 내 목숨을 소중히 여긴다는 증거가.

어쨌건 이제는 더 참고 있을 필요도 없었다. 나는 머릿속에 뜨겁게 맴돌던 생각을 내뱉었다.

"내가 전쟁에 나가는 건 걱정 안 돼요? 예뻐 보이지 않으면 어쩌나만 걱정되고요?"

어머니는 타오르는 장작 연기 사이로 눈을 가늘게 뜨고 나를 노려보았다. 그러다 갑자기 불타는 황무지에서 피어난 야생화처럼 미소 지었다.

"너, 눈썹 뽑았구나! 시키는 대로 했네. 예쁘다."

그 말을 듣자마자 나는 고개를 홱 돌려버리고 어머니로부터 멀어졌다. 발걸음마다 전류가 흐르는 전선을 밟는 느낌이었다.

어머니는 내 말을 듣지도 못한 것 같았다.

마을 전체에 전등이 깜빡이며 켜졌다. 집마다 밝게 빛나는 창문은 꼭 크리살리스의 빛나는 눈 같았다. 크리살리스에겐 있지만, 혼돈에겐 없는 눈. 산들바람이 계단식 논을 지나며 몰고 온 벼의 짙은 향기가 소박한 저녁밥 짓는 냄새와 뒤섞였다.

열린 대문 틈 사이로 밀빛 조명이 쏟아졌다. 전투 해설가의 까랑까랑한 외침이 밤공기 사이로 퍼졌다. 소리의 근원은 화하 정부가 우리 가족에게 하사한 태블릿이었다. (물론 이걸 쓸 수 있는 건 남자뿐이다.) 할아버지와 아버지, 남동생은 검게 옻칠한 식탁에 태블릿을 올려놓고 보고 있었다. 다들 휘둥그레 뜬 눈으로 화면을 응시한 채 혼돈과 크리살리스가 격돌하며 내뿜는 번쩍이는 광채를 얼굴에 드리웠다.

지금이 안으로 들어갈 기회였다. 나는 급히 조부모님과 함께 쓰는 방으로 향했다. 몇 년 전, 두 번째로 밤중에 몰래 도망치려다 잡힌 후부터 조부모님과 함께 방을 써야 했다.

"…… 여기 주작(朱雀)이 옵니다!"

나는 우뚝 멈췄다. 피가 차갑게 식었다.

아, 저 크리살리스는 나오지 않았으면 했는데.

거물급 크리살리스가 등장할 때마다 환호성을 지르곤 하는 우리 가족도 주작이 등장하자 불편한 침묵에 빠졌다. 그 누구도 주작이 현재 화하에서 가장 강한 크리살리스라는 사실을 부정하진 않았다. 일반형도 무려 50미터가 넘는 크기의 주작은 우리가 가진 단 하나의 왕(王, king)급 크리살리스였다. 하지만 이 병기는 철의 악마인 이세민이 조종한다. 그는 절반이 오랑캐의 피가 흐르는 혼혈이자 열여섯 살에 아버지와 형제 둘을 죽인 사형수다. 현재 열아홉 살인 이세민은 사형 집행이 무기한 연기된 상태다. 그는 200년 만에 나타난, 놀라울 만큼 높은 기력을 지닌 조종사이기 때문이다.

전투를 하는 첩 조종사들은 모두 죽을 위험을 안고 있다. 하지만 이세민과 함께 크리살리스에 타는 첩 조종사는 '반드시' 죽는다.

그와 함께 탄 여성 조종사 중에서 살아남은 자는 한 명도 없다.

저기 탄 여자애도 곧 죽게 될 것이다.

"야!"

아버지가 버럭 소리를 지르는 바람에 생각이 뚝 끊길 정도로 놀랐다. 나는 나무 벽을 짚고서 벌떡 몸을 일으켰다.

나무 의자가 콘크리트 바닥에 끼익 끌리는 소리가 났다. 아버지가 일어섰다. 찌푸린 이맛살 위로 그림자가 졌다.

"꼴이 왜 이 모양이야?"

머리끈 아래로 식은땀이 송골송골 났다.

"논에서 넘어졌어요."

아버지가 곧장 나에게 다가왔다. 숱이 너무 없어서 불쌍해 보일 만큼 헐거운 상투가 머리 위로 찰싹찰싹 부딪혔다.

"설마 남자애랑 놀아난 건 아니겠지?"

"당연히 아니죠."

나는 물러섰다. 방문이 어깨에 부딪혔다.

남자애랑 놀아나지는 않았다. 그 남자애의 마음을 아프게 했지.

"처녀 검사를 통과하지 못하기만 해봐라."

충격적인 말에 나는 아버지에 대한 두려움마저 잊고 말았다.

"딱 한 번만 말할 테니 잘 들으세요. 지금까지 내 안에 들어온 놈은 아무도 없어요! 제발 그만 좀 집착하라고요!"

나는 마구 소리쳤다.

아버지는 충격을 받아 눈을 껌뻑였다. 하지만 곧바로 닥쳐올 어마어마한 분노를 느낄 수 있었다. 나는 슬며시 방으로 들어가 아버지 눈앞에서 문을 쾅 닫았다.

"너 방금 뭐라고 그랬냐?"

아버지의 고함에 집이 쩌렁쩌렁 울렸다. 주먹으로 문을 부술 듯 두드렸다. 놋쇠 손잡이가 마구 흔들렸다. 문고리 어딘가가 부서진 것 같았다.

"나 지금 전족 풀고 있어요!"

나는 문에 기대며 위협했다. 전족을 푼다는 건 가슴을 드러내는 것보다 더 망측한 행동이었다. 일그러진 발에서 나는 썩은 살 냄새는 말할 것도 없다. 이 냄새는 나름의 생화학 무기라 해도 될 정도다. 여자애들은 언제나 향수를 뿌리고 수를 놓은 신발을 신어서 귀엽고 예쁜 발이라는 환상을 유지한다. 그 누구 앞에서도, 심지어 남편 앞에서도 절대로 전족을 풀지 않는다.

아버지는 주먹질을 그만두었지만, 여전히 고래고래 고함을 질렀다.

예의 없는 것. 배은망덕한 것. 더러운 년.

언제나 듣는 말이었다.

어머니의 가냘프고 힘없는 목소리가 안개처럼 흘러나와 아버지의 화를 달랬다. 남동생은 웃었다. 할아버지는 방송의 음량을 최고치로 높였다. 오늘도 인류를 위해 한 여자애가 크리살리스 안에서 죽어가고 있다.

저녁을 먹으려고 방에서 나가는 건 너무 위험한 짓이다.

배 속이 꼬르륵거리고 부글부글 끓었다. 죽을 먹고 싶어서 죽처럼 끓는 걸까. 나는 할머니가 짠 고리버들 의자에 앉아서 두 발을 나무 양동이에 담갔다. 어릴 적 내 발을 으스러뜨릴 때 썼던 바로 그 양동이였다.

봤지. 가족이 나 때문에 죽게 돼도 상관없는 이유가 이거야.

내 속 깊은 곳의 썩어 문드러진 마음이 말했다.

나는 조부모님이 방에 보관한 커다란 보온병 중 하나의 뚜껑을 돌려 열었다.

저 사람들은 나를 신경 쓰지 않잖아.

김이 모락모락 나는 액체를 양동이에 부었다. 약초 잎과 뿌리가 어두운 구석에서 잊힌 피처럼 고동색 물 속에 내려앉았다.

그러니 나도 신경 쓸 필요 없어.

전등이 천장에서 윙윙거렸다. 어둑한 방구석에서 그림자가 움직이다가 점점 가까워지는 것 같았다. 나는 보온병을 내려놓고 내가 자는 돗자리를 멍하니 바라보았다. 할아버지와 할머니의 침대 바로 옆에 있는 돗자리다. 화하엔 이런 속담이 있다. 시집가는 딸은 문밖으로 뿌려지는 물과 같다는. 내 남동생은 무씨 집안을 잇고 이 집에서 평생 살며 부모님을 보살필 테지만, 나는 이 가족 안에서 값을 매기고 맞바꾸는 수단으로 존재할 뿐이다. 그래서 굳이 침대도 주지 않았다.

젓가락이 그릇에 부딪히는 소리와 전투의 소음이 벽 너머로 아스라이 들려왔다. 크리살리스가 이겼다. 당연히 그랬겠지. 만약 졌다면 마을 스피커에서 경보음이 울렸을 테고, 우리는 동쪽으로 허둥지둥 피난을 갔을 것이다. 이전 조상들이 주 지방에서 그랬던 것처럼.

가족들은 조용했다. 저들이 내 생각을 하고 있었으면 좋겠다.

그리고 무덤에 들어가면서 나와 언니에게 한 짓을 후회했으면 좋겠다.

하지만 연좌제로 멸문을 당하는 사람은 무덤도 못 가지지.

만리장성에 매달려 썩어가는 가족의 시체……. 나는 그 끔찍한 영상을 머릿속에서 힘겹게 밀어냈다.

그때 문이 열렸다. 나는 몸을 움찔했다. 어디를 봐야 할지 모르겠다. 눈이 빨갛거나 부어 있지 않으면 좋겠는데.

어머니는 전족 때문에 휘청이는 걸음으로 내게 다가왔다. 그리고 죽 한 그릇을 건넸다. 나는 어색하게 고개를 끄덕이며 그것을 받아 들었다. 차가운 손가락으로 뜨거운 도자기 그릇을 감쌌다. 입속에 눈물처럼 쓴맛이 감돌았다. 어머니는 내 옆, 조부모님의 침대 발치에 앉았다. 배 속이 긴장감으로 꼬여갔다.

나한테 뭘 바라는 거야? 마음속에서 성난 외침과 간절한 애원의 말이 교차했다. *날 말려줘.*

"천천."

어머니는 어릴 적 이름으로 나를 부르며 손에 있는 오래된 화상 자국을 매만졌다.

"아버지께 그런 식으로 대들면 못써."

"아버지가 먼저 이상한 소릴 했어요."

나는 상기된 채로 어머니를 노려보았다. 얼굴을 가리려고 죽 그릇을 입에 대자 한 가지 생각만이 쿵쿵 맥박처럼 뛰었다.

날 말려줘. 날 말려줘요. 제발, 날, 말려줘.

어머니는 슬픈 듯 얼굴을 찌푸렸을 뿐이다.

"넌 왜 항상 일을 어렵게 만드니?"

"엄마, 항상 이런 식으로 지고 들어가면 살기가 편했어요? 진심으로 그렇게 생각해요?"

"살기가 편하다니! 다 가족의 평화를 지키기 위해서야."

"난 이틀 후면 떠날 거예요. 아버지는 그 후에 얼마든지 평화롭게 지내라고 해요."

어머니가 한숨을 쉬었다.

"천천, 네 아버지는 원래 감정이 격한 분이잖니. 그래도 마음 깊은 곳에서는 네가 다 컸다는 걸 알고 계셔. 이제 뭐가 중요한지 다 알 나이라는 걸 말이야. 아버지는 널 기특하게 생각하셔."

어머니는 미소를 지으며 덧붙였다.

"나도 네가 기특하단다."

나는 뻣뻣하게 고개를 들었다.

"내가 자진해서 죽으러 가는 게 기특해요?"

어머니는 내 눈을 피했다.

"앞으로 어떻게 될지는 아무도 모르잖니. 넌 언제나 강한 정신을 가지고 있었어. 시험관들은 네 기력이 500 이상일 거라고 했잖아. 평균의 여섯 배나 된다고. 지금은 그보다 훨씬 높겠지? 너와 대공급 조종사인 양 대령은 균형을 이루는 좋은 짝이 될 거야. 양 대령의 짝인 철의 대공비가 될 수 있다고."

"철의 대공비는 온 화하에 단 둘뿐이잖아요!"

눈에서 눈물이 후드득 떨어졌다. 앞이 흐려 어머니가 보이지 않았다.

"대공비들의 기력은 수천이나 된다고요! 이건 다 여자애들을 속이려는 저급한 환상이에요! 죽지 않을 수도 있다고 거짓말하는 거라고요!"

"천천, 목소리 좀 낮춰."

어머니가 당황해서 문을 흘깃거렸다.

"그런 환상이라도 품으면 엄마 마음이 편해져요? 밤에 잠이 잘 오던가요?"

내가 묻자, 어머니는 눈물을 글썽였다.

"넌 좋은 일을 하는 거잖아. 왜 받아들이질 못하니? 영웅이 될 거야. 그 돈으로 네 동생의 신부값을 지불하고—."

나는 바닥에 그릇을 내리쳤다. 산산이 흩어진 조각 사이로 아직 뜨거운 죽의 김이 모락모락 피어올랐다.

"네 할아버지 할머니가 주무시는 곳에서 무슨 짓이야!"

"그래요? 그래서 어쩌실 건데요? 날 때려봐요. 매질 자국이 난 몸을 양광이 보게 되겠죠. 날 돼지우리에서 재우든가요. 양광이 그 냄새를 맡고 퍽이나 나를 좋아하겠네요. 무슨 말인지 알겠어요? 돈이 그렇게도 갖고 싶으면 이제 나한테 손끝 하나 대지 말아요!"

"천천……."

"나가요!"

엄마한테 그렇게 말하면 못써. 머릿속 목소리가 나를 꾸짖었다. 그 소리는 언니의 말처럼 고통스레 울렸다. *네 어머니잖아. 널 낳아주신 분이잖아.*

하지만 이렇게 철저히 나를 저버린 사람이 어떻게 내 어머니란 말인가.

속이 울렁거렸다. 나는 무릎을 짚고 몸을 숙였다. 심장에서부터 솟구친 눈물에 목이 메었다.

"다음 생에는 우리가 남남이었으면 좋겠어요."

제3장

네가 바라는 삶

그 후로 가족들은 내게 먼저 말을 걸지 않았다.

하지만 어김없이 시간은 흘러갔고, 입대일 아침이 찾아왔다. 갑자기 가족들이 날카롭게 내 이름을 외쳐댔다.

나는 돗자리에서 몸을 일으켰다. 밤새 욱신거렸던 배를 움켜쥐고서 젓가락보다 조금 두꺼운 나무 비녀를 손으로 이리저리 돌렸다.

슬슬 호버크래프트가 나를 만리장성으로 데려갈 때가 됐는데. 벌써 집에 도착한 걸까.

할머니의 목소리가 문 가까이에서 들려왔다.

"천천! 웬 남자애가 왔다!"

남자애라니…….

아니, 아니야. 그럴 리가—.

꿈속을 걷는 기분으로 휘청이며 문까지 다가갔다. 가슴속에서 위험한 예감이 마구 경보를 울려댔다. 쿵쿵 뛰는 심장의 울림이 문을 밀어젖히는 손끝까지 이어졌다.

환한 빛에 눈이 부셨다. 이윽고 그 애가 서서히 눈에 들어왔다. 이치. 대문 너머 찬란하게 쏟아지는 햇살 속에 선 이치는 우리 가족에게 애원하고 있었다. 그 애와 나란히 세워놓고 보니 우리 가족은 어두침침한 동굴 속에 웅크린 원시인 같았다. 금실로 죽순과 이파리를 수놓은 이치의 하얀 비단 소맷자락은 마치 다른 세상의 물건처럼 빛났다.

숲이 아닌 곳에서 이치를 본 건 처음이었다. 나는 잠시 정신이 혼미해졌다. 정말 이치가 맞나? 하지만 저 부드럽고 청아한 목소리가 다른 사람일 리 없었다.

"아주머니, 아저씨, 정말입니다. 돈은 얼마든지 드릴 수 있어요."

이치는 금속으로 된 자신의 신분증을 가족들에게 보여주었다.

"그러니 부탁입니다. 따님과 결혼하게 해주세요."

가슴이 덜컥했다. 층층이 난 논 계단을 내려오다 발을 헛디딘 기분이었다.

가족들도 충격에 휩싸여 입만 떡 벌렸다. 가장 가까이 서 있던 할머니는 나와 이치를 번갈아 보며 당황한 표정을 지었다. 이들의 머릿속에서 일어나고 있는 일을 상상하기란 어렵지 않았다. '거래다! 이건 꽤나 돈이 되겠어!' 기쁨의 외침 속에 펑펑 터지는 폭죽 소리가 들리는 듯했다. 이치가 내민 신분증에 적힌 가문의 이름과 장안의 집

주소를 보았으니 당연한 일이었다.

이러다간 내가 호버크래프트에 못 타게 막을 수도 있겠어!

나는 아주 재빨리, 그리고 조용히 움직였다. 가족들을 밀어내고 이치의 손목을 잡아 집의 어두운 구석으로 끌고 갔다. 이치는 놀란 나머지 문턱에 걸려 넘어질 뻔했다. 그러나 나와 마주친 그의 눈에는 가슴을 아프게 꿰뚫는 강렬함이 서려 있었다.

나는 조부모님의 방으로 이치를 밀어넣었다. 지저분한 콘크리트 바닥에 끌리는 신발 소리조차 이치의 것은 우리와 달랐다.

"들어오지 말아요."

가족에게 경고한 다음 문을 쾅 닫자, 먼지가 풀썩 날아올랐다.

나는 이치를 바라보았다. 창문에서 비쳐드는 가느다란 빛이 천상의 칼날처럼 이치의 모습을 둘로 갈랐다. 빛을 받자 그의 가운은 달빛처럼 새하얗게, 피부는 반투명하게 보였다.

"여긴 우리 집이야. 내가 사는 곳이라고."

떨리는 내 목소리가 침묵에 균열을 만들었다. 기름 먹인 나무 벽 앞에 선 이치의 모습은 배경과 너무도 동떨어져 보였다. 지금 난 꿈을 꾸는 걸까.

"어떻게 네가 여기 나타날 수 있어? 아니, 어떻게 날 찾은 거야?"

"주민등록표를 봤어."

이치는 마른침을 삼켰다. 짙은 속눈썹이 축 처졌다.

"내가 너를 장안으로 데려갈 수 있어."

"아니, 그럴 수 없어. 그건 네 생각일 뿐이야! 네 아버지가 너와 내가 결혼하게 두실 리 없다는 것쯤은 나도 알아."

나는 큰 소리로 말했다. 가족들이 분명 엿듣고 있겠지.

"아버지에겐 아들이 열네 명이나 더 있어. 그러니 결국 넘어가실 거야."

"정말 그럴까? 고위 관리의 손녀와 맺어줄 기회를 마다하고 나를 선택한다고? 화하에서 제일가는 부자가 할 만한 거래가 아닌데."

"그럼 우리 같이 계획을 세워보자. 우리가 함께할 수 있는 계획을 알아보는 거야. 살아만 있다면 희망이 있잖아. 하지만 네가 아주 없어진다면 내 삶에 아무 의미가 없을 것 같아."

내 눈에서 빛이 일렁였다. 이치의 얼굴이 흐려져 보였다.

나는 상처받는 법을 안다. 맞는 법도, 욕먹는 법도, 쓰레기처럼 바닥에 던져져 몸을 구기고 이리저리 뒹구는 법도 알고 있다.

하지만 이건 어떻게 하지?

어떻게 대처해야 할지 전혀 모르겠어.

현실처럼 느껴지지 않아.

현실일 리 없어.

나는 속지 않을 거야.

"나 잠깐 생각 좀 할게."

나는 잡힌 손을 뿌리쳤다. 곧 뜨거운 눈물이 눈시울을 적시고, 동시에 건조한 웃음소리가 목에서 갈라져 나왔다.

"변방에 사는 촌 여자애가 화하 최고의 부잣집으로 시집간다고? 좀 더 현실적인 얘기를 해보면 어때? 내가 속아 넘어갈 수 있게. 난 네 살짜리 꼬마가 아니야."

이치의 눈이 흐릿하게 빛났다.

"측천아······."

나는 비틀거리며 물러섰다.

"네 가족은 날 첩으로 만들 거야. 아니라고 하지 마. 그리고 우리의 결혼 생활이 잘될 리 없어. 역겨운 돼지 같은 네 아버지에게 굽신대지 않는 날 가만두지 않겠지. 넌 결국 좋은 집안 출신의 정실부인과 결혼할 거야. 그런데 내가 네 아내를 섬기는 걸 거부하면 어떻게 될까? 내가 네 아들을 낳기 싫다고 하면? 나는 임신할 생각이 전혀 없어. 너는 겨우 열여덟 살이잖아. 앞으로 닥칠 문제를 막을 수 없어. 네가 가진 돈과 권력, 다 네 아버지가 허락해 줘서 누릴 수 있는 거라고. 그래, 네가 용감하게 나와 도망칠 수도 있겠지. 그리고 어디 작은 도시로 들어가 별 볼 일 없는 이주 노동자로 사는 거야. 하지만 알아둬. 난 하고 싶었던 걸 포기했다는 생각에 비참해질 거야. 그리고 끊임없이 생각하며 괴로워하겠지. '그때 자원입대해서 죽었더라면 얼마나 좋았을까!' 하고. 이게 네가 바라는 거야? 네가 바라는 삶이 이런 거냐고, 이치!"

내 말이 끝나자 숨 막히는 침묵이 찾아왔다.

이치는 천상에서 내려온 아름다운 선인이 인간을 보듯 나를 바라보았다. 구체적으로 말하자면 눈앞에 선 인간이 같은 동족을 잡아먹는 식인종이라는 걸 알게 된 듯한 표정이었다.

그때 바깥이 소란스러워졌다.

창문 너머로 덜그럭거리는 소리가 들려왔다. 세찬 바람이 산을 휘저으며 나무를 흔들어댔다. 돼지와 닭들이 뒤뜰에서 겁을 먹고 꽥꽥 소리를 지르고 꼬꼬댁거렸다.

드디어 왔다, 호버크래프트가.

전에도 이 소리를 들은 적이 있다. 언니가 떠났을 때였다. 그때 난 호버크래프트가 언니를 데리러 온 줄 몰랐다. 우리 집 바로 위를 맴 도는 강철 선체가 하얀 불꽃처럼 반짝이는 가운데, 상투를 단정하게 튼 올리브색 군복 차림의 군인이 밧줄 사다리를 뒤뜰에 내렸을 때에 야 비로소 알았다. 다들 나에겐 그 사실을 비밀로 했기 때문이었다. 심지어 언니까지도. 내가 미리 알았더라면 언니를 보내지 않기 위해 무슨 짓이든 하리란 걸 알았을 테니.

그때 난 아무것도 할 수 없었다.

하지만 이젠 그 누구도 나를 막을 수 없어.

이치는 내게 몸을 숙이고 속삭였다.

"양광을 죽일 다른 방법이 있을 거야. 내 가족에게 연줄이 있어……."

"네가 할 수 있었다면 벌써 했겠지. 그렇게 강하고 인기 많은 조종사 를 건드린다고? 넌 못해, 이치!"

"그럼 양광의 가족은 어때?"

이치의 목소리가 더 낮고 깊게 가라앉았다. 위협적인 열기가 어려 눈빛은 한층 더 검어졌다. 수차례 얼핏 본 적 있는 눈빛이었다.

"가족들은 건드릴 수 있어. 그러면 충분하지 않겠어? 그들을……."

"안 돼! 가족들은 아무 죄가 없어. 그게 대체 무슨 소용이야?"

나는 숨을 헐떡이며 소리쳤다. 이치는 절박하다는 말로도 표현할 수 없을 정도로 격해져 있었다.

"그럼 그냥 양광이 전투에서 죽어버리게 둬. 남자 조종사들이 스물다섯을 넘길 때까지 사는 경우는 거의 없잖아."

"넌 몰라. 그를 죽이는 건 나여야만 해. 내가 직접 언니의 복수를 할 거야."

"왜? 언젠가 그놈은 업보를 치르게 될 텐데."

나는 말을 이로 으깨듯 한 글자 한 글자 또박또박 내뱉었다.

"세상엔 업보 같은 건 없어. 아니, 있더라도 우리 같은 사람들에겐 해당되지 않아. 우리 같은 사람은 그저 남에게 이용당하고 버림받으려고 태어난 거야. 삶의 거대한 흐름에 순응하며 살아갈 여유도 우리에겐 없어. 이 세상 그 무엇도 우리를 위해서 존재하지 않으니까. 우리 같은 사람이 뭔가를 원할 땐 주변의 모든 것들과 맞서 싸워서 억지로 빼앗아야 해."

이치는 말이 없었다. 그저 피곤한 기색으로 나를 바라볼 뿐이었다. 반묶음 한 머리카락 몇 가닥이 깨끗하고 단정한 옷 앞으로 흩날리다가, 창문으로 들어온 거센 바람결에 옆으로 둥글게 말렸다.

"우린 어차피 다 죽을 거야. 그렇다면 적어도 언제나 꿈꿔왔던 일을 해봐야 하지 않겠어?"

나는 속삭였다.

"나의……."

이치의 입이 무어라 말하려다 이내 닫혔다. 그의 입술이 창백해졌다. 그 입술에서 눈을 뗄 수가 없었다.

"나의 가장 큰 꿈은 너와 함께하는 거였어. 아무것도 숨기지 않고. 아무것도 부끄러워하지 않고."

마음속 무언가가 부서져 내리는 느낌이 들었다.

"그럼 더 큰 꿈을 가져야겠다, 이치."

호버크래프트 소리가 더욱 크게 울렸다. 그 굉음에 온 집이 덜덜 흔들렸다.

"후회하지 않겠어? 정말로 나랑 같이 안 갈 거야?"

이치가 더 가까이 다가왔다.

"이 마을에서 너무 힘들게 싸웠어. 도시에 산다 해도 마찬가지일 거야."

나는 중얼거렸다. 시선은 계속 이치의 입술을 향해 있었다. 새로운 종류의 긴장감이 가슴속에 쌓여갔다.

"난 지쳤어. 정말 지쳤다고."

"하지만 우리는—."

나는 이치의 얼굴을 붙잡고 성큼 다가섰다. 그의 간청이 우리의 입술 사이로 사그라졌다.

한 번도 느껴보지 못한 따스함이 내 안에 피어났다. 핏속으로 스며드는 열기가 눈에 보이진 않았어도 분명히 빛났으리라. 이치의 입술은 처음엔 긴장으로 굳어 있었지만, 내 입술 위로 슬며시 녹아들었다. 이치의 떨리는 손이 위로 올라와 내 목덜미를 힘주어 쓰다듬었다. 마치 손에 닿으면 안 되는 상대를 대하는 것처럼, 이게 현실이 맞는지 두려운 것처럼.

나는 입술을 떼고서 뒤로 빗어 묶은 그의 머리카락 사이로 손가락을 넣었다. 그렇게 서로 이마를 맞댔다. 우리의 얼굴 사이로 따스한 숨결이 오갔다.

어쩌면, 지금과는 다른 상황이었다면 난 이 입맞춤에 익숙해졌을지도 몰라. 따스하고 부드러운 이치의 품에 안겨서, 소중하게 여겨지고 사랑받는 데 길들여졌겠지.

하지만 난 사랑을 믿지 않는다. 사랑은 날 구원할 수 없어.

내가 택한 건 복수다.

정신을 차린 나는 억지로 물러서서 이치를 밀었다.

"네가 하려던 게 이거였지?"

나는 아무런 감정 없이 말했다. 그의 흐트러진 표정과 고통 어린 눈망울은 무시했다.

"이제 했으니 됐잖아. 그러니 날 놔줘. 혹시 내 시체를 돌려받게 되거든 화장시켜서 개울에 뿌려줘. 그러면 나도 언니를 따라갈 수 있겠지. 그게 어디든."

눈물로 젖은 이치의 얼굴이 햇살에 반짝였다.

더는 그 모습을 볼 수 없었다. 난 고개를 돌리고 문으로 향했다.

하지만 나가기 전에 다시 걸음을 멈췄다.

"마지막으로 할 말이 있어."

나는 돌아보며 가족들이 엿들을 수 없는 나직한 목소리로 말했다.

"네가 집에 찾아와서 내 계획을 망칠 뻔한 일을 그냥 넘어갈 거라고 생각하지 마. 이게 나에게 얼마나 중요한 일인지 알면서도 넌 이런 짓을 했어. 네가 군대에 어떤 식으로든 조금이라도 관여하려 한다면, 곧바로 자살할 거야. 그리고 귀신이 되어 널 따라다닐 거야."

나는 문고리를 비틀어 열고 이치의 곁을 떠났다. 영원히.

제4장

섬길 준비

만리장성 아래 있는 어두운 방, 금속 탁자 위에는 시험 장비가 어수선하게 널려 있었다. 천장에는 게임 화면이 나오는 모니터가 달려 있었다. 나는 기울어진 발판 위에 서서 위아래로 흔들리며 게임에 집중해야 했다.

경사침대(사람을 묶은 다음 침대를 움직일 수 있게 만든 기구로, 주로 병원에서 제대로 설 수 없는 환자를 위한 의료용 도구로 사용한다_옮긴이 주)가 겨우 덜컹거리며 멈추었을 즈음 나는 새로 입은 바스락거리는 첩의 예복에 왈칵 토할 지경이 되었다. 나는 끈적한 게임 컨트롤러를 내리며 한 손으로 배를 꽉 움켜쥐었다. 원래 이 테스트는 우리가 도착한 후 먼저 하기로 되어 있었지만, 테스트 기계에 문제가 생겼던 모양이었다. 그래서 이런 거추장스러운 옷을 입고 울렁거리는 게임을 하게 된 것이다.

"624!"

상급 시녀인 도 아주머니가 나의 공식 기력 수치를 외쳤다. 기록은 아주머니 뒤편의 스크린에서 보기 좋게 빛나고 있었다. 방의 금속 벽면으로 외쳐진 숫자가 반향되어 울렸다.

나는 충격으로 전율했다. 조금 떨어진 벤치에 앉은 다섯 명의 여자 애들은 놀랍다는 듯 수군댔다. 이제까지 테스트했던 소녀들의 기력 수치는 대부분 두 자리였고, 118을 기록한 여자애가 한 명 있었다.

열네 살 때 우리 마을로 이동 테스트 팀이 와서 아이들의 기력을 전부 측정한 적이 있었다. 그때도 나의 기력 수치는 월등했다. 기력은 정신의 힘을 수치화한 것으로, 기를 보낼 때 쓰는 힘의 등급으로 표현된다. 인류 중 단 3퍼센트 남짓만이 500 이상을 기록하는데, 500은 크리살리스를 활성화시키는 데 필요한 최소한의 힘이다. 나는 말도 안 되는 결과에 웃을 뻔했다.

내가 만약 남자였다면 꿈에 그리던 행운을 움켜쥔 데 기뻐했을 것이다. 나만의 거대한 변신 병기에 타고서 혼돈과 싸울 수 있으니까. 또 유명인이 되어 사랑과 칭송을 받으면서, 첩이 잔뜩 있는 망루에 살며 많은 것을 누렸으리라.

하지만 나는 남자가 아니다. 따라서 이 수치엔 큰 의미가 없다. 그저 다른 첩 조종사들처럼 금방 죽어버리지 않고 전투를 몇 번 더 치를 수 있다는 뜻일 뿐.

하지만 나는 그러려고 여기 온 게 아니다.

도 아주머니는 화면 둘레를 비틀비틀 걸어 내게 다가왔다. 높이 틀어올려 둥글게 쪽진 머리가 돋보였다. 거리가 가까워질수록 그녀의 그림자가 뒤쪽 벽에서 점점 커졌다. 입고 있는 짙은 초록색 상의의 금빛 가장자리와 매듭 단추가 게임 스크린의 스포트라이트 아래에서 은은히 빛났다.

도 아주머니는 내 머리에 붙였던 검사 센서를 떼어내며 말했다.

"축하합니다, 무 아가씨. 아가씨는 양 대령님의 어엿한 빈(嬪)으로 봉사하시게 될 겁니다. 앞으로는 무빈이라 부르도록 하겠습니다."

언니의 계급은 겨우 첩이었다. 나는 언니보다 네 배는 높은 연봉을 받게 되었다. 가족들이 기뻐 날뛰겠군.

그 기쁨도 며칠뿐이겠지만.

도 아주머니는 다른 소녀들에게 했던 설교를 반복했다.

"하지만 명심하세요. 이건 절대적인 수치가 아니랍니다. 무빈께서 양 대령님과 얼마나 조화를 이루냐에 따라 크리살리스에 탑승했을 때 상황이 달라질 수 있어요. 무빈께서 대령님의 마음에 공감하지 못한다면 전투 수행 능력이 떨어질 수 있습니다. 혹은 대령님의 수치에 가까워지면서 변이를 겪을 수도 있지요. 제가 조언을 하나 해드리자면, 전투가 아무리 나쁘게 흘러간다 해도 대령님을 이해하고 지지하면서 항상 곁에 있어드리는 게 중요합니다. 빈의 역할을 다하세요. 그러면 대령님 곁에 서는 철의 대공비가 될 수도 있을 테니까요."

나는 코웃음을 칠 뻔했다. 그녀는 밝은 미소와 함께 특별하고 예외적인 존재가 될 수 있다는 거짓 사탕발림으로 우리가 제 발로 죽을 자리를 찾아가도록 등 떠밀고 있었다.

나는 컨트롤러를 내려놓고 경사침대의 갈라진 가죽 덮개 위에서 발걸음을 옮겼다. 걸을 때마다 새로 받아 신은 비단 자수 신발이 연단 아래로 내려가는 강철 계단에 부딪혀 짤랑이는 소리를 냈다. 몸에서 발산된 열기가 찬 공기 사이로 사라졌다. 살갗이 부르르 떨리며 소름이 돋았다. 털이 뽑힌 모공은 깜짝 놀랄 만큼 시렸다. 왜인지 혀에서 녹슨 피 맛이 느껴졌다.

다른 입대자들은 저마다 팔짱을 끼고 벽에 붙여놓은 기다란 벤치에 모여 앉아 있었다. 저 멀리 희미하게 어른거리는 스크린 불빛이 그들을 따라다녔다. 소녀들의 그림자는 마치 그들을 언제라도 낚아챌 포식자처럼 반짝이는 금속 위로 살금살금 움직였다.

다음으로 테스트를 받을 소녀가 벤치에서 일어섰다. 나는 그 애 옆을 지나쳤다. 우리가 입은 유군(襦裙, 중국의 전통 여성복으로, 가슴 위부터 치마가 시작하여 아래로 길게 늘어뜨려진 디자인이다_옮긴이 주) 자락이 서로 다른 방향으로 스치는 모습이 초록, 노랑, 하양 빛깔의 파스텔이 그려낸 연기 같았다. 이 세 가지 색은 양광의 색이다. 우리가 걸친 치렁치렁한 옷자락은 아주머니들이 입은 의복보다 훨씬 밝은 색이었고 결도 투명하게 비쳤다. 옷은 목욕하고 제모하고 검사하고 향수를 뿌린 우리의 몸에서 수채화 물감처럼 흘러내렸다. 가슴까지 패여 있는 유군은 노출이 심했다. 나는 이제껏 다른 사람 앞에서 이렇게 몸을 드러낸 적이 없었다. 팔에는 뿌연 초록색 비단 띠를 둘러 등 뒤로 늘어뜨렸다.

계속 메스껍고 속이 뒤틀렸지만 나는 불편한 기색을 억눌렀다. 임무를 감당할 준비가 안 되었다는 기색을 내보일 수는 없었다. 내가 남들보다 높은 '빈 계급'으로 시작한다 해도, 양광은 얼마든지 다른 소녀를 좋아하고 승진시킬 수 있다. 만약 내가 양광의 총애를 얻지 못한다면 그의 망루에 사는 수많은 첩 사이에서 그냥 잊히고 말 것이다.

그러면 놈을 죽일 기회를 잡기가 훨씬 어려워진다.

"여러분은 우리 시대 가장 위대한 영웅에게 위로와 동지애를 선사하기 위해 이곳에 왔습니다."

도 아주머니가 했던 입소식 연설이 머릿속에 떠올랐다. 우리가 처음 모여 그녀 앞에 어수선하게 줄을 섰을 때였다.

"오늘부터 여러분은 우리의 영웅을 기쁘게 해주는 존재가 됩니다. 여러분의 봉사로 그분은 신체와 정신을 최고조로 끌어올린 상태에서 우리의 국경을 위협하는 혼돈과 싸울 것입니다. 그러므로 여러분은 그분의 건강과 행복을 가장 중요하게 여겨야 할 것입니다. 시장하실 때는 식사를 드리고, 목이 마르실 때는 물을 따라드리고, 그분이 즐기는 모든 일에 활기찬 열정으로 함께해야 합니다. 그분이 말씀하시면 마음을 다해 들어드리세요. 이때 말을 끊거나 말대꾸를 해서는 안 됩니다. 우울하거나 비관적이거나 무심한 태도를 보여서도 안 됩니다. 그리고 무엇보다도, 그분의 손길에 거부 반응을 보여서는 절대로 안 됩니다."

나는 다른 여자애들 사이에 있는 가장 넓은 공간에 앉았다. 차가운 강철의 느낌이 허벅지에 닿았다. 떨리는 맥박을 진정시키려고 다리를 단단히 꼬았다. 머릿속에선 온갖 생각이 휘몰아쳤다. 양광이 내 얼굴을 보고 언니를 떠올릴까. 자기의 잠자리 상대로 정말 나를 고를까. 내 비녀 속에 든 칼날이 양광의 경정맥을 끊어버릴 만큼 날카로울까.

아무도 말이 없었다. 몇 시간 전 아주머니들에게 처녀 검사를 받은 후, 우리는 별말을 하지 않았다. 그 검사에서 한 명이 탈락했다. 그 애는 비명을 지르고 울면서 절대로 남자와 그런 짓을 한 적이 없다고 맹세했다. 검사의 정확성에 대한 의심이 들었다. 하지만 그 애는 공식적으로 첩 조종사에서 탈락했기 때문에 어디론가 보내졌을 것이다. 어딘지는 모르겠다. 부디 그 애의 집은 아니기를 바란다. 그녀의 가족은 분명히 돼지우리에 딸을 처넣어 죽일 테니까.

몸서리가 쳐졌다. 만약 내가 탈락했다면 어떻게 되었을까. 우리 가족이 이치에 대해 온갖 질문을 퍼붓던 기억을 떨칠 수가 없다. 그때 난 팔꿈치로 가족을 밀치고 뒷마당에 내려진 호버크래프트의 밧줄 사다리를 타고 올라갔다.

"나는 어떤 선도 넘지 않았어."

나는 뺨을 빨갛게 물들이며 이렇게만 대답했다.

호버크래프트가 날 데리고 떠난 후로 이치가 우리 가족을 어떻게 대했을지 모르겠다. 하지만 이제는 중요하지 않은 일이다.

석 달 전 언니가 이런 일을 겪었을 거라 생각하니 몸이 아파왔다. 종일 목욕하고 제모하고 옷을 차려입고 화장하고 규칙에 대한 강의를 듣고 뉴스에 내보낼 사진을 찍는 이 모든 일을, 언니도 다 했겠구나.

이치도 이 사진을 보겠지. 그리고 댓글도. 내 외모를 낱낱이 품평하며 과연 양광에게 어울릴 만한 여자인지 아닌지 따져보는 댓글들을 말이다. 이치가 그것에 진저리 쳤으면 좋겠다. 그래서 날 쉽게 잊었으면 좋겠다.

경사침대가 끽끽, 쿵쿵대며 움직이는 끔찍한 소리가 다시 방에 울렸다. 온갖 장비에서 새어나오는 우울한 푸른빛에 뒤덮인 채로, 나는 다른 여자애들과 함께 테스트를 받는 소녀를 지켜보았다. 그녀는 경사침대에 몸이 묶인 채 천장에 달린 스크린 속 나비에 집중하고 있었다. 10분 동안 장애물이 가득한 터널을 최대한 긴 코스로 통과해야 하는 테스트였다. 게임 화면이 금속 벽에 너울거렸다. 왜 이게 기력을 측정하는 최선의 방법이라고 생각하는 건지 모르겠다. 아마 병기 안에서 이리저리 휘둘리는 동안 집중력이 필요하다는 점과 관련이 있겠지.

나는 배에 계속 손을 얹고 있었다. 가슴속 불안감이 개의 꼬리처럼 흔들렸다. 시간이 빨리 가기를 바라면서도 또 느리게 흐르기를 바라는 모순된 기분을 느꼈다. 이 모든 절차를 거쳐 양광 앞에 줄을 선다고 생각하자 순간 확 사라져 버리고 싶다는 생각이 들었지만, 따지고보면 이제껏 참 오랜 시간을 들여 준비해 온 일 아니던가. 지금은 아마 밤 깊은 시각일 것이다. 양광은 야행성이다. 혼돈은 대부분 밤에 공격해 오니까.

나는 무심코 머리에 손을 올렸다. 지금 내 머리는 경이로운 공학 구조물이나 다름없었다. 머리 위로 기다란 머리카락을 여우의 귀처럼 동그랗게 말아 올린 번이 두 개 달려 있었다. 머리숱이 모자라서 핀으로 가발을 붙여 만든 번이었다. 하얀 크리스털 백합 핀을 번 가운데 꽂은 모습이 꼭 여우의 하얀 털 같았다. 빛나는 술이 달린 은빛 핀이 머리카락을 단정하게 모아 고정시켰다. 나는 손가락으로 내가 가져온 비녀를 쓸었다. 온통 빛나는 장신구 사이에서 유일하게 칙칙해 보이는 물건이었다.

"그 비녀가 지금 모습에 어울린다고 생각해?"

내 옆에 있는 소녀가 불쑥 속삭였다.

얼어붙은 호수에 빠진 것처럼 온몸에 한기가 서렸다.

뭔가 눈치챘을까? 칼날 부분이 살짝 보였나?

나는 반으로 갈라지는 부분을 슬쩍 쓸어보았다. 다행히도 그저 매끈할 뿐이었다.

"이건 어머니의 유품이야."

나는 나직하지만 단호한 목소리로 거짓말을 뱉었다. 아무렇지 않은 척 천천히 손을 내렸지만, 손가락은 내가 앉은 벤치만큼이나 차가워져 있었다.

"그렇구나. 그래도 좀 안 어울리지 않아?"

그녀는 턱에 손을 얹으며 말했다. 잡티를 가려주는 하얀 분가루가 그녀의 손바닥에 번졌다. 우리는 모두 입술을 신선한 딸기처럼 붉게 칠하고, 눈매는 고양이처럼 올려 그리고, 눈꺼풀에는 복숭앗빛 색을 입힌 모습이었다.

"그럼 내가 이걸 어디에 둬야 하는데? 이 예복엔 주머니가 없잖아."

나는 눈살을 찌푸렸다. 구겨진 이맛살 위로 그려 넣은 붉은 연꽃무늬도 함께 일그러졌을 것이다.

"도 아주머니에게 맡기면 되지. 너에게 소중한 물건이라는 건 잘 알겠지만, 누가 훔쳐갈 정도로 귀해 보이진 않아."

나는 이 애의 이름을 떠올렸다. 소숙비라는 이름이었다. 그녀의 기력은 118이었다.

"여기에 꽂아도 괜찮아."

나는 쌔근거렸다. 문제를 일으키면 안 된다는 걸 알면서도.

"그리고 네가 무슨 상관인데?"

"어머, 나는 네 모습을 좀 더 낫게 해주려는 거였어."

그녀는 몸을 곧게 펴면서 예쁜 얼굴을 찌푸렸다.

"누가 너한테 부탁했어? 네 걱정이나 해."

그녀가 어이없다는 표정으로 입을 벌렸다.

"너, 네가 우리보다 낫다고 생각하는 거야? 우리가 널 질투하는 것 같아?"

벤치에 앉은 다른 소녀들이 놀란 표정으로 쳐다보고 있었다. 아름답게 꾸민 세 쌍의 눈동자에는 겁먹은 기색과 기계의 불빛이 함께 일렁였다.

"글쎄? 이제 보니 정말 그런 것 같네. 아니라면 뭐 하러 네가 이야기를 꺼냈겠어? 근데 질투할 게 뭐가 있지? 내 기력이 높다는 거?"

나는 눈을 가늘게 떴다.

"웃기지 마. 좋은 첩이 되는 데 그렇게 높은 기력은 필요 없어."

소숙비는 야릇한 시선으로 내 몸매를 훑었다. 우리 가족은 나를 어떻게든 굶겨 죽이려 했지만, 이치가 가져다준 간식 덕택에 나는 그다지 마른 적이 없었다.

서글픈 기분이 들었지만 나는 삐딱하게 웃으며 대꾸했다.

"624가 높은 수치인 것 같아? 양광은 6,000이 넘는 거 몰라? 난 아무것도 아니야. 우리 모두 *아무것도 아니라고.*"

소숙비는 불편한 듯 자세를 고쳤다. 손가락으로는 옷자락을 꼭 잡았다.

"주인님의 존함을 함부로 부르지 마."

그 말을 듣자 배를 주먹으로 맞은 것 같았다. 내 눈이 분노로 번뜩이고 있으리란 걸 보지 않아도 알 수 있었다. 목 안으로 수백 마디의 말이 솟구쳐 올랐지만 이를 악물고 참았다.

나는 도 아주머니를 보았다. 여전히 테스트를 감독하는 데 여념이 없었지만 상황이 좀 더 심각해진다면 결국 이쪽을 보게 되리라. 나는 한숨을 길게 내쉬며 소숙비를 외면했다.

하지만 이런 행동은 그녀를 더 대담하게 만들 뿐이었다. 소숙비가 큰 소리로 말했다.

"태도가 그게 뭐야? 우리는 모두 대공급 조종사를 섬기러 온 거야. 이렇게 말끔하게 단장했는데 그 추한 비녀를 머리에 꽂고 있을 거야? 농가 하층민 출신인 티 좀 버리면 안 돼?"

나는 그녀를 노려보다 쏘아붙였다.

"우린 모두 농가 하층민 출신이야. 우리가 섬길 조종사도 마찬가지고! 부잣집에선 자식을 군대에 보내지 않아. 생각해 봐. 그럴싸한 호칭, 예쁜 옷, 화려한 보석 따윈 그저 우리 정신을 딴 곳으로 돌리게 하려는 겉치레일 뿐이야. 그래야 젊은 나이에 죽는 게 덜 비참하게 느껴질 테니까. 우린 전부 곧 죽게 될 거야! 이게 네가 나를 짜증나게 하려는 이유일지 모르겠지만, 얼마 남지 않은 시간을 마음껏 누리는 데 집중하는 게 좋을 거야. 위엄 있고 우아해진 기분도 곧 끝날 테니까."

나는 소숙비의 머리카락에 달린 은빛 술을 손가락을 저으며 덧붙였다.

"사람들이 네게 이 모든 걸 준 이유는 단 하나야. 너한텐 머지않아 이런 게 다 필요 없어질 거거든."

차가운 침묵이 우리를 내리눌렀다. 소숙비는 얼굴을 구기는가 싶더니 곧 흐느끼기 시작했다. 잠시 죄책감이 나를 옥죄었다.

그때 소숙비가 내 머리에서 비녀를 확 뽑았다.

나는 완전히 겁에 질렸다. 온몸이 공포로 얼어붙어 뒤돌아볼 엄두가 나지 않았다. 하지만 비녀는 기적적으로 갈라지지 않고 그대로 있었다.

곤두선 신경은 겨우 가라앉았지만, 내 몸 안에 퍼진 열기와 아드레날린이 차갑게 식어 온몸을 잡아끄는 파편으로 변하는 걸 막을 수는 없었다. 나는 턱을 치켜들고 내 앞의 바보 같은, 자그마한 소녀를 가만히 내려다보았다. 소숙비는 내 비녀를 손에 들고 멍하니 입을 벌렸다. 자기가 한 행동에 스스로도 놀란 것 같았다. 그녀는 곧 고개를 떨구고 내 눈을 피했다.

내가 벤치를 탕 내리친 순간, 문가에서 키득거리는 남자의 목소리가 울렸다.

"나라면 그 비녀 다시 돌려줄 거야. 저 여자앤 당하고는 못 사는 애 같거든."

우리의 고개가 일제히 돌아갔다. 벽에 기대어 팔짱을 끼고 서 있는 남자를 미처 바라보기 전부터 두려움이 나를 덮쳤다.

저 목소리에 나는 반응할 수밖에 없었다. 가족들이 경외심을 품고 지켜보던 영상의 기억으로 머릿속이 타들어가듯 고통스러웠으니까.

놈이 왔다.

내가 죽여야 할 남자가.

제5장

치명적인
실수

"주인님."

우리는 한 몸처럼 벤치에서 일어나 배운 대로 절을 했다.

나조차도 그랬다. 바로 내 입이 주인님이라고 말했다. 지글지글 타는 숯처럼 그 말이 입속에 화상을 입히고 물집을 내더라도 그렇게 말해야 했다. 그래야 저 남자의 피를 내 손에 묻히는 순간에 한 걸음 더 가까워질 테니.

"아아, 인사 같은 거 필요 없어. 그쪽도 하던 일 계속해요."

도 아주머니가 일어서자, 양광은 그녀에게 건틀릿을 찬 손을 흔들어 보였다. 그가 착용한 기 아머는 부조종사 없이도 크리살리스를 조종할 수 있도록 크리살리스의 일부를 분리하여 만든 것이었다. 나는 그의 기 아머를 보고 조금 놀랐다. 대다수의 조종사들은 기 금속을 필요한 만큼만 다공성 그물망 소재로 만들어 착용한다. 크리살리스에게 명령을 내릴 수 있을 만큼만 입는다는 뜻이다. 하지만 양광의 단단한 아머는 빳빳한 금속 조각이 온몸을 뒤덮은 형태였다. 마치 광물 원석을 깎아낸 것처럼 갑옷이 녹색의 선들로 반짝였다. 머리에는 동일한 기 금속으로 만든 빛나는 왕관이 씌워져 있었다. 거친 털처럼 보이는 왕관은 여우의 귀처럼 뾰족한 모양이었다.

221년 전, 그러니까 통일 전 화하의 중부 지방에는 여러 부족이 있었다. 그때 조종사들은 전쟁을 이끄는 전사이자 왕이었다. 700년 전쯤 황제와 그의 아내 루조(螺祖)가 크리살리스를 발명한 후, 조종사들은 다시 생겨난 영구 정착지를 통치하고 방어했다. 오늘날 조종사가 고귀한 지위를 누리는 것은 그때 생겨난 전통의 잔재다.

소숙비가 몸을 사시나무처럼 떨어대는 바람에 머리핀의 은빛 술에서 유리잔에 떨어지는 물방울 소리가 났다. 나는 속으로 비명을 질렀다. 몸을 날려 비녀를 확 잡아채고 싶었지만 그러기엔 너무 위험했다. 한 번만 잘못 당겼다가는, 그래서 양광의 눈앞에서 비녀에 숨겨진 칼날이 번뜩였다가는 모든 게 끝장이었다.

소숙비는 말을 더듬었다.

"주, 주인님. 저희는 몰랐습니다……. 이렇게 늦은 시각에 오실 줄은 정말 몰랐습니다."

양광은 맑고 밝은 웃음을 터뜨렸다. 그러곤 벽에서 몸을 일으켜 탁자가 있는 곳까지 성큼성큼 다가왔다.

그의 금속 아머가 달가닥거렸다. 어깨 보호대 위로 매듭을 지어 달아둔 기다란 여우 털 망토 자락이 사각거렸다. 초록색 왕관 위로 올린 흠잡을 데 없는 상투를 높다란 청동 상투 관이 감싸고 있는 것이 눈에 들어왔다. 평범한 소년은 스무 살이 되기 전에 이렇게 머리를 올릴 수 없다. 하지만 조종사에게는 해당되지 않는 전통이니, 그들은 모두 성인처럼 머리를 올려 상투를 튼다. 양광은 아직 열아홉 살이지만 벌써 5년 이상 복무한 대령이다. 어쨌든 그가 성년을 맞는다면 군대에서 크게 축하를 해줄 것이다.

아니, 내가 지금 무슨 말을 하는 걸까. 양광은 스무 살을 맞이하지 못한다. 절대로.

가까이 다가오는 양광의 뺨에 보조개가 팼다.

"뭐랄까, 얼마나 예쁜 소녀들이 내 망루에 새로 들어왔는지 알고 싶어서 견딜 수가 없더라고. 그런데 너희들 설마 나랑 있고 싶지 않아서 일부러 쫓겨나려는 건 아니겠지?"

소숙비가 소스라치게 놀랐다.

"아닙니다! 저희는, 저희는 그저⋯⋯."

"그 비녀를 원래 주인에게 돌려줘. 그러면 아무 문제 없을 거야."

나는 손을 내밀었다. 머릿속에서 연습해 온 대로 얌전한 척하기엔 이미 늦었다.

소숙비가 내 손바닥에 비녀를 꽂다시피 돌려주었다. 비녀에는 그 애의 땀이 흥건했다.

"고마워."

나는 비녀를 여우 귀 모양에 꽂고서 애써 차분한 척하려고 했다.

양광이 왔어. 목 졸라 죽일 수 있을 만큼 가까이.

그가 너무도 앳되어 보이는 것에 나는 새삼 놀랐다. 날렵한 턱, 짓궂은 웃음기, 더없이 반짝이는 눈빛. 두 갈래로 이루어진 그의 왕관을 보자 가슴이 떨렸다. 모든 조종사는 단 하나의 진정한 짝을 찾고 있다는 사실이 떠올랐다. 다른 소녀들도 멍하기는 마찬가지였다. 우리 모두 같은 상상을 하고 있었다. 양광이 저 두 갈래의 왕관을 반으로 나누어 한 쌍으로 만든 다음, 호화로운 대관식에서 그중 하나를 우리의 머리에 씌우는 상상 말이다. 인정하긴 싫지만 내 머릿속 가장 생생한 기억 중 하나가 바로 그것이다. 어릴 적 마을 소녀들과 함께 커다란 스크린 앞에 옹기종기 모여 앉아 시청했던 대관식. 그때만큼은 여자아이들에게도 허락된 스크린을 바라보며, 우리는 하나같이 넋을 잃었다.

정말이지 아무것도 몰랐던 시절.

나는 머릿속에서 환상을 떨쳐냈다.

"그런데…… 사람들을 종종 이렇게 겁 먹이는 편이니, 예쁜아?"

양광은 내 눈을 똑바로 바라보며 물었다.

"먼저 시비를 걸 때만 그렇답니다."

태연하게 말했지만 세게 뛰는 맥박이 온몸을 울렸다.

"이 아가씨는 빈 계급이랍니다. 무빈이라고 부르시면 됩니다!"

도 아주머니가 환하게 웃으며 우리 쪽으로 다가왔다. 아직 테스트가 끝나지 않은 경사침대는 불쌍한 소녀를 매단 채로 여전히 끼익끼익 움직이고 있었다.

도 아주머니가 내 성을 붙여 소개하자 가슴이 더욱 죄어들었다. 아주 흔한 성씨긴 하지만, 아주 드문 확률로 양광이 나를 보고 내 언니를 떠올릴 수도 있으니까. 뭐, 알아차렸다 해도 말하지는 않겠지. 죽은 첩 이야기를 하는 사람은 없으니. 어쨌든 이름 모를 여자애가 곧 자신을 죽이고 가문의 삼대를 멸할 예정이라는 건 모를 거다.

"빈이라고?"

양광은 눈을 깜빡이더니 가늘게 뜬 눈으로 나를 바라보았다. 그의 홍채가 환해지며 노란빛을 띠었다.

홍채가 밝아진다는 건 기가 금속 아머에 통하고 있다는 신호였다. 나는 홀린 듯 그 모습을 바라보았다. 평생 화면을 통해서나 보았던 조종사들은 환상 속 존재에 가까웠다. 하지만 지금 내가 있는 곳은 현실이다.

"그래, 이제 느껴지네!"

고개를 끄덕이는 양광의 두 눈이 금빛으로 일렁였다.

"기력이 상당히 높은데, 흠."

그의 빛나는 시선이 녹아내리는 꿀처럼 내 몸을 훑었다.

"너 정말 재미있는 애로구나."

도 아주머니는 은근한 눈빛으로 그와 나를 바라보았다.

"도련님, 함께 근무할 동반자를 고르러 오셨나요?"

"벌써 찾은 것 같아."

양광은 타오르는 금빛 눈동자로 나를 바라보며 건틀릿을 착용한 손을 내밀었다.

나는 손가락의 떨림을 억누르며 그의 따스한 건틀릿 위로 나의 손을 얹었다. 정신이 경사침대에 다시 묶인 것처럼 울렁였다.

내가 이놈을 만지고 있어. 언니의 목숨을 앗아간 손을 만지고 있다고.

난 잔인한 살인 계획으로 머릿속을 가득 채운 채 여기에 왔다. 하지만 그는 내가 자신을 기쁘게 할 새로운 장난감인 듯 미소 지었다.

내 얼굴에도 미소가 꾸물꾸물 피어올랐다. 고개를 숙이고 있는데도 소숙비가 분노로 파르르 떠는 모습을 볼 수 있었다. 한 줄기 동정이 마음을 스쳤다.

이놈 같은 건 마음에 둘 가치가 없어. 내가 곧 알려줄게. 그 애에게 말해주고 싶었다.

그러다 양광의 손이 강하게 내 손을 쥐는 바람에 내 미소는 곧 사라지고 말았다.

양광이 깨어 있는 동안에 그를 제압할 방법은 없다. 그러니 잠들 때까지 기다려야 한다.

즉 내가 목을 그어버리기 전에, 먼저 놈의 놀잇감이 되어야 한다는 뜻이다.

예전에 수-당 지방 국경에서 벌어진 공중전의 홍보 영상을 본 적이 있다. 그 영상에서 망루는 만리장성 바로 바깥, 혼돈이 날뛰는 평원 앞에 있는 산 끝자락에 자리 잡고 있었다. 크리살리스는 각 망루 앞에 웅크린 채였다. 복무 중인 조종사들은 배정받은 망루 상층부에 지은 접시 모양의 숙소에서 살았다.

양광은 엘리베이터를 이용해 나를 숙소로 데려갔다. 이런 것에 익숙해지지 않아도 된다니 다행이었다. 마기(魔氣, demon spirit)를 사용해 운행되는 엘리베이터는 삐그덕대는 금속 상자 같았다. 양광은 건틀릿을 찬 손으로 하늘하늘한 옷을 걸친 나를 번쩍 안아 들었다. 그의 손이 나의 어깨와 허벅지를 잡았고, 달아오른 철 같은 두 팔은 내 몸을 꽉 죄었다. 나는 싫다고 하지 않았다. 그의 손길에 부정적인 반응을 보이지 말라는 규칙이 있었으니까.

마침내 엘리베이터가 덜컹이며 멈추더니 끼익 소리를 내며 열렸다. 그 순간, 나도 모르게 그를 너무 꽉 잡고 있었다는 사실을 깨달았다. 내 팔뚝은 그가 두른 망토의 주홍빛 나는 갈색 털 부분에 폭 싸여 있었다. 헐떡이며 내뱉은 숨이 그의 아름다운 턱선에 가닿는 것을 느낄 수 있었다. 나는 팔을 놓았다. 뺨이 아프도록 달아올랐다.

괜찮아. 나는 수치심을 애써 삼키며 마음을 다독였다. 이건 다 앞으로의 일과 연관된 거야. 내 목표를 이루기 위한 수단일 뿐 그릇된 행동이 아니라고.

둥근 형태의 숙소에 은색 별빛이 비쳐들어 내부의 가구를 눈부시게 비추었다. 밤하늘을 수놓은 별들의 풍경은 빛나는 불꽃의 바다 같았다. 바닥부터 천장까지 이어진 통창으로 그 광경이 한눈에 들어왔다. 하늘 아래로 황량한 혼돈의 영토가 지평선까지 쭉 이어졌다.

드문드문 보이는 들쭉날쭉한 검은 부분은 산이었다. 내가 만리장성 안쪽에서 보호받고 있다는 생각에 온몸이 떨렸다. 하지만 창문으로 다가가 아래를 내려다보면 인류해방군의 봉화 같은 구미호가 똑똑히 보일 것이다. 어쩌면 다른 크리살리스도 보일지 모른다. 이내 가슴이 벅차올랐다.

하지만 오래지 않아 죄책감이 마음을 찔렀다.

아니야. 지금은 전쟁을 생각해서는 안 돼. 나와는 상관없는 일이야. 지금 난 화하에서 가장 강력한 수호자를 죽이러 왔단 말이야.

양광은 잠시 내 어깨에서 손을 떼고 놋쇠 스위치를 올렸다. 링 모양의 색 전등이 천장에서 깜빡이며 켜지자, 별빛은 사그라들고 황량한 들판이 어둠에 감싸였다.

양광이 나를 안고 바닥에 깐 돗자리 위를 걷는 동안, 난 주위를 두리번거릴 수밖에 없었다. 이토록 깨끗하고 예술적이고 단정하게 꾸며진 방은 처음 보았다. 창문 앞에는 붉은 나무를 조각해서 만든 긴 소파와 커다란 스크린이 있었다. 탁 트인 공간 한가운데엔 식탁이 놓였고, 천장에는 옥으로 만든 원반이 달렸다. 둥근 철제 벽을 배경으로 전쟁의 신 치우(蚩尤)를 기리는 제단이 있었다. 향로에는 향을 꽂아두었다. 구불구불한 커튼 봉에 달린 비단 커튼 뒤에는…….

나는 눈길을 홱 돌렸다.

살갗에 온기와 냉기가 동시에 일렁였다.

저 뒤엔 침대가 있겠지.

눈꺼풀이 파르르 떨렸다. 양광이 날 바라보고 있었다. 우뚝 솟은 청동 상투관 위로 형광등 불빛이 후광을 드리웠고, 그가 걸을 때마다 에메랄드빛 왕관과 아머 위로 아른거리는 빛이 춤을 추었다. 그는 보조개가 패도록 미소 지으며 나를 소파 위에 올려놓았다.

아직도 마음 한구석이 불에 던져진 바싹 마른 나무처럼 탁탁 튀었다. 살아남고 싶다. 그의 목에 칼을 꽂은 다음 도망칠 방법은 없을까. 부질없는 희망을 버리지 못한 스스로가 정말이지 한심하게 느껴졌다.

긍정적으로 생각하자. 이 일만 마치면 드디어 죽을 수 있어…….

고통과 실망뿐이었던 삶에 난 완전히 지쳐 있었다.

양광이 모피 망토를 벗는 소리가 났다. 그는 조각이 새겨진 소파 등받이에 망토를 걸쳐놓고 내 옆에 앉았다. 아머 무게에 쿠션이 바닥까지 짓눌리는 바람에 그와 나 사이에 경사가 졌다.

"보아하니 너는 조종사 일에 아주 냉소적이구나?"

갑작스런 질문이었지만 나는 그럭저럭 말을 더듬지 않고 반응할 수 있었다.

"그렇다면요?"

"음……."

그의 눈에 다시 금빛 광채가 서렸다.

노란빛이 자그마한 거미줄처럼 그의 가슴팍에 퍼졌다. 살짝 긁히는 소리가 나더니, 긴 금속이 빙글빙글 솟아올라 조악한 꽃송이를 피워냈다.

나는 입을 벌린 채 멍하니 그것을 바라보았다.

"네가 왜 그렇게 생각하는지는 알겠지만, 그래도 이거 참 신기하지?

안 그래?"

양광은 꽃을 꺾었다. 꽃송이는 아머와 가느다란 끈으로 연결되어 그의 통제 아래 있었다. 그는 부끄럽다는 듯이 작게 웃으며 나에게 꽃을 내밀었다.

나는 꽃을 받으며 재미있다는 듯 웃음 지었지만, 이건 신기한 마법 따위가 아니라는 사실을 다시금 되뇌었다. 척추에 가느다란 침을 꽂아 신체와 연결된 아머로 뿜어낸 기로 기 금속을 자극하면 저런 꽃 정도는 얼마든지 만들 수 있다.

기 금속이란 기의 순수한 결정체를 말한다. 그리고 이 세상 다른 모든 것과 마찬가지로, 기와 기 금속 역시 음과 양의 다섯 가지 하위 개념으로 구분된다. 목, 화, 토, 금, 수. 양에 가장 가까운 것이 나무인 목이고, 차례대로 불, 흙, 금속이며 마지막 물은 음에 가깝다. 이 특성은 글자 그대로를 뜻하기보다는 은유에 가까우며, 수없이 많은 조합을 이루어 상호작용한다. 예를 들어 구미호는 목형(木型) 혼돈의 몸체로 만들어졌다. 목형이라고 해서 그 혼돈이 나무 같다는 뜻은 아니다. 나무가 계속 자라며 사방으로 뻗어가는 것처럼 퍼지는 힘이 강하고 역동적이라는 뜻이다. 양광이 몸에 가득한 황금빛 토기(土氣)를 아머에 주입하면, 기를 휘저어 무언가를 쉽게 만들 수 있다. 흙의 기운은 균형과 안정성을 제공하는 생명력이니까. 그러니 그리 놀랄 일은 아니다.

하지만 제아무리 논리적으로 생각하려 해도, 이렇게 양광과 가까이 있으니 냉정해지기가 힘들었다. 온몸의 세포가 윙윙거리는 건 경계하라는 의미만이 아니었다. 뭔가 다른 이유가 더 있었다. 나는 우리를 둘러싼 묘한 긴장감을 없앨 만한 무언가를 정신없이 찾았다.

창문 한쪽에 이글이글 빛나는 전자 포스터가 잔뜩 걸려 있는 게 보였다. 그중 가장 큰 건 구불구불 몸을 감은 금빛 용 옆에 선 자그마한 사람이 하늘을 향해 손가락을 하나 들어 올린 포스터였다.

그 사람은 진정(秦政), 다들 아는 이름으로는 진시황제라고도 하는 인물로, 그저 전설이 아니라 역사 속에 실존했던 유일한 황제급 조종사다. 그의 기력은 200년 전의 장비로는 파악할 수 없을 정도였기에, 그의 강력한 지휘 아래 화하의 통일이 보장되었다. 하지만 진정은 갑자기 당시에 유행하던 전염병인 화두(花痘, 피부에 꽃무늬를 닮은 붉은 반점이 퍼지는 치명적인 병. 소설 속 가상의 전염병_옮긴이 주)에 걸려버렸고, 그가 사라지며 인간과 혼돈 사이에 권력 다툼이 생기자 주 지방은 멸망하고 말았다. 그 여파로 사람들은 조종사가 나라를 통치하는 게 얼마나 위험한 일인지 알게 되었다. 그래서 현재의 조종사는 화려한 직함을 가진 유명한 군인일 뿐이다.

"진 황제께서 화두의 치료법이 발견되길 기다리며 황룡 안에서 본인의 몸을 냉동시켰을 가능성은 없을까요?"

나는 화제를 바꾸며 양광의 가슴판에 기 금속 꽃을 댔다. 그러자 꽃송이는 노란빛을 뿜으며 쑥 빨려들더니 처음부터 존재하지도 않은 것처럼 사라졌다.

양광은 진지해졌다.

"음, 사람들 말로는 황제의 수기(水氣)가 너무 차가워서 혼돈 무리 전체를 손도 대지 않고 순식간에 얼릴 수 있었대. 그러니 자기 몸을 냉동시키는 것도 가능했겠지. 문제는 어떻게 기를 계속 공급하느냐인데, 축융봉이 있잖아? 곤륜산맥에 있는 화산 말이야. 전략가들에 따르면 황룡은 용암에 빠져도 녹지 않을 정도로 튼튼하대. 용암에 들어가 있으면 지구의 기에 흠뻑 젖는 거나 마찬가지니까."

그는 포스터 속 용의 구불구불한 몸체를 허공에 따라 그렸다.

"그렇다면 진 황제께서는 정말로 주 지방에서 몸을 얼린 채로 누가 깨워주기만을 기다리고 계실까요? 전략가들은 뭐라고 했나요?"

"사방에 혼돈이 있어서 그 누구도 거기까지 날아갈 수는 없어. 하지만 이것만은 확실해."

양광은 내게 가까이 다가왔다. 표정이 어두웠다.

"우리는 머지않아 그 지방을 되찾을 거야."

"드디어 반격을 시작한다는 건가요?"

나는 빠르게 눈을 깜빡였다. 그의 곁에서 쿵쿵 뛰는 가슴을 억누르려고 심호흡을 했다.

"그러기를 바라고 있어. 힘의 균형은 우리 쪽으로 넘어왔어. 이세민이…… 나타난 후로 말이야."

"아."

나는 멍한 목소리로 나직하게 대답했다. 양광은 잇새로 숨을 훅 들이쉬었다.

"그래. 가족을 죽인 살인범이 우리 중에서 제일 강하다는 건 별로 기쁜 일은 아니지. 하지만 개인사보다 중요한 게 있으니까."

그의 시선은 다시 진정이 그려진 포스터로 향했다.

"주 지방에는 우리의 동포가 있어. 오랑캐처럼 숨어서 누군가 구해주기를 기다리고 있는 사람이 있다고. 우리의 현재 병력을 따져볼 때 지금이 그들을 구출할 절호의 기회야."

구역질이 세차게 밀려왔다.

더는 자리에 앉아 있을 수가 없어서 나는 일어섰다. 그리고 진정의 포스터 쪽으로 비틀대며 다가가 경의를 표하는 척했다.

그러다 근처 책상에 잔뜩 쌓인 자그마한 물건들이 눈에 들어왔다. 자세히 보니 반쯤 조립한 크리살리스 모형이었다. 나무와 유리, 금속으로 이루어진 모형들은 이치 아버지 회사의 게임 사업부에서 판매하는 고급 모델이었다. 책상 옆에는 완성된 모형이 가득한 유리 장식장이 있었다.

나는 너무 당황해서 몸을 빙글 돌렸다. 양광이 소년다운 열띤 모습으로 키트를 조립하는 모습이 자꾸 상상되었다. 모든 게 너무나 혼란스러웠다.

양광이 어떤 인간인지 안다고 생각했다. 언니가 양광의 망루에 배치되었다고 말했을 때, 이치는 온몸을 굳히며 놀랐으니까. 우리 가족이 언니와 가진 단 한 번의 화상 통화에서, 언니는 눈에 멍을 달고 있었다. 걷다가 드론과 부딪쳤다고 했지만, 그 후에 병에 걸렸다는 말도 없이 언니는 갑자기 죽어버렸다. 난 그게 양광 때문이라고 생각해왔다.

하지만 오늘 본 양광은 내가 생각한 괴물과는 완전히 달랐다. 이유없이 첩을 죽일 만한 남자로 보이지 않았다.

내가 실수한 걸까?

잘못 생각한 걸까?

만약 그렇다면 나는 그릇된 판단을 믿고 나와 가족 모두를 죽음으로 몰아넣으려 하는 셈이다. 그뿐만이 아니라, 주 지방 탈환의 희망까지 내 선택으로 인해 사라지게 된다.

"양광에 대해 안 좋은 이야기를 들었어."

이치의 숨죽인 목소리가 머릿속을 스쳤다. 평소와는 다르게, 그 뒤에 붙여진 말까지도 떠올랐다.

"하지만 그건 양광이 아버지네 회사와 미디어 계약을 맺지 않겠다고 여러 차례 거부했기 때문일 수도 있어. 그래서 편파적인 의견만 들린 걸지도 몰라."

언니의 목소리까지 합쳐져 내 머릿속은 더욱 어수선해졌다.

"정말이야, 천천. 정말로 걷다가 드론이랑 부딪쳤어."

모든 게 너무나 빠르게 흘러갔다. 나는 정처 없이 비틀거리다 창문에 비친 내 모습을 무심코 바라보고 말았다. 이제껏 보지 않으려 했던 나의 모습을.

나는 홀린 듯 멈춰섰다.

이틀 전, 이치가 눈썹을 다듬어준 이후로 내 모습을 보는 건 처음이었다.

갸름하고 창백한 얼굴은 분을 발라 잡티 하나 없었다. 그렁그렁한 눈은 검은 아이라이너와 복숭앗빛 아이섀도 덕분에 두 배는 커 보였다. 가늘고 오뚝한 코와 윤기가 도는 장미 꽃잎 같은 입술까지. 다른 여자들이 하듯 꾸미고 가꾼다면 너도 예뻐질 거라던 사람들의 말처럼, 나는 아름다웠다.

양광은 부드러운 미소를 지으며 내 뒤로 다가왔다. 창문에 비친 우리의 모습은 포스터에나 실릴 완벽한 한 쌍 같았다. 매력적인 철의 대공과 그의 아름다운 첩.

여우 귀 장식에 꽂힌 나무 비녀는 이 그림과 어울리지 않았다.

나는 조잡하게 조각된 비녀를 만졌다. 몇 년 전에 언니가 선물해 준 비녀를 남몰래 무기로 개조한 것이었다. 인정하고 싶진 않지만, 소숙비의 말이 옳았다. 비녀는 지금 내 모습에 끔찍하리만큼 어울리지 않았다.

"말해봐. 이 비녀에는 무슨 사연이 있지?"

양광은 내 손을 덮으며 비녀를 함께 만졌다.

그 순간 긴장으로 몸이 굳었지만 치렁치렁한 예복 덕분에 다행히도 겁먹은 기색을 숨길 수 있었다.

집중해. 나는 스스로에게 명령했다. 이놈은 언니를 죽인 게 틀림없어. 그게 아니라면 어째서 언니의 죽음이 조용히 무마됐겠어?

"밤새 내 비녀 이야기만 하고 싶으신 건가요? 정말로요?"

나는 창문에 비친 우리의 모습을 빤히 바라보며 손을 그의 뺨에 가져다댔다.

이 부드러운 목소리와 열띤 시선이 바로 내 것이라니 믿을 수가 없었다.

양광의 입술이 놀란 듯 살짝 벌어졌다. 그는 몸을 숙여 내 귓가를 다정하게 비비다시피 했다.

"넌 모든 걸 있는 그대로 솔직하게 말하네. 정말 마음에 들어."

그의 뜨거운 숨결이 내 귓바퀴에 닿자 몸속이 본능적으로 자극되었다. 온몸의 근육은 실을 당기듯 팽팽해졌다. 숨결이 얕아지고 가팔라졌다. 피가 마구 날뛰었다. 나는 놀라움을 억눌러야 했다.

"드디어요?"

나는 들릴락 말락 속삭였다.

양광은 다시 창문에 비친 우리의 모습을 흥미롭게 바라보았다.

"너는 어딘가 특별해. 다른 여자들보다 넓은 시야를 가졌어. 다른 여자들은 지나치게 수줍어하면서 속마음과는 달리 자꾸만 빼려고 하지. 넌 안 그래. 마음속에 품은 걸 당당하게 인정하거든."

"주인님은 아무것도 몰라요."

나는 그의 입술을 어루만졌다. 사실 정말로 만져보고 싶은 건 그의 왕관이었지만.

여자란 이래야지, 라고 사람들이 정해놓은 틀에 날 억지로 맞추는 게 싫었다. '여자답게' 남자를 즐겁게 하고 섬기는 존재가 되어야 한다는 게 싫었다.

하지만 내게 주어진 지금의 힘은 마음에 든다. 과소평가된 모습 아래 숨은 힘. 여자에겐 불가능한 일이라는 선입견 뒤에 숨어 기회를 엿보고 있는 나의 가능성.

양광은 내 손을 잡고 손바닥에 입을 맞추었다. 나는 길고 무거운 한숨을 내쉬며 그의 품에서 돌아서 양광의 얼굴을 잡았다. 오늘 아침 이치에게 했던 것처럼.

괴로웠다. 어째서 이치가 아니라 양광과 이래야 할까. 하지만 내 몸은 나의 것, 나만의 것이다. 내 몸은 살인과 복수에 쓰기로 정했다. 그리고 무슨 수를 써서라도 성공할 것이다.

나는 내 인생 두 번째 키스에 양광을 끌어들였다. 부드러움도, 소심함도, 정숙함도 느낄 수 없는 입맞춤이었다.

그의 혀가 내뿜는 뜨거운 열기에 나는 어쩔 수 없이 거친 숨을 내뱉었다. 그의 입술은 격렬하게 움직이며 나의 정신을 흐트러뜨렸다. 아머를 착용한 손이 내 등을 쓸어내리자 살갗 위로 예복 주름이 하나하나 느껴졌다. 그가 나를 다시 번쩍 안아 들자 머리가 어지러웠다. 돗자리 위로 부스럭대는 발소리는 비단 휘장이 드리워진 침대로 향했다.

이렇게 일어나게 됐구나. 우리 가족이 최악의 범죄라고 말해 왔던 일이. 내가 남자에게 줄 수 있는 '가장 소중한 선물'이라는 굴복의 행위가. 그래도 내가 우리 둘 모두를 죽이기 전에, 이게 과연 얼마나 대단한 일인지 알게 되긴 하겠네.

양광이 나를 침대에 눕힐 때쯤엔 그저 열기밖에 느껴지지 않았다. 침대는 정교하게 조각한 커다란 옷장에 둥근 문을 파놓은 것처럼 생긴 목재 틀 안에 있었다. 머리에 단 술이 서늘한 비단요 위에서 딸랑거리는 소리를 냈다. 양광은 나를 눕힌 침대 위로 올라와 다리를 벌리고 내 양옆에 무릎을 꿇었다. 금속 아머의 향기가 나를 덮쳤다. 그가 아직도 기 아머를 입었다는 게 너무나 생생하게 느껴졌다. 조종사들은 이걸 어떻게 벗는 걸까. 손으로 직접 벗을까. 아니면 머릿속으로 명령하면 번데기 껍질처럼 스르르 떨어질까.

양광은 내 목덜미에 입을 맞춰 내려갔다. 나는 반사적으로 고개를 젖혔다. 전류가 흐르듯 짜릿한 느낌이 몸에 퍼지자 생각지도 못했던 감각이 깨어나 내 모든 노력을 허사로 만들겠다며 위협했다. 나는 이를 악물고 신음을 참았다. 자제력을 잃고 싶지 않았다.

하지만 오늘 밤 양광의 경계를 늦추려면, 그래야 했다.

양광이 아니라 이치가 나를 만지고 입 맞추고 있다고 상상했다. 그리고 과감하게 긴장을 풀었다. 심장이 몸속에서 탈출하려는 듯 거세게 요동쳤다. 침대 틀에 새겨진 포도 넝쿨 사이로 반짝이는 불빛을 바라보았다. 내 몸이 수증기가 되어 흩어질 것만 같았다.

이윽고 양광은 뒤로 물러서더니 손마디로 내 턱을 쓸어내리며 지그시 눈을 맞추었다.

"기묘한 아가씨, 정말 괜찮겠어?"

그가 속삭였을 때에야 나는 무아지경 속에서 깨어났다.

굳게 먹었던 결심에서도, 더없이 다잡았던 확신에서도 깨어났다.

입술을 움직였지만, 말은 소리가 되어 나오지 않았다.

정말로 우리 언니를 죽였어? 결코 물어봐서는 안 되는 질문이었다. 하지만 그 대답이 너무도 간절했다.

양광의 눈을 들여다보며 내가 발견한 것은 진실함이었다. 있을 수 없는 일이다. 마음을 굳게 먹어야 하는데.

순간 경보음이 우렁차게 울렸다. 생각이 뿔뿔이 흩어졌다. 빨간 불
빛이 천장에서 비명을 지르듯 날뛰었다.

양광은 욕설을 지껄이며 몸을 일으켰다.

"혼돈 자식들."

제6장

춤추자

이럴 순 없어.

만리장성이 공격을 받은 지 불과 이틀밖에 되지 않았다. 지금은 공격이 일어날 때가 아니었다.

왜 이러는 거지?

양광은 손목 기기를 확인했다. 자그마한 화면에서 쏘아진 빛이 얼굴을 하얗게 비추었다. 이윽고 그는 나를 침대에서 일으켰다.

"괜찮아. 괜찮을 거야. 날 믿어. 우리를 믿자."

내가 멍하니 바라보자 그는 내 어깨를 쓰다듬었다.

우리라니.

전투에 소집된 조종사는 가장 가까이 있는 첩이 누구든 그녀를 데려가야 한다는 사실이 떠올랐다.

나는 비명을 지르며 침대에서 허둥지둥 일어났다.

"안 돼! 진정해!"

그가 내 몸을 다시 확 젖혔다.

침대 틀에 엎어지면서 옆구리에 강한 통증이 일었다. 하지만 비명을 멈출 수가 없었다. 나는 양광을 계속 발로 차고 버둥거리며 그를 깨물었다.

무거운 한숨을 내쉰 양광은 나를 매트리스에 엎어놓은 다음 무릎으로 척추를 눌렀다. 그의 몸무게에 깔린 나는 비명조차 지르지 못하고 꺽꺽 소리만 냈다.

"이렇게 되다니 나도 유감이야."

그는 마구 버둥대는 나의 팔을 비단 띠로 묶었다.

숨이 콱 막혔다. 눈물이 번져 젖어드는 시트 위로 비벼진 뺨의 화장이 묻어났다.

서랍을 여는 소리, 무언가를 뒤지는 소리가 났다. 무언가 매끄러운 것이 찢어지는 소리도 들렸다.

그는 손으로 내 얼굴을 돌리더니 입 위로 커다란 테이프를 철썩 붙였다. 아무리 비명을 지르려 해도 소리가 나오지 않았다.

그는 곧 나를 어깨에 둘러멨다. 애써 코로 숨을 쉬며 다리를 휘둘러 그의 아머를 때려봤지만 소용없었다. 머리 장식이 돗자리 위에 떨어졌다. 눈물이 쉴 새 없이 흘러서 양광을 죽이려고 가져온 비녀가 어디에 떨어졌는지도 알 수 없었다. 내가 묶인 몸으로 발버둥 치는 동안, 양광은 휘장 밖으로 나가 소파 뒤에 있는 봉으로 달려갔다. 그리고 봉을 잡은 다음 바닥에 있는 금속 고리를 발로 차서 열었다. 거친 바람에 실려온 황야의 내음이 훅 끼쳤다. 저 아래 보이는 격자 모양 철교 위로 희미한 노란빛이 흘렀다. 양광은 한쪽 다리를 봉에 건 뒤 한 손으로 봉을 타고 미끄러져 내렸다.

봉과 맞닿은 건틀릿이 불꽃을 뿜어댔고, 우리는 흙 내음이 가득한 밤으로 낙하했다. 망루의 콘크리트가 우리 뒤로 스쳤다. 양광은 뇌진탕을 일으킬 만큼 어마어마한 힘을 받으며 착륙했다. 그 충격에 온 다리가 울렸다.

다리 저 끝에는 밤하늘의 별빛을 받아 무언가가 에메랄드빛으로 빛났다. 너무나 거대해서 실감이 나지 않는 그것은 바로 구미호의 뒷머리였다. 다리 아래로 이어진 나머지 몸체는 휴면에 들어가 웅크리고 앉은 형태였다. 아홉 꼬리가 튤립 꽃잎처럼 몸체를 덮고 있었다.

나는 구미호의 전투 영상도, 구미호가 발 하나로 집채만 한 혼돈을 뭉개는 장면도 보았다. 양광이 자신의 키만 한 커다란 구미호 귀에 앉아 찍은 홍보 사진을 보며 분노한 적도 있었다. 양광의 아래로 날카로운 눈꼬리를 빛내는 구미호의 한쪽 눈은 너무 커서 프레임 안에 다 들어가지도 못했다.

하지만 아무리 영상과 사진을 봤다 한들, 내가 직접 타야 하는 상황 앞에선 아무 도움도 되지 않았다.

직감적인 공포가 온몸에 흘렀다. 그러나 아무리 꿈틀대고 비명을 질러보았자 거침없이 움직이는 양광을 막을 수는 없었다. 그는 쿵쿵대며 다리를 건너 구미호의 뒷머리에 있는 출입구를 열었다.

어둡고 둥근 조종실 안으로 음과 양의 조종석이 희미하게 보였다. 하나는 낮고 하나는 높은 좌석, 하나는 검고 하나는 하얀 좌석이 연인이 상대방을 뒤에서 감싸는 구조로 설치되어 있었다. 구미호의 두 번째 기 아머가 음의 조종석에 펼쳐진 채 놓여 있었다. 활짝 벌려진 아머는 살짝 구부러진 채였다.

하지만 이 아머는 나를 보호하려는 게 아니다.

나를 가두려는 거다.

다른 수많은 여자애들을 가둔 것처럼.

다시금 숨죽인 비명이 터져나오려 했다. 양광이 나를 내려놓자 다리에 찌르는 듯한 통증이 느껴졌다. 이윽고 그는 내 예복을 찢었다. 속옷만 걸친 몸이 차가운 밤공기에 그대로 노출되었다. 몸을 가리려 했지만 두 팔이 여전히 묶여 있었고 갈기갈기 찢어진 예복 조각 때문에 움직임이 자유롭지 못했다.

양광은 찢어진 천을 옆으로 던지고는 나를 음의 조종석에 놓인 아머에 억지로 밀어넣었다. 허벅지 뒤로 차가운 기 금속이 느껴졌다.

공포가 이성을 넘어서고 있었다. 나는 마구 발길질을 하고 몸을 허우적댔다. 양광은 나를 꽉 잡은 채로 양의 조종석 안에 털썩 앉았다. 그의 금빛 토기가 아머 사이로 빛을 내면서 초록빛 조종석 안을 휩쓰는 모습이 마치 낙엽을 썩히는 가을 같았다.

"왜 이렇게 애를 먹이지? 이러지 마. 놈들이 쳐들어오고 있다고."

그는 이를 악물고 말했다.

양광은 발뒤꿈치로 나의 맨다리를 눌러 아머 안에 밀어넣었다. 아머는 그의 정신이 내린 명령을 받아 달칵 닫혀 고정되었다. 이제 양광은 내 팔을 풀어 팔걸이에 놓인 건틀릿에 꽂았다. 건틀릿이 내 손과 팔을 감싸자 그는 나를 뒤로 홱 잡아당겼다. 쭉 늘어선 차갑고 따끔한 침 끝에 척추가 닿았다. 이 연결 침들은 곧 나를 찌를 것이다.

시야의 가장자리부터 밝은 점들이 밀려들었다. 조종석보다 더 밝은 빛의 점들이었다. 두개골을 통해 고음이 날카롭게 울렸다. 위장이 통제할 수 없이 펄떡였다. 코로 어떻게든 숨을 충분히 들이쉬려 했지만, 할 수 없었다.

움직일 수도, 소리를 지를 수도 없었다.

난 아무것도 할 수 없었다.

나머지 아머 조각들이 꾸물꾸물 내 몸을 감쌌다. 양광의 다리는 내 조종석 양편에 자리잡았다. 그의 가슴이 등을 짓눌렀다. 건틀릿을 찬 손가락이 저항할 수 없이 단단하게 내 손에 깍지를 꼈다.

양광이 내 귓가에 속삭였다.

"걱정하지 마. 같이 춤추자."

이윽고 척추에 침이 박혔다.

제7장

정글 속으로

눈을 뜨자 공중에 주렁주렁 달린 두꺼운 잎사귀들이 보였다. 습한 대기엔 열기가 가득했다. 눅눅한 공기가 머릿속을 채워서 생각하기가 힘들었다. 팔을 움직여보자 끈적한 덩굴이 걸렸다. 날개 달린 무언가가 이파리 사이를 바스락대며 스치고 지나갔다. 물기 어린 개구리 울음소리가 그림자 속에서 희미하게 들려왔다.

이게 대체 뭐야?

여긴 어디지?

나는 덩굴에 걸린 팔을 더 세차게 움직였다. 뜨끈한 점액이 사지에 꿀렁꿀렁 흘러내렸다. 흐릿한 머릿속으로 도 아주머니의 목소리가 아스라이 들려왔다.

"여러분은 정신 영역에 들어가게 될 수도 있습니다. 조종사 주인님의 무의식이 꿈처럼 발현된 영역이지요."

꿈이라고? 꿈이라기엔 너무 실감 나는데.

가슴이 답답할 정도로 조여왔다. 정글의 공기가 어찌나 탁한지 숨쉬기조차 힘들었다. 살갗의 색을 띤 이상한 과일이 덩굴 사이로 꾸물꾸물 삐져나왔다. 어깨에 소름이 돋았다.

"도와줘."

이 기괴한 악몽 사이로 어린 남자아이가 애원하는 목소리가 들렸다.

"도와줘."

나는 거의 넘어질 듯 휘청이며 덩굴을 하나 끊어냈다.

"지금 가고……!"

아이를 안심시키려던 말이 다음 순간 혀끝에서 사라졌다.

"여러분의 본능을 따라 정신 영역을 달래세요."

이것 역시 도 아주머니가 한 말이다. 아마 모든 첩 조종사에게 이런 조언을 했겠지.

그렇다면 그대로 따라선 안 된다. 다른 여자들처럼 죽고 말 테니.

반대로 해야 해. 그러니까…….

꼬리에 꼬리를 물던 생각이 뒤틀리더니 빙빙 돌며 부서졌다. 애써 다잡으려 했지만, 알 수 없는 힘이 자꾸만 날 잡아당겨서 집중할 수가 없었다.

빨리…….

나는…….

그런데 여긴 어디지?

난 여기서 뭐 하는 거야?

"도와줘. 제발."

빽빽한 정글을 뚫고 어린아이의 울음소리가 들렸다.

맞아, 저 애를 도와줘야 해!

나는 몸을 비틀고 발을 구르며 이리저리 얽힌 덩굴에서 몸을 빼내려 했다. 따스한 점액이 내게 달라붙었다. 덩굴을 밀치고 흘러내리는 점액을 밟으며 있는 힘껏 꼬마에게 다가갔다. 아이가 칭얼대는 소리가 가까워지던 순간, 짙은 초록색 숲에 달린 살색 과일에 무심코 손이 스쳤다.

그러자 머릿속에 어떤 기억이 스쳤다. 이름 모를 여자애의 기억이었다. 처음에 그녀는 미소 짓고 있었지만 곧이어 훌쩍이기 시작했다.

나는 얼른 손을 뗐다. 그러다 덩굴에 발이 걸려 넘어졌지만, 덕분에 다시 정신을 차렸다.

이 기억은 나의 것이 아니다. 지금 나는 양광의 정신 속에 있다. 왜 그걸 잊고 있었지?

과일에는 눈이 달리지 않았지만, 이상하게도 나를 빤히 쳐다보는 것 같았다.

이 기억은 혹시 양광의 첩이 품었던 것일까?

나는 정글에 열린 다른 과일들을 획 둘러보았다. 그리고 그중 하나를 손으로 툭 쳤다.

거기 담긴 건 또 다른 여자애의 기억이었다. 과일을 세게 누를수록 더 많은 기억이 내게 밀려들었다. 정글 속을 걸을 때마다 얼굴을 때려대는 나뭇잎처럼 무수한 기억의 습격.

"너는 어딘가 특별해. 다른 여자들보다 넓은 시야를 가졌어."

아주 잠깐 잘못 들은 줄 알았다. 이건 나를 생각하는 양광의 기억과 뒤섞인 것 아닐까? 하지만 기억의 주인인 소녀는 이 말에 반응했다. 얼굴을 붉히며 돌아선 것이다. 소녀의 기억 속에서 손이 하나 나타나더니 그 애의 머리카락을 귀 뒤로 넘겨주었다.

온몸이 오싹해졌다. 얼얼한 손끝으로 나는 다른 과일을 건드렸다. 그렇게 손에 닿는 대로 모든 과일을 만져보았다.

"이거 참 신기하지? 안 그래?"

"기묘한 아가씨, 정말 괜찮겠어?"

"괜찮아. 괜찮을 거야. 날 믿어. 우리를 믿자."

기로 만든 금속 꽃송이가 연이어 나타났다. 똑같은 말들. 똑같은 행동들. 다른 여자들.

아찔한 구토감을 느끼면서도 나는 같은 행동을 계속했다. 이게 전부일 리가 없다. 양광이 이보다 더러운 짓을 저질렀다는 확실한 증거가 필요했다.

그리고 마침내 찾아냈다. 양광이 어떤 여자애의 머리채를 잡고 얼굴을 벽에 찧어대는 기억을.

비참했다. 마음이 텅 비어버리는 것 같았다. 나는 최대한 몸을 웅크렸다. 기억이 송곳이 되어 나를 안쪽에서부터 찔러댔다. 양광이 보여준 거짓 온기에 속아 스스로를 의심하다니, 나는 얼마나 어리석었나. 몸을 숙이고 치밀어 오르는 것들을 토해내려 했지만 아무것도 나오지 않았다.

"도와줘."

꼬마가 다시 애원했다. 어느새 내 옆이었다.

나는 고개를 번쩍 쳐들었다. 이 꼬마는 양광이다. 아주 어렸을 때의 양광.

"도와줘. 여기서 못 나가겠어."

무엇에 홀린 듯한 멍한 눈으로 양광이 말했다.

그 목소리는 작았지만, 온갖 것을 휩쓸어버리는 물길처럼 나를 뒤덮었다. 놈이 다시 내 이성을 흩뜨리려 하고 있었다. 여자애들의 기억이 폭포수를 향해 정처 없이 떠밀려 가는 연꽃 이파리처럼 내게서 멀어져 갔다.

기억을 떠나보내선 안 돼. 저들을 반드시 기억해야 해.

"이건 '네' 정신이야. 네가 스스로 너를 가둔 거라고!"

나는 울부짖으며 아이의 목을 졸랐다. 꼬마는 캑캑대며 비명을 질렀지만 그래도 잡은 손을 놓지 않았다. 사방에서 비명이 들려왔다. 애가 불쌍하지도 않냐고, 어떻게 아이를 죽이려 드냐고. 하지만 나는 손에 더욱 힘을 주었다. 첩 조종사들이 어떻게 죽어갔는지 매초마다 억지로 떠올렸다. 남자 조종사의 정신 속으로 너무 깊이 들어가 버린 첩 조종사들은 전투의 연결 고리가 부서지는 순간 자신의 심장박동을 유지할 수 없게 된다.

내가 이 애를 가엾게 생각한다면 내게도 똑같은 일이 벌어질 거다.

꼬마의 눈에서 빛이 사라져 가자, 정신 영역이 불안정해졌다. 덩굴이 분해되어 썩어가더니 더러운 진흙 웅덩이를 이루었다. 과일들은 떨어져 사라졌다.

나 역시 온몸의 거죽이 떨어져 나가기 시작했다. 뼈가 부서지고 근육이 끊어지고 피부가 벗겨졌다. 육체로부터 자유로워진 나의 정신이 휙 솟아 어디론가 날아갔다.

바로 다음 순간 나는 훨씬 더 추상적인 영역에 두 발을 딛고 서 있었다. 제 나이대로 돌아온 양광과 얼굴을 마주한 채였다. 우리를 둘러싼 공간은 온통 흑백이었다. 이곳은 음과 양의 영역이었다. 나는 검은 음의 영역에, 그는 하얀 양의 영역에 섰다. 유리처럼 단단한 바닥이 발 아래에서 반짝였다. 전투의 소음, 기 금속이 부딪히는 소리와 메아리가 아스라이 들려왔지만 실제 세상의 모습은 전혀 보이지 않았다. 구미호 안에서 움직이고 있다는 멍한 느낌이 머릿속을 맴도는 동시에, 그 느낌에 영향을 받지 못하도록 억압하는 힘이 있었다.

"뭐야……?"

양광은 주변 영역을 멍하니 둘러보다가 나를 발견했다.

"너 정말로 빠져나왔구나."

나는 입을 벌렸다가 다시 다물었다. 내 정신의 형태로 추정되는 모습을 바라보며 이게 무슨 일인지 어떻게든 이해해 보려고 했다.

"그런데 너, 나를 죽이러 왔지?"

양광은 눈을 가늘게 뜨고서 시커먼 분노를 내뿜었다. 내가 그의 정신에 들어갔으니, 당연히 양광도 내 정신을 훑어봤겠지. 뭐, 그럼 더는 숨길 필요 없겠네.

"넌 우리 언니를 죽였어!"

나는 그의 얼굴에 주먹을 날렸다.

하지만 양광은 몸을 피했고 바닥에서 쇠사슬이 솟구쳐 내 다리와 허리, 팔과 목을 감았다. 그는 잠시 충격받은 표정을 하더니 손으로 찰싹 때리는 동작을 취했다. 그러자 쇠사슬이 나를 확 잡아당겨 무릎을 꿇리고 몸을 끌어내렸다. 나는 음과 양이 맞닿은 부분 바로 앞에서 양광의 앞에 엎드린 꼴이 되었다.

그는 거칠게 숨을 쉬었지만, 내가 쇠사슬에서 벗어나려고 발버둥 치는 동안 씨익 웃었다. 그러곤 조심스럽게 한쪽 무릎을 꿇고서 나를 관찰했다.

"그래서 나와 함께 있고 싶어 했구나. 당연히 그랬겠지."

그 목소리는 부드럽고 낮아서 좀 슬프게 들리기까지 했다. 그는 기 아머를 착용한 손으로 내 턱을 들어 올렸다. 내 목에 걸린 사슬이 딸려 올라왔다.

분노가 내 몸을 이글이글 태웠다. 쇠사슬이 목 뒤로 타들어 가면서 사지를 졸라댔다. 내가 저항할수록 더욱 단단해지는 것 같았다. 문득 의구심이 들었다. 이 모든 건 실재하지 않는데, 어떻게 양광은 나를 묶어둘 수 있지?

게다가 놈은 기 아머를 입었는데 왜 나는 아니지? 내 실제 몸도 같은 장비 안에 들어 있으니 나도 다르지 않은 조건이어야 할 텐데. 나는 눈을 크게 뜨고서 양광이 걸친 기 아머의 윤곽을 샅샅이 살폈다.

양광이 저런 걸 이 영역에서 창조해 입을 수 있다면, 나라고 못 할

게 뭐야? 양광도 이 영역에는 처음 와보는 것 같은데, 그의 정신과 나의 정신이 정확히 뭐가 다르지?

양광은 고개를 갸웃거리며 중얼댔다.

"넌 정말 뭔가 특이하네. 널 가질 수 있다면 좋았을 텐데. 우리는 대단한 한 쌍이 되었을 거야."

그는 내 뺨을 쓰다듬으며 덧붙였다.

"그런데 죽어야 한다니 참 속상하다."

나는 천천히 그와 눈을 마주쳤다. 내가 상상했던 것과는 전혀 다르긴 했지만 그래도 본능적으로 알 수 있었다. 언니가 세상을 떠났다는 소식을 들었던 83일 전부터 기다려왔던 복수의 순간이 바로 지금이라는 걸. 그날이 아직도 똑똑히 기억난다. 세상이 끝나버린 것 같던 날, 충격으로 온몸에 힘이 빠져버린 나는 갓 모아 온 달걀 바구니를 떨어뜨렸다. 우리가 전쟁 사망 보상금을 받을 자격이 없다는 사실에 분노해 있던 아버지는 내 머리채를 잡고 깨진 달걀 위에 내동댕이쳤다.

그날 이후 나는 양광과 맞서는 이 순간을 의식의 일부처럼 항상 생각했다. 그와 싸우는 온갖 방법을 두근대는 마음으로 그리고 또 그렸다.

그렇게 살아왔건만, 이렇게 벌거벗은 채로 꽁꽁 묶여 입 다물린 채 놈의 팔에 갇혀 죽어야 하나?

안 돼. 언니가 나를 용서하지 않을 거야.

나는 지금 갖춘 정신의 형태 주위로 마음을 다잡았다. 그런 다음 지난 시간 동안 숨 막히는 순간마다 지르고 싶었던 비명을 내지르며, 내가 지니고 있으리라 믿는 힘을 전력으로 소환했다.

나의 피부에서 양광의 것과 같은 아머의 윤곽이 확 돋아났다.

그는 입을 커다랗게 벌리고 비틀거리며 뒤로 물러났다.

나는 땅을 박차고 일어섰다. 나를 당기던 쇠사슬은 산산이 조각났다. 내 몸을 두른 기 아머가 깜빡였다. 양광이 나의 아머를 없애려 하고 있었다.

이건 분명히 정신의 결투였다. 이곳은 전투를 위한 공간으로, 연결된 우리 둘의 상상력으로 발현되어 유지되는 곳이다. 무언가를 창조하려면 오로지 의지력만 있으면 된다.

불행히도, 양광은 나뿐만 아니라 혼돈에게도 신경을 써야 했다. 하지만 나는 아니지.

그의 정신을 흐트러뜨리기 위해 나는 함성을 지르며 그쪽으로 달려들었다.

"물러서!"

그는 소리를 지르며 손을 쫙 폈다. 앞에 펼쳐진 투명한 장벽에 몸이 부딪쳤다. 나는 하얀 양의 영역으로 건너갈 수 없었다. 그의 얼굴에 안도의 미소가 사납게 퍼졌다.

하지만 내가 원하는 걸 만들 수만 있다면…….

나는 가슴판을 치며 집중한 다음 손을 뻗었다. 기 금속의 중심부인 몸체의 가슴팍에서 크리살리스가 무기를 꺼내는 방식과 똑같이 말이다.

내 손 아래서 빛이 갈라져 나왔다. 하얀빛은 단호함과 인내, 정밀함과 통제력을 상징하는 금기(金氣)의 색이었다. 내 안에 가장 크게 나타나는 힘이 바로 이거구나. 금기는 기 금속으로 날카로운 무기를 깎아내기에 완벽한 힘이었다. 내 손가락은 가슴판을 움켜쥐고 드러나기 시작한 칼자루를 꽉 잡았다.

하얀 불꽃을 흩날리며, 나는 가슴에서 단검을 뽑았다. 그러곤 힘차게 검을 휘두르며 양광을 보호하는 방어막으로 몸을 날렸다. 보호막은 거미줄처럼 금이 가더니, 이내 수만 갈래의 찬란한 조각으로 폭발했다. 나는 현실이었다면 절대로 발휘할 수 없었을 속도와 보폭으로 산산이 휘날리는 조각 사이를 헤쳐나갔다.

"안 돼! 하지 마!"

양광이 물러서며 소리쳤다. 마치 감각의 기억을 되살리는 듯 아스라이, 이 영역 너머 어디에선가 구미호의 비틀거림이 느껴졌다.

"난 전투 중이야! 너 때문에 우리 둘 다 죽을 거라고!"

"오히려 좋지!"

나는 기세를 꺾지 않고 새된 소리를 질렀다.

그러곤 곧바로 양광의 목을 내리쳤다. 그의 어린 자아에게 그랬던 것처럼, 나의 단검을 그의 목에 꽂았다. 아주 오랫동안 꿈꿔왔던 상상 속 모습 그대로. 그의 비명이 울컥대며 솟아났지만 피는 나오지 않았다. 나는 주체할 수 없이 웃으면서 계속 그를 찔렀다. 찌르고 또 찌르는 손에는 조금의 망설임도 없었다.

온기가 내 몸을 채우더니 다시 나를 풀어주었다. 구미호의 감각이 점점 가까이, 또 날카롭게 내게 밀려들었다. 내가 구미호에 닿을 수 없도록 막았던 양광의 정신이 흔들리는 게 느껴졌다.

나는 불타는 별빛 아래 아수라장인 전쟁터로 내몰렸다. 온몸에서 이질적이고 낯선 감각이 느껴졌다. 다시 말해…….

나는 구미호를 조종하게 되었다.

제8장

이제는 악몽을
꿀 시간이야

혼돈 떼와 싸우는 열두 대의 크리살리스는 차가운 별빛을 내뿜으며 적들과 엎치락뒤치락 주먹을 휘두르고 무기로 찌르고 빛나는 광선포를 발사했다. 그들의 육중한 발자국마다 짙은 흙먼지 구름이 바닥에서 솟아올랐다.

시야는 혼란스러웠다. 평소 나의 시야와는 너무 달랐다. 누가 내 눈꺼풀을 죽 찢어버린 것처럼 넓은 광경이 보였다. 나는 눈을 질끈 감으려 했다.

그런데 그럴 수가 없었다.

공포가 내게 불쑥 밀려들었다. 눈을 감을 수 없다니. 깜빡일 수도 없다니. 단 백만 분의 일 초도 이 세상을 차단할 수가 없다니.

그에 더해 소리가 어마어마하게 울려댔다. 내 머리 안에서 폭발하듯 고함이 들렸다.

"*구미호! 구미호! 응답하라!*"

"*양 대령! 무슨 일인가?*"

나는 본능적으로 귀를 가리려 했다. 하지만 팔이 너무 무거워서 오히려 눈앞이 빙빙 돌게 될 뿐이었다. 겨우 손을, 그러니까 구미호의 앞발을 몸통 높이로 들어보았다. 앞발 끝에는 커다란 발톱이 세 개 달려 있었다. 에메랄드빛 발톱 끝은 금빛을 띤 노란색이었다.

아래를 내려다보자, 한쪽 무릎을 꿇고 앉은 구미호의 형태가 보였다. 구미호는 현재 이족 보행이 가능한 기립형이었다. 내가 양광의 정신세계에 있는 동안 변신한 모양이었다. 평소 목 유형인 구미호의 기 금속 가장자리는 일시적으로 토 유형으로 변해 있었다. 구미호는 마치 긴 기둥에 파편을 덕지덕지 붙여놓은 것처럼 한층 늘씬하고 뼈대가 도드라진 모양이 되었다.

방패 모양인 가슴에 비해 허리가 아주 잘록해졌다. 어깨 위로 초록색과 금색의 뾰족한 목깃이 삐죽삐죽 튀어나와 있었다. 등 밑부분에서 솟아오른 아홉 개의 단단한 꼬리는 보이지 않아도 선명하게 느껴졌다. 양광의 금빛 토기가 털 질감의 표면에서 파동을 이루며 이와 같은 변신 형태를 유지하고 있었지만, 나에게 밀려난 그의 기는 더는 위협적이지 않았다.

지금 양광은 나의 정신 영역 어딘가에서 길을 잃었다. 그의 기는 이제 내 통제 아래 있다.

하지만 이제 어떻게 해야 하지?

"양 대령님, 연결에 문제가 있습니까?"

내 앞에 있던 하얀 크리살리스가 소리쳤다. 내 몸집의 반도 되지 않는 병기였다.

백작급 크리살리스 월묘였다. 금 유형의 월묘는 윤곽이 매끈하고 표면이 도자기처럼 반질반질했다. 머리와 뒷다리가 균형이 맞지 않아 보일 만큼 크고 귀는 커다란 칼처럼 뾰족하고 날렵했다. 월묘는 절굿공이같이 생긴 무기로 거대한 딱정벌레처럼 이쪽으로 날아오는 혼돈 떼를 물리쳤다. 기로 가득한 혼돈의 핵은 죽을 때마다 폭죽처럼 터졌다.

"대령님?"

월묘는 다시 뒤를 돌아보며 소리쳤다. 홍옥처럼 새빨갛게 빛나는 눈 아래 자그마한 입에서 조종사의 새빨간 화기(火氣)가 새어 나와 밤하늘 사이로 소리를 울렸다.

나는 어떻게 대답해야 할지 알 수 없었다. 표현 그대로 말하는 법을 몰랐다. 구미호의 뾰족한 턱을 어렵사리 떠올리고 비틀어 입을 열었지만, 생각해보니 폐가 없었다. 공기가 나오지 못하니 소리도 나지 않았다. 마치 물속에 잠긴 기분이었다.

월묘는 빠르게 다가오는 혼돈을 제때 다 죽이지 못했다. 벌레로 이루어진 강물처럼 놈들은 우리에게 다가왔다. 셀 수 없을 정도로 많은 자그마한 다리들이 구미호에게 기어올랐다. 등을 빛내는 금속 털을 갉아먹히자, 나는 몸에 벌레가 기어다니는 듯한 징그러운 느낌에 사로잡혔다. 혼돈들이 기로 구미호에 해를 입히려 할 때마다 자그마한 불꽃이 놈들의 몸에서 튀어나왔다. 나의, 아니 구미호의 턱이 벌어지며 소리 없는 비명을 질렀다. 크리살리스가 이런 식으로 혼돈에게 뒤덮인 모습을 전에도 본 적이 있다. 놈들은 구미호의 머리에 접근해 조종실로 파고들어 내 몸뚱이를 죽일 것이다.

혼돈을 쳐내려 움직일 때마다 휘저어진 무의식이 편두통 같은 고통을 일으켰다. 혼돈은 구미호의 팔과 등에 넓게 달라붙어 있었다. 나는 서툰 손짓으로 놈들을 긁어내고 때리고 떼어냈다.

"양 대령! 응답해, 제발! 거기 무슨 일이 일어난 건가?"

머릿속 목소리가 점점 이성을 잃어갔다.

닥쳐! 나는 고함을 지르고 싶었다. 기를 사용해서 목소리를 내는 게 분명했지만, 기를 통하게 하는 방법을 몰랐다. 게다가 주위에서 벌어지는 온갖 일 때문에 집중할 수도 없었다. 엎친 데 덮친 격으로 파리가 구미호의 머리 주위에서 윙윙댔는데…….

아니, 파리가 아니다.

카메라 드론이었다.

사람 몸통만 한 드론들이 소용돌이치는 검은 점처럼 내 주변을 빙빙 돌고 있었다.

구미호의 실제 크기가 어느 정도일지 감이 잡혔다. 나는 공포로 얼어붙었다.

도저히 감당할 수 없어!

비명을 지르고 싶었다. 숨을 쉬고 싶었다. 말하고 싶었다. 눈을 깜빡이고 싶었다. 눈이 불타는 것 같았다!

그제서야 겨우 깨달았다. 구미호의 눈 뒤로 터질 듯한 압력이 쌓여 있다는 것을.

차갑고 하얀 금기 두 줄기가 구미호의 눈에서 뿜어져 나왔다. 나의 혼란스러움을 보여주듯 광선은 땅을 쳐대며 지그재그로 움직였다. 그 빛에 앞이 잘 보이지 않았지만, 광선이 닿는 곳마다 혼돈이 폭발하는 소리가 들렸다.

비효율적으로 기를 낭비하고 있다고 당황하며 지껄여 대는 머릿속 목소리가 들렸지만, 애써 무시하고 마음을 가라앉혔다.

이제 시작이야. 난 할 수 있어. 조종해 보자.

우선 이 광선이 어디서 오는 건지 정신을 통해 느껴보았다. 나와 양광의 몸에서 나오는 기의 근원을, 우리의 척추에 연결된 침을 찾았다. 나는 구미호의 눈에서 나가는 기의 흐름을 거둔 다음 새로운 기의 급류를 끊임없이 떠들어대는 목소리 쪽으로 흘려보냈다.

그러자 광선이 무언가를 파괴했다. 펑 하는 폭발음이 나더니 윙윙대던 소리가 희미해졌다.

달콤한 침묵이 머릿속에 감돌았다.

주위가 고요해지자, 혼돈의 금속 다리가 구미호의 어깨를 긁는 소리가 들렸다. 그들은 뾰족하게 솟아오른 목깃 위로 올라가려 했다.

나는 급히 손을 들어 놈들을 쳐냈다.

"대령님? 대령님……!"

월묘는 절굿공이로 약초를 빻듯 혼돈을 물리치며 소리를 높였다. 월묘를 조종하는 남자 조종사의 화기는 권력과 파괴의 기로, 우윳빛 유리 뒤에서 일렁이는 장작처럼 구르며 파괴력을 증폭시켰다.

"전략가들께서 물으십니다. 어째서 명령 스피커를 버리셨습니까?"

아, 내가 한 짓이 그거였구나.

"대령님, 대체 무슨 일이—."

그 순간, 바다처럼 넘실거리던 혼돈 떼가 일렁이며 갈라졌다. 검붉은 색을 띤 거친 질감의 덩어리가 보였다. 구미호보다 작지만 월묘보다는 큰 공작급 혼돈이 우리 쪽으로 덤벼들었다. 놈의 붉은빛이 거친 표면 아래에서 마귀의 눈처럼 부풀어 올랐다.

월묘는 목 졸린 듯한 소리를 지르며 뒷다리로 뛰어올라 절굿공이를 번쩍 들어 올렸다. 절굿공이는 휘어진 방패 모양으로 펴지며 화산처럼 터져나온 광선포를 제때 막아냈다. 광선포가 충돌한 지점이 떨리며 팽창하더니 거품이 일며 밝고 넓게 퍼졌다. 월묘의 뒷발이 땅속으로 파고들었다. 평민급 혼돈들이 월묘의 하얀 도자기 같은 몸체 위로 형형색색의 거대한 바퀴벌레처럼 쏟아졌다. 나는 미친 듯이 우리 둘의 몸에서 혼돈을 떼어냈다.

"형천! 도와줘! 양 대령님이 꼼짝 못하는 것 같아!"

월묘가 비명을 질렀다.

다가오는 발자국에 맞춰 땅이 흔들렸다. 끼익거리는 소리와 함께 무언가 번쩍하더니 황금 도끼가 공작급 혼돈을 강타했다. 혼돈은 기를 마구 뿜어대며 비틀거리긴 했지만 죽지는 않았다. 월묘도 흔들렸다. 그의 방패는 흉측하게 녹아 구멍이 뚫린 모습으로 일그러졌다.

"양 대령님은 왜 저러시는 거야?"

새로 다가온 크리살리스가 고함을 지르며 도끼를 들어 올렸다. 느리고 육중한 토형(土型)의 크리살리스로, 공작급 혼돈과 버금가는 크기였다. 가슴에 빛나는 눈이 달리고 배에 움직이는 입이 달린 것을 보니 무두전사였다.

월묘는 방패를 다시 절굿공이 모양으로 바꾸었다.

"나도 몰라. 하지만 대령님이 회복하지 못하면 상황이 악화될 거야! 나도 변신해야 할 것 같아!"

나의 정신이 크리살리스 안에서 부들부들 떨었다.

더 높은 단계로 변신하는 과정은 첩 조종사가 사망하게 되는 주요 원인이기 때문이다.

의지력이 단검의 끝을 벼르듯 날카롭게 갈렸다. 나는 구미호의 발톱으로 월묘의 목을 으스러지도록 잡고서 억지로 나를 보게 했다. 월묘는 입을 쩍 벌리고 빨간 눈을 더욱 붉게 빛내며 깜빡였다. 폐가 없어도, 공기가 없어도 이제는 내 목소리를 낼 수밖에 없었다.

"더 이상…… 여자애들을…… 죽이지…… 마…….."

으르렁대는 나의 목소리는 악몽에서나 들을 법한 악마의 소리 그 자체였다.

"그럼, 그럼 어떻게든 해보세요, 대령님!"

그래. 난 이 전투를 끝내야 한다.

월묘를 풀어준 다음 땅을 짚고 똑바로 일어섰다. 감각이 한계에 도달한 듯 불안하게 흔들렸다. 혼돈은 구미호의 몸 위를 기어다니고 있었다. 하지만 난 정신을 부여잡고 첫발을 내디뎠다.

발이 아프지 않아!

초현실적인 행복감이 솟구쳤다. 곧바로 무한한 가능성이 내게 열렸다. 그렇다. 현재의 나는 인간이 아니다. 남자의 변덕과 쾌락을 위해서만 오롯이 길러지고 존재하던, 망가진 살가죽과 뼈로부터 해방된 존재다.

그래. 난 지금 구미호다. 8층짜리 건물보다 더 커다란 전쟁 병기다.

눈을 깜빡일 필요가 없었다. 숨 쉴 필요도 없었다. 회오리바람이 몰아친다 해도 난 꿈쩍하지 않을 것이다. 지진이 땅을 뒤흔들어도 흔들리지 않을 것이다. 내가 바로 땅을 뒤흔드는 힘이니까.

발걸음을 내디디며, 나는 구미호에게 조금씩 익숙해졌다. 움직임이 활발해지자 혼돈들은 저절로 떨어져 나갔다. 나는 공작급 혼돈을 향해 돌진하면서 뒤로 손을 뻗어 창처럼 솟은 구미호의 꼬리를 하나 떼어냈다.

내가 좀 더 강했더라면, 그래서 예전부터 양광의 전투를 더 많이 볼 수 있었더라면 지금 어떻게 해야 할지 더 잘 알 수 있었을 텐데. 마지막으로 본 전투 장면은 양광이 마구 달려 뛰어오른 다음 혼돈의 중심부에 창을 곧바로 찔러넣는 모습이었다.

그 기억에 따라 움직이기로 했다. 허공을 휘익 가르며 혼돈의 몸체를 찔렀다. 기 금속은 유리창이 산산이 부서지는 소리를 냈다. 모든 게 부르르 떨렸다. 하지만 창살은 내가 기대했던 것보다 날카롭지 않았다. 혼돈의 중심부를 찌르지는 못한 게 분명했다.

혼돈이 물러서자 어마어마한 감정이 물결처럼 나를 덮쳤다. 비통

함과 슬픔, 분노였다. 나는 과하게 반응해 버렸다는 사실에 자책했지만, 혼돈의 몸체에서 창을 빼낸 순간 감정은 사라져 버렸다.

단순히 이상하다고 할 수준을 넘어선 감각이었다. 하지만 곰곰이 따져볼 시간이 없었다. 혼돈의 몸에 다시 빨간 불빛이 나타났기 때문이다. 다음 광선포를 쏠 준비를 하는 것이다.

나는 옆으로 재빠르게 비켰다. 빨간 빛줄기가 나를 따라다니며 어두운 밤을 휙 쓸었다. 무두전사가 도끼로 혼돈을 내려친 뒤에야 광선포의 빛이 사라졌다.

이렇게는 안 돼. 뭔가 이상하다 싶었던 이유를 이제야 깨달았다. 구미호는 양광에게 맞추어 진화했다. 나의 기 특성은 그와 완전히 다르다.

구미호의 형상을 나에게 맞게 바꾸어야 한다.

월묘도 무두전사와 합세하여 절굿공이로 혼돈을 내리치기 시작했다. 그동안 나는 내 안에 분명히 존재하는 변신의 불꽃을 피워갔다. 기 중에서 가장 전도성이 높은 목형인 구미호는 고차원적 형태로 변하기 쉬운 크리살리스다.

사람들이 내 동생에게 즐겨 들려주었던 전설이 있다. '혼돈'은 원래 원시적인 무질서를 의미하는 말이었다. 그런데 어느 날 혼돈의 친구였던 신들이 그가 아무 감각도 느끼지 못한다는 걸 불쌍하게 생각하고 눈과 귀, 콧구멍과 입을 새겨주기로 마음먹었다. 그 결과 혼돈은 죽어버렸지만, 새로이 새겨진 구멍에서부터 새로운 우주가 쏟아져 나왔다는 이야기였다.

그것이 바로 혼돈이 인간의 잠재력에 의해 변형된 모습, 크리살리스다. 혼돈이 하늘에서 내려와 우리의 세상을 정복했을 때 이런 결과를 맞으리라고는 꿈에도 몰랐을 것이다.

강한 압력이 요동치더니 구미호의 갈라진 표면을 들어 올렸다. 하얀 광채가 그 틈새를 뚫고 터졌다.

"앗!"

공작급 혼돈의 공격을 피하려고 폴짝 뛰던 월묘가 나를 바라보았다. 무두전사는 배에 난 입으로 기쁨의 탄성을 질렀다.

"영웅형이로군요, 영웅형!"

내가 이제껏 봤던 영웅형 변신, 그러니까 3단계 변형은 크리살리스가 균형을 이루는 짝의 조종을 받을 때뿐이었다. 여자 조종사가 의식적으로 기 금속을 통제할 수 있기 때문에 그런 변신이 가능한 것이다. 그렇다면 이미 양광이 변신시켜 놓은 구미호에 나의 기를 더하는 지금도 같은 효과가 일어나야 한다.

새어 나온 빛이 두근두근 뛰며 더욱 부드러운 기 금속으로 굳어지는 동안, 구미호의 사지는 나의 기를 받아 팽창하기 시작했다. 노란빛에 밝은 하얀빛이 어우러져 몸체를 더 날렵하게 만들었다. 마치 목재를 금속 날붙이로 깎아내는 것처럼.

'영웅형'은 크리살리스가 매우 인간다운 형상을 갖추었다는 의미를 지닌다. 하지만 변신을 하더라도 여전히 기계적인 형태가 짙어서, 전체적으로는 인간에게 로봇 아머를 입혀놓은 모습이다. 이 형태에 여우다운 모습이 가미되면 어떻게 보일지 내 상상에 따라, 크리살리스의 뾰족한 다리가 육중하고 튼튼하게 변했다. 발톱 세 개가 달린 발은 이제 손톱이 다섯 개 달린 손으로 변했다. 뒤로 더욱 쫑긋 솟은 여우 귀는 한층 날카롭고 각지게 변해서 헬멧에 붙은 것처럼 보였다. 뾰족하게 솟았던 목깃 부분은 불룩해지고 펄럭이면서 여러 겹의 가슴받이가 되었다. 키도 전체적으로 조금씩 자라서 원래보다 4분의 1이 더 커졌다. 손에 이미 든 것까지 포함하여 아홉 개의 꼬리는 울퉁 불퉁 부풀어 올라 창의 모습을 잃었다. 지금은 엽총에 가까운 형태 였다.

공작급 혼돈은 이제 훨씬 더 보잘것없어 보였다. 구미호에게서 나온 변신의 압력이 사라진 후, 나는 본능적으로 떼어낸 꼬리로 만든 엽총을 겨누었다. 총은 내 손에서 차갑게 윙윙 소리를 내더니 이윽고 찬란히 빛나는 탄환처럼 하얀 금기를 탕탕 내뿜었다. 기로 이루어진 총탄에 맞은 혼돈은 나의 동료들에게서 홱 물러났다.

순간 기쁨이 넘실거렸지만, 이보다 더 정확하게 맞출 수 있다는 것도 알고 있다. 금기는 정확성이 가장 중요하니까.

조종사들은 기력을 느낄 수 있는 존재다. 저 멀리 혼돈의 핵이 느껴졌다. 우리를 공포로 몰아넣으려는 혼돈이 지닌 빛나고 생동하는 생명의 씨앗이었다. 나는 다시 총을 겨누었다. 이번에는 좀 더 끈기 있게 기 광선 한 줄기를 쌓아갔다.

그리고 쏘았다.

광선은 반동을 일으키며 총에서 뿜어져 나갔다. 혼돈을 깨끗하게 꿰뚫어 핵을 부수고 붉은빛의 불꽃을 일으켰다.

다른 크리살리스들이 양광을 향한 찬사를 보냈다. 만약 내가 싸우는 게 아니었다면 나도 그들을 따라 웃었을 터였다.

나는 전보다 훨씬 더 쾌활한 발걸음으로 혼돈 떼를 짓밟았다. 발을 디딜 때마다 땅이 흔들리고 요동치면서 먼지가 일고 평민급 혼돈들이 뒤집혔다. 구미호가 혼돈을 으깰 때면 낯선 분노가 끼쳐왔지만, 이내 무시할 만큼 약해지더니 사그라들었다. 나는 덩치 큰 귀족급 혼돈을 마주칠 때마다 꼬리로 만든 엽총을 쏘았다. 큰 놈들을 다 해치우면 작은 평민급 혼돈은 쉽게 처리할 수 있을 거다.

내가 변신하자 다른 크리살리스들의 사기도 높아졌다. 그들은 더 세차게 적을 내리치고 더 깊숙이 적을 찔렀다. 의기양양한 고함과 빛나는 광선포가 밤하늘을 헤집었다. 혼돈의 핵이 지글지글 불타며 불꽃이 흩날렸다. 우리 위로 은하수가 우주를 가로지르는 우주진룡(stardust dragon)처럼 하늘에 구불구불 흘러갔다.

다섯 발쯤 쏘자 귀가 먹먹할 정도로 크던 내 발소리가 불안정해졌다. 처음 구미호에 들어왔을 때처럼 정신의 동요를 느꼈다. 영웅형 크리살리스의 지속 시간은 단 몇 분뿐이다. 나의 기는 거의 바닥났다.

나는 시야와 기의 감각을 모두 동원해 전장을 훑어보았다. 귀족급 혼돈은 딱 하나만 남았다. 거대하고 위압적인 저 모습은 토형(土型) 혼돈만의 것이다. 하지만 토형은 외부에서 기로 공격하기에는 너무 촘촘한 몸체를 가지고 있기 때문에, 나보다 작은 크리살리스 여럿이 거리를 두고 둘러싼 채 발광포로 무너뜨리려는 중이었다.

저들이 알아서 처리하게 둘까? 더는 무리해선 안 되니까. 기가 떨어지면 정말로 죽는다.

하지만 내 게으름 때문에 저들의 첩 조종사가 죽게 된다면?

"비켜!"

나는 소리쳤다. 크리살리스들은 일제히 길을 터주었다. 나는 있는 힘을 그러모아 마지막 한 방을 준비했다.

줄무늬가 진 하얀 광선이 뻗어갔다. 노란 불꽃이 분출했다.

혼돈은 자그마한 다리 여섯 개를 휘청거리다가 결국 땅을 뒤덮는 진동에 찌그러졌다. 그러곤 주변을 둘러싼 크리살리스를 뒤흔들다 먼지 폭풍 속으로 사라졌다.

이젠 구미호를 더는 붙잡을 힘이 없었다. 구미호는 짐승에 가까운 원래의 형태로 붕괴했다. 나의 정신은 암흑 속으로 빠져들었다.

가장 먼저 돌아온 감각은 온 신경을 생생하게 자극하는 발의 통증 이었다. 먹먹한 환호성이 아스라이 머릿속에 밀려들었다.

"……정말 대단했어요!"

"믿을 수가 없네요……."

"……그토록 무시무시한 두목 혼돈을……!"

조종석 벽에 흐르는 하얀빛이 시야를 스쳤다. 눈물 자국으로 얼룩 진 입가 위 테이프에 숨결이 바스락거렸다. 세차게 뛰는 심장은 마치 낯설고 이질적인 물체 같았다.

하지만 아직도 내 손에 깍지를 끼고 있는 양광의 손가락만큼 이질적인 건 없었다. 내 몸이 움찔했다. 건틀릿을 착용한 나의 손은 이제껏 좌석에 딱 붙어 있었지만, 지금은 마치 자석을 떼어내듯 내 의지대로 떨어졌다.

양광의 팔이 스르르 떨어지더니 좌석 양편으로 힘없이 툭 처졌다.

차분함이 내 감정을 냉정하게 뒤덮어 눌렀다. 눈이 화끈거렸지만, 그냥 눈을 깜빡여야 한다는 걸 잊어서였다.

나는 조심스럽게 아머 차림의 몸을 조종석에서 일으킨 다음 뒤로 돌아 양광을 마주 보았다.

그의 눈빛은 흐리멍덩했다. 머리는 한쪽으로 떨구어져 있었다. 귀와 코에서 흘러내린 핏줄기가 검었다.

나는 그의 목에서 맥을 짚어보았다.

아무것도 느껴지지 않았다.

"양 대령님, 정확한 이유는 알 수 없으나 전략가들께서 무척 두려움을 느끼고 계십니다! 괜찮으십니까?"

무두전사의 자갈 같은 목소리와 우레 같은 발소리가 가까워졌다.

나는 양광의 얼굴을 멍하니 바라보았다. 철썩 후려쳐보면 어떨까. 주먹질을 해볼까. 뼈에서 살점을 갈가리 찢어내 볼까. 혼돈에 비하면 그는 너무나 보잘것없었다.

그래서 가볍게 뺨이나 때려보았다.

아무것도 실감이 나지 않았다. 내가 정말로 크리살리스를 조종했던 인간이었나. 아니면 크리살리스가 인간을 조종했던 건가.

조종석 바깥에서는 드론이 윙윙 도는 소리가 점점 커지며 기 금속을 울려댔다. 무두전사는 계속해서 양광을 불렀지만, 이 시체는 다시는 동료의 목소리를 듣지 못할 것이다.

입에서 테이프를 뜯었다. 피부가 따끔했지만 발의 통증에 비하면 아무것도 아니었다. 크리살리스를 조종하고 나서야 발이 아프지 않다는 게 어떤 느낌인지 알게 되었다. 하지만 이제는 나가야 한다. 내 모습을 보여주고, 내가 한 짓을 고백해야 한다. 그리고 이게 어떻게 된 일인지 알아봐야 한다.

시원한 액체의 흐름이 감도는 척추의 느낌이 생생했다. 나는 멍하니 건틀릿을 낀 팔을 살펴보며 털이 느껴지는 기 금속 아래로 하얗게 흐르는 나의 농축된 금기를 바라보았다. 주먹을 꾹 쥐고서 아머의 발 밑창까지, 구미호에게까지 기를 흘려보냈다. 기본적인 통제가 가능해지자, 나는 정신을 집중해 구미호의 두 눈 가운데 위치한 조종실을 휙 열었다.

빛이 밀려들어 왔다. 떼를 지어 날아다니는 드론이 이제는 평소와 같은 크기로 보였다. 카메라들이 새로이 탄생한 철의 대공과 대공비를 담기 위해 광적으로 달려들었다.

하지만 나는 아머로 한껏 끌어올린 힘과 안정성을 이용해 양광의 생기 없는 시체를 들어 올렸다.

열두 대에 달하는 드론의 조명이 내게 쏟아졌다. 지나치게 밝은 불빛에 아무것도 보이지 않았다. 문득 댐이 부서져 물이 쏟아지듯, 감정이 내 몸에 휘몰아쳤다. 이걸 본 사람들의 반응을 상상하자 속에서

부터 히스테리컬한 웃음이 터지듯 뿜어져 나왔다. 내가 할 수 있는 건 웃는 것뿐이었다.

나는 양광의 시체를 앞으로 던지고서, 자그마한 연꽃 발로 밟았다.

그거 알아? 내가 정말로 양광을 죽였어.

나는 고개를 들었다. 그리고 정신이 나간 것처럼 싱긋 웃었다. 드론의 동그란 프로펠러 위로 바람이 불어와 내 여우 귀 머리 모양이 헝클어졌다. 머리 뒤로 검은 머리카락이 뱀처럼 출렁였다. 나의 척추와 아머로 다시금 기의 파도가 휘몰아쳐 들어왔다. 나의 얼굴에 수놓인 기의 경혈이, 타오르듯 끓어오르는 눈빛이 은빛으로 번뜩이는 것이 느껴졌다.

"이제껏 단꿈 속에서 너무 오래들 살았지?"

나는 두 팔을 들고 미친 듯이 웃으면서 카메라를 향해 소리쳤다.

"이제 악몽을 꿀 시간이야!"

제9장

그중
가장 강력한

만리장성 위에 선 셔틀에서 끌려나오자 주황색 안전등이 나를 스쳤다. 공중으로 뻗은 짧은 받침대는 양광의 망루보다 훨씬 큰 망루로 이어졌다. 수-당 국경의 지휘소가 있는 개황 망루가 분명했다. 수지방은 작지만 부유한 곳이라, 국방 문제에서는 거대한 땅덩이를 이루는 당 지방과 자원을 공유했다.

전쟁터에서 나를 몸 바쳐 보호했던 월묘와 무두전사의 조종사들은 저마다 내 팔을 꺾어버리겠다는 듯 뒤로 비틀었다. 뒤틀려 젖혀진 어깨가 빠질 것 같았다. 그들은 나를 빠르게 몰아대서, 그렇지 않아도 완전히 부서진 발 뼈가 유리 조각처럼 갈려 나가는 듯했다. 첩신발에 피가 묻어났다. 양광이 찢어버린 예복이 썩은 휘장처럼 하릴없이 날렸다.

기 아머를 벗게 되자 내 몸에 걸쳐져 있는 건 찢어진 옷뿐이었다. 그렇지만 그 옷도 제대로 몸을 가려주지 못해서, 나는 조종사들과 나를 이송하는 네 명의 정규군에게 몸 대부분을 드러내고 있었다.

우리는 망루에 있는 엘리베이터 안에 비좁게 들어섰다. 그 안에서도 나를 겨눈 총구가 세 개 이상이었다. 누군가 헤드셋에 대고 고함을 질렀다. 뭐가 그리 두려운 건지 모르겠다. 아드레날린이 사라지고 너무 많은 기를 소모해서 지쳐버린 지금의 나는 금방이라도 쓰러지지 않으려고 안간힘을 써야 하는, 몸이 망가진 여자애일 뿐인데.

그렇더라도 나는 낮고 어설픈 목소리로 그들에게 말하고 또 말했다. 방금 무슨 일이 일어났는지 생각하라고. 사실은 나조차도 믿기 힘든 일을 내가 하지 않았느냐고.

"다들 알잖아. 그건 나였어."

나는 삐걱거리는 엘리베이터 소리 사이로 저주라도 내리는 것처럼 목소리를 쥐어짰다.

"구미호의 영웅형을 개방한 건 나였다고. 혼돈들을 모두 처치한 게 나였어. 너희와 함께 싸웠던 게 나야."

그들은 내 말을 무시했다. 나는 그저 이쪽에서 저쪽으로 옮겨야 하는 위험물에 불과했다. 하지만 그들이 불안해하고 있다는 것을 알수 있었다. 당연히 그렇겠지.

나는 히죽 웃으면서 그들의 얼굴에 서렸던 극한의 공포를 떠올렸다. 양광이 죽었다는 사실을 확인한 그들의 표정이 어땠던가.

문이 열리자 나는 다시 콘크리트 복도를 질질 끌려가 하얀 방으로 들어갔다. 두 남자가 빛나는 화면이 가득한 방에서 나를 기다리고 있었다. 그중 가장 커다란 화면 앞에 선 남자들은 모두 빳빳하고 넓은 소매가 달린 청회색 예복 차림이었다. 둘의 머리 위로 높다랗고 네모난 학사모가 솟아 있었다. 검게 물들여 빳빳해진 얇은 천으로 만든 모자였다.

양광의 동료들은 나를 무릎 꿇렸다.

"지휘관님."

무두전사의 조종사인 형천이 입을 열었다. 그의 이마 위로 얹힌 두툼한 이중 금관 양옆에는 도끼 모양 장식이 불쑥 튀어나와 있었다. 그는 분노를 억누르지 못하고 목소리를 덜덜 떨었다.

"이 여자입니다. 이년이―."

"여자를 풀어주시오."

두 남자 중 키가 큰 쪽이 말했다. 그는 하얀 깃털 부채를 부치고 있었다. 그 유명한 백우선(白羽扇)이었다. 남자는 군대의 수석전략가이자 최고 사령관인 제갈량이었다. 그가 말을 이었다.

"그녀를 그렇게 대할 필요는 없습니다."

"하지만 이년이 죽인 사람은……!"

"심문을 마치고 데이터를 분석하기 전까지는 아무것도 확실하지 않습니다. 이제 방에서 나가십시오. 모두."

내 몸을 잡고 있던 손이 풀렸다. 군홧발이 쿵쿵대며 멀어져 갔다. 나는 차가운 하얀 타일에 기댔다. 헐벗은 몸 위로 풀린 머리카락이 헝클어져 내려왔다. 문이 쾅, 닫히면서 방 안에는 화면 앞에 선 전략가들과 나만 남았다.

수석전략가인 제갈량은 화하에서 가장 추앙받는 유명 인사지만, 마치 평범한 사람인 것처럼 내게 자기소개를 했다. 그의 옆에 있던 키가 작은 사람은 잘난 척하는 엘리트들이 흔히 하듯이 두 손을 포갠 채로 절했다.

"인류해방군의 선임전략가 사마의라고 합니다."

그는 청회색 소맷자락을 커튼처럼 드리워 몸을 가리고 절했다. 그리고 다시 몸을 세웠을 땐 히죽 웃는 것 같았다. 하지만 원래 입매가 비뚤어진 건지도 모르겠다. 지금 기분이 좋을 리가 있을까. 군대에서 가장 뛰어난 조종사가 죽었는데.

"당신들은 날 죽일 수 없어요."

나는 불쑥 내뱉었다. 물론 오늘 밤 살아남을 계획은 없었다. 하지만 기회가 있다면, 살 수만 있다면 거절하는 건 바보짓이다.

"나는 구미호를 새로운 형태로 만들어냈어요. 당연히 혼돈은 그걸 감지했을 테죠. 그러니 앞으로 더 큰 무리를 이끌고 자주 공격해 올 거예요."

나는 이렇게 말하며 주 지방을 내주게 되었던 일련의 사건을 떠올렸다. 혼돈들은 힘의 균형이 무너지는 걸 감지할 때마다 화를 냈다. 그 옛날, 진 황제가 너무나 강력한 힘을 발휘하자 필사적으로 뭉친 혼돈들은 자가복제 둥지 전체를 걸고 황제를 쓰러뜨리려 했다. 하지만 진 황제는 그들과 대결하기 전 화두에 걸려버렸다. 인류는 전력 공백을 제때 메우지 못했고, 그 다음 전쟁에서 혼돈에게 쉽게 자리를 내주었다. 그 결과 혼돈은 만리장성을 뚫고 들어와 주 지방을 모두 차지하고 말았다.

"게다가 당신들은 주 지방을 탈환할 계획을 세우는 중이라고 들었어요. 분명히 양광을 믿고 있었겠죠? 내가 그를 대신할 수 있어요. 구미호를 조종하는 걸 봤잖아요."

그러자 사마의의 입가가 더욱 올라갔다.

"호오, 흥정을 할 줄 아는군요."

제갈량은 피곤한 눈빛으로 사마의를 쏘아보더니 내게 말했다.

"부디 진정하십시오, 무빈. 우리는 그저 몇 가지 질문을 하고 싶습니다."

"어떤 질문이죠?"

그들은 내가 기력 테스트 때 일부러 힘을 숨겼는지, 혹시 강력한 조종사와 친척 관계인지 등을 물었다. 그리고 양광의 정신 영역에서 무엇을 했는지에 대해서도 질문했다.

마지막 질문을 듣고 내 입술은 꾹 다물어졌다. 위험한 질문이었지만, 진실을 말하지 않는다면 내게 무슨 일이 일어난 건지 알아낼 방법이 달리 없었다.

"나는 양광이 만든 징그러운 정글에서 어린 모습의 그를 목 졸라 죽였어요. 그리고 현재의 형체를 지닌 양광을 단검으로 열다섯 번 넘게 찔렀고요."

백우선을 부치던 제갈량의 손이 우뚝 멈추었다. 아주 잠깐일 뿐이었지만.

"왜 그러셨습니까, 아가씨?"

이제는 거짓말을 할 차례였다. 처음부터 복수할 계획이 있었다는 건 숨기는 게 최선이었다.

"양광의 기억을 봤어요. 첩들에게 끔찍한 짓을 했더군요."

내 표정이 굳었다.

"군대에서도 알아야 하는 일들이었죠."

사마의는 눈살을 찌푸렸다.

"몇 가지 기억을 봤다고 해서 아이의 모습을 한 존재를 죽였단 말입니까? 그게 양 대령이었다는 걸 어떻게 알았습니까?"

"당연한 얘기 아닌가요? 제가 있던 곳은 그의 정신 영역이니, 그게 양광이 아니라면 누구겠어요?"

"잠깐만요, 그렇다면 무빈께서는 정신 영역에 있던 그 짧은 시간에도 그게 진짜 공간이 아니라는 걸 분명히 인지했단 말입니까?"

"이곳은 진짜가 아니라고 계속해서 되뇌어야 하긴 했지만 알고는 있었어요."

"그런데 그곳을 제 힘으로 뚫고 나왔다고요? 아무런 안내도 받지 않은 채로?"

"그래요. 난 양광이 대가를 치르길 바랐을 뿐이에요."

"수석전략가님."

사마의는 제갈량을 부르고 뚫어지게 응시하다가, 슬그머니 나를 곁눈질하며 말을 이었다.

"철의 미망인이로군요."

130

"나도 압니다."

제갈량은 중얼거렸다. 검은 학사모 아래로 보이는 얼굴은 하얗게 질려 있었다.

등골이 오싹해졌다. 철의 미망인? 남편을 따라 죽었어야 했는데 홀로 살아남은 여자라는, 차별과 편견의 단어 미망인. 철의 미망인은 크리살리스를 변신시키기 위해 자신의 남자 짝을 희생시킨 여자를 말했다. 그 말이 존재한다는 건 분명 이전에도 이런 일이 있었다는 뜻이겠지만, 남자 조종사를 죽인 여자 조종사가 있었다는 이야기는 들어본 적이 없었다.

나는 목소리를 높였다.

"이런 일을 한 여자가 또 있었나요?"

사마의는 고개를 갸웃거렸다.

"그게……."

"사마 전략가."

그 순간, 제갈량이 경고 조로 말했다. 그러곤 눈길을 휙 돌려 나를 바라보았다.

"잠시 실례하겠습니다, 무빈. 성현(聖賢)들께 상의를 드려야 하겠습니다."

나는 발끈했다. 성현들이란 화하를 통치하며 '도덕'이니 '화목'이니 '가족의 소중함' 같은 고루한 말만 지껄이는 늙다리 문인 관료들의 회의체였다. 그들이 내가 한 짓을 두고 좋은 말을 할 리 없었다.

제갈량은 소매를 뒤로 걷고 드러난 손목 기기를 두드렸다. 양광이 차고 있던 것과 똑같은 기계였다. 이윽고 벽에 걸린 화면이 군대의 문양으로 변했다. 몸을 돌돌 말고 포효하는 황룡의 모습이었다. 나는 양광의 거주지에서 보았던 포스터를 떠올렸다. 그는 주 지방을 탈환하겠노라고 굳은 결심을 담아 말했다. 진 황제가 정말로 혼수상태에서 몸을 얼렸는지도 알아볼 거라고 했다.

생각할수록 믿을 수 없는 일이었다. 지금은 그때로부터 채 한 시간도 지나지 않았을 것이다. 혼돈과 크리살리스의 전투는 30분 이상 이어지는 경우가 별로 없으니.

하지만 그 짧은 시간 이후로 모든 것이 바뀌어버렸다.

"저기요!"

나는 있는 힘껏 소리쳤지만, 내 목소리는 그다지 크지 못했다.

"다른 여자애들은 어떻게 됐는지 알려줘요!"

대답은 없었다.

그래. 내가 뭐라고. 저들이 왜 굳이 나에게 말해주겠어?

질식할 만큼 하얀 벽이 나를 향해 다가오는 것만 같았다. 나는 좌우를 흘끔 살폈다. 손을 내려다보자, 초록색 여우의 발톱처럼 손이 번쩍이는 듯했다.

철의 미망인. 설사 그게 내가 아니라 해도, 좀 전에 겪은 일이 그저 요행이라 해도 상관없을 것 같았다. 남자 조종사를 죽이고 살아남은 여자가 존재할 가능성이 있다는 것만으로도 가슴이 뛰고 머리가 빙빙 돌았다.

하지만 그 여자들은 어떻게 되었을까? 군대는 그들의 힘을 사용하기보단 죽여버리는 게 낫다고 판단했을까?

그렇다면 대체 왜 혼돈보다 철의 미망인들을 더 두려워했을까?

전략가들은 예상보다 빨리 돌아왔다. 제갈량의 얼굴은 슬퍼 보이기까지 했다.

"무빈, 성현들께서 결정을 내리셨습니다. 무빈께서는 주작의 조종사인 이세민과 함께 전투에 참전하게 되었습니다."

제2장

WAY OF THE BIRD
새의 길

산에는 한쪽 날개와 한쪽 눈만 있는 새가 있느니라.
그 새가 날수 있으려면, 같은 종류의
새를 찾아 결합해야 하노라.

《산해경(山海經)》

제10장

철의 악마

나는 어둡고 비좁은 감방의 시멘트 바닥에 누워 있다. 육중한 문에 달린 창살 너머로 희미한 불빛이 스몄다.

이제 이 게임 판의 규칙이 이해됐다.

여자라고 해서 크리살리스 조종에 서투른 게 아니다. 기력이 압도적으로 높은 여자가 나타날 때마다, 훨씬 높은 기력을 지닌 남자의 짝으로 붙여왔던 거다. 남자가 여자에게 밀리는 일이 없도록.

10,000이라는 수치. 그 수치가 불타는 새처럼 내 머릿속을 맴돌았다. '와, 걔의 정신력은 만쯤 될지도 몰라!' 같은 과장된 수사법에서나 쓰일 법한, 상상도 할 수 없는 수치다.

지난 200년 동안 그 수치를 기록한 남자는 단 한 명뿐이다.

바로 철의 악마, 이세민. 그에겐 부조종사가 없다. 같이 타는 여자 조종사는 언제나 희생양이 되었다.

다음 전투에서 난 처형될 거다.

나는 군대에서 던져준 담요로 몸을 더욱 단단히 감쌌다. 담요는 다 해지고 냄새가 났다. 나는 손가락으로 머리통을 쥐어짰다. 마치 이러면 뼈를 부수고 뇌를 으깰 수 있기라도 할 것처럼, 내 존재를 터트려 없앨 수 있기라도 한 것처럼.

간헐적으로 터진 웃음이 어둠 속으로 사라졌다. 잠시 이런 생각마저 들었다. 내가 구미호에서 했던 일이 뭐 그리 중요하겠어? 가장 인기 많고 강력한 조종사를 죽여버렸는데, 그들이 날 살려둘 리 없잖아.

어쨌든 난 원하는 바를 이뤘다. 언니의 복수를 했다. 그러니 기꺼이 죽을 준비가 돼 있어야 했지만…… 벌써 열세 번째 식사를 마쳤다.

지금껏 해온 식사 횟수만이 내가 여기 얼마나 오랫동안 갇혀 있었는지 알려주는 유일한 수단이었다. 열세 번의 식사가 있었으니 13일이 지난 거겠지. 맞기를 바란다. 그럼 거의 보름이 지난 것이다. 2주 정도면 소진된 기가 완전히 차오르기 때문에 조종사들은 보름 주기로 전투에 배치된다.

나는 왜 밥을 먹은 걸까. 모르겠다. 식사를 받는 대로 변기에 버리고 굶어 죽어야 했는데. 그럼에도 감방 문의 배식구를 통해 첫 끼로 채소 볶음밥이 나왔을 때, 굳은 결심을 저버리고 꼬르륵대는 배 속으로 밥을 집어넣는 데는 30초도 걸리지 않았다. 이런 걸 무슨 철의 미망인이라고 부른단 말인가.

기를 회복해야 해. 나의 뇌가 말했다.

뭐 하러 회복해? 이세민에게 맞서려고?

맙소사. 나 설마 다른 애들처럼 만분의 일의 확률을 뚫고 철의 대공비가 될 수 있다고 망상하기 시작한 건가?

하지만 난 정말 그 확률을 뚫었는걸.

마음속 더 깊은 곳에서 들려오는 소리에 나는 움찔했다.

양광의 정신력은 6,000이 넘었다. 그런데도 나는 크리살리스 안에서 그를 제압했다.

나는 대공비급 조종사다.

기분이 묘했다. 하지만 그렇다 한들 무슨 소용일까? 군대는 약한 조종사를 나와 짝지어 주었다가 죽게 만들 위험을 무릅쓰느니, 날 죽이는 편을 택할 것이다.

이러니 전쟁이 지지부진할 수밖에.

문득 궁금해졌다. 얼마나 많은 사람이 내가 한 짓을 봤을까. 군대는 언론사에게 뇌물을 받고 있다. 생방송에는 아무런 제약이 없었을 것이다. 어쩌면 밤중에 자주 깨곤 하는 할아버지가 봤을지도 모른다. 그 모습을 봤다면 내가 할아버지 눈앞에서 양광을 죽인 것처럼 엄청난 충격을 받았겠지. 그렇게 생각할 때마다 어쩔 수 없이 입꼬리가 올라가고 웃음이 절로 났다.

하지만 저장된 영상을 송출했다면? 성현의 의회와 정부의 문인 관료들은 방송국에 남아 있는 영상에 대한 권한을 갖고 있다. '철의 미망인'이란 개념을 내가 처음 들어본 걸로 미루어 보아, 아마도 의회와 관료들은 그에 관한 영상을 모두 삭제하라고 명령했을 가능성이 컸다.

언론사들이 그 말을 곧이곧대로 따르지 않았을 수도 있다.

나는 곧 어디서나 대단한 이야깃거리가 되겠지. 천문학적인 금액을 지불하고라도 날 구경하려는 인파가 넘쳐날 거다. 도시 사람들은 영상 하나를 보려고 하루 일당을 모두 쏟아붓기도 한다. 지방 사람들은 돈을 모아 영상을 구입한 후, 누군가의 태블릿 주위로 옹기종기 모여 단체 관람을 한다.

나의 짧디짧은 전설의 순간을 지켜줄 존재가 추잡한 언론사 쓰레기들뿐이라니.

자, 언론사들아, 어디 한번 제대로 욕심부려 봐.

나는 냉소했지만 곧바로 가슴이 따끔하게 아파왔다.

이치. 이치의 아버지야말로 그 추잡한 언론계의 피라미드 꼭대기에 있는 거물이다. 이치도 당연히 그 영상을 보게 될 거다.

이치는 뭐라고 생각할까? 다른 사람들처럼 놀랄까? 내가 정말로 사람을 죽일 수 있다는 데 겁먹었을까?

아니면 나를 자랑스러워하려나…….

양광이 내 몸에 결국 손대지 못했다는 걸 알려줄 수 있다면 얼마나 좋을까. 이젠 상관없는 일이지만, 그래도 이치가 그 점을 알아주었으면 하는 마음은 어쩔 수 없었다.

마지막으로 이치의 목소리를 들을 수만 있다면.

나는 창살 사이로 비쳐든 불빛에 손을 들어 올렸다. 빛은 감방을 비스듬히 갈랐다. 지저분한 형광등 불빛 사이로 먼지가 부유했다. 나는 손가락을 구부려 벽 위로 발톱 같은 그림자를 드리웠다.

그런 날들 속에서 내가 다시 커지는 꿈을 많이도 꾸었다. 하늘을 향해 우뚝 솟아, 땅 위를 질주하며, 우주를 향해 손을 뻗는 꿈을.

고통에서 벗어나는 꿈을.

구석에 내던져 놓은 찢어진 예복을 바라보았다. 내가 배짱만 있다면 저 옷으로 스스로 목숨을 끊을 수도 있다는 걸 깨달은 후부터는 옷을 가까이 둘 수가 없었다. 천의 한쪽 끝을 천장을 지나는 배관에 묶고, 다른 쪽 끝을 목에 건 다음 조여오는 올가미 속에서 죽음을 맞는 것이다.

열세 차례 밥을 먹어온 지금까지 그런 상상을 했다. 심지어 저 옷자락이 뱀의 똬리처럼 꿈틀대며 움직일 것만 같았다. 뱀의 색이 밝을수록 더 치명적인 독이 있다는 말도 생각났다.

나는 일어섰다. 그리고 마음먹은 대로…….

그때, 바닥에 닿았던 맨다리에 묻은 핏자국이 보였다. 이곳에 갇혔던 다른 여자들의 피였다. 그림자에 가려질 만큼 검은 자국은 그들이 이곳에서 얼마나 비참하게 지냈는지 알려주었다. 눌어붙은 채 굳어버린 여자들의 핏자국. 남자 간수들에게는 소름끼치는 모습일지 모르겠지만 난 무섭지 않았다. 그들의 고통과 한을 이해했다.

다만 여기 갇혔던 여자들이 무슨 짓을 했기에 끌려왔는지 궁금할 뿐이었다. 맞서 싸웠을까? 도망치려 했을까? 아니면 조종사를 즐겁게 하라는 명령을 거부했을까?

혹시 그중에는 소리 소문 없이 역사 속으로 사라진 철의 미망인도 있었을까?

이곳의 공기에는 강렬한 뭔가가 있다. 처절한 저항의 몸짓, 입 다물고 있기를 거부한 목소리, 묶이길 거부한 손, 부서지길 거부한 영혼을 느낄 수 있다.

예복에서 눈길을 거두고 다시 누웠다. 그리고 숨을 들이쉬며 차갑게 서린 여자들의 분노를 가슴 가득 담았다.

웃기지도 않은 얘기다. 우리의 몸을 그렇게도 원하는 남자들이 우리의 정신은 이토록 증오한다니.

꿈에 언니가 나타났다.

"언니."

간신히 나온 말이었다. 나는 언니에게 헐레벌떡 달려갔다. 달려도 발이 아프지 않았다.

즉, 현실이 아니었다.

그럼에도 언니에게 손을 뻗지 않을 수 없었다. 영원히 여기 있고 싶었다. 언니가 어디 있든, 나도 거기에 있고 싶었다.

"날 따라오지 마, 천천."

언니는 내 얼굴을 어루만졌지만, 그 온기가 느껴지기도 전에 손가락은 스러져 안개가 되고 말았다.

"여기엔 아무것도 없어. 이건 해결책이 아니야. 탈출한 것도 아니야. 난 자유롭지 못해. 그저 사라졌을 뿐이야."

무릎에 힘이 풀렸다. 나는 주저앉으며 언니를 붙잡으려 했지만, 그저 언니의 환영을 스쳐 지나갈 뿐이었다.

"상관없어. 언니랑 같이 있을래. 제발 부탁이야. 그놈은 죽었어. 내가 죽였어. 내가 언니의 복수를 했단 말이야."

나는 흐느꼈다. 언니는 눈을 내리깔았다.

"그래서 바뀐 게 있다고 생각하니?"

나는 고개를 저었다.

"적어도…… 이 세상에서 괴물이 하나 사라졌잖아."

"양광 같은 사람은 수만 명도 더 있어."

고통이 몸속으로 퍼지면서 영혼을 가닥가닥 짓눌렀다.

"그럼 내가 어떻게 해야 돼?"

언니는 미소를 지었다.

"굳이 질문할 필요가 있을까? 너도 알잖아. 최악의 존재가 돼야지. 그들에게 속지 마, 천천. 너에겐 네가 생각했던 것보다 큰 힘이 있어. 도망치지 마. 그들의 뜻대로 되게 내버려 두지 마."

언니의 예복이 형체를 잃어가기 시작했다. 마치 우리가 자란 마을의 논 위로 1년 내내 서리는 흐릿한 안개 같았다. 우리는 뒷마당에 다정히 앉아서 그 안개를 바라보며 이런저런 얼굴을 떠올리고 다양한 것들을 상상했었다. 그리고 항상 우리의 머릿속을 울려대는 고함과 몸에 새로 난 매 자국을 애써 잊었다.

그때였다. 언니의 흐릿한 형태가 영웅형 구미호로 변했다. 차가운 금속 손가락이 내 얼굴을 움켜쥐고 끌어 올렸다. 타오르는 하얀 눈 빛이 내 눈을 노려보았다.

"그들의 악몽이 되어라, 무측천."

혼돈이 울부짖는 소리에 깜짝 놀라 잠에서 깼다.

일어나 앉으니 식은땀이 흘렀다. 문틈으로 들어오는 불빛은 새빨갛게 변해 있었다.

내가 여기 갇힌 후로 경보가 울린 건 이번이 처음은 아니었다. 강력한 크리살리스가 새롭게 변신할 때마다 언제나 더 많은 공격이 있어왔으니까. 하지만 이세민과 주작이 2주의 재충전 휴가를 받은 후로는 처음 울리는 경보였다. 나는 식탁에 모여 이세민의 마지막 전투를 보았던 나의 가족들을 떠올렸다. 우습다. 그땐 쓸모없는 기억이라고 생각했던 것들이 이제 와서 이렇게나 간절해지다니.

뭉쳐진 채 그림자 속에 놓인 예복을 바라보며 일어섰다. 평소처럼 발이 욱신거렸지만 방이 차가운 덕분에 발끝의 감각이 무뎌지고 염증도 생기지 않았다. 나는 망가진 옷을 들어 잠시 이리저리 돌리며 노려보았다. 그리고 천을 목에 감는 대신, 몸에 걸쳤다.

문이 날카로운 소리를 내며 옆으로 열린 순간, 나는 똑바로 선 채 병사들을 똑바로 마주 보았다. 그들이 질겁하여 뒤로 물러섰다.

나는 무표정하게 두 손을 내밀었다. 고개를 살짝 갸웃거리며 어서 하라고 신호를 주었다.

고분고분한 태도를 보이니 더 꺼림칙한 모양이었다. 병사들은 미심쩍은 눈초리로 내 손을 뒤로 돌려 수갑을 채우고는 밖으로 끌어냈다. 차가운 감방에 너무 오래 갇혀 있던 탓에 움직일 때마다 아팠고, 발을 디딜 때마다 눈앞이 번쩍였지만 내색하지 않았다.

군홧발에 맞춰 앞으로 이동했다. 금속 복도를 지났다. 경보음이 울부짖었다. 붉은 등이 번쩍였다. 엘리베이터가 덜커덩 소리를 냈다.

문이 밖을 향해 열리자, 창백한 빛과 서늘한 습기가 끼쳐왔다.

갑작스러운 빛에 얼굴이 찌푸려졌지만, 이내 나는 몸을 부르르 떨면서 신선한 공기를 한껏 들이마셨다. 잠시 후 빛에 눈이 적응하자, 풍경을 완전히 뒤덮은 짙은 안개가 보였다. 혼돈은 인간의 시야가 가려지지 않으면 공격하지 않았다. 그들에게는 인간과 같은 시각이 없으니, 안개로 앞이 잘 분간되지 않는 날이 더 유리했다.

군인들은 격자로 덮인 철제 다리 위로 나를 데려갔다. 구미호에 연결된 다리와 비슷했다. 하지만 이 다리는 아주 높은 곳에 설치돼 있어서, 우리 머리가 망루 꼭대기에 닿을 정도였다.

주작 크리살리스를 본 순간, 나도 모르게 입이 벌어지고 말았다. 구미호나 무두전사보다도 훨씬 큰 주작은 수면 상태였다. 거대한 붉은 새가 날개로 몸을 감싼 모습이 떠올랐다. 표면은 매우 거칠거칠해서 진짜 깃털이 돋은 것처럼 보였다. 다리는 새의 가느다란 목 뒤로 이어졌다.

화하에서 가장 강력한 크리살리스에 탑승해서 그 힘을 휘두르며 비행하는 기분은 어떨까. 그러다 죽더라도 별로 아쉽지 않을 것 같았다. 순간 엘리베이터 문이 다시 열리는 소리가 들리며 나의 환상도 형체를 잃었다.

고개를 돌리자 밝은 주황색이 눈에 들어왔다. 갈가리 찢어져 볼품 없어진 내 예복 아래로 한 줄기 땀이 흘렀다.

올리브색 군복을 입은 병사들 뒤로 한 남자가 보였다. 이제껏 내가 본 남자 중 가장 키가 크고 체격이 좋았다. 강렬한 주황색 점프슈트가 육중한 몸을 팽팽하게 감싼 모습이었다. 등 뒤로 묶인 팔에 채워진 두꺼운 수갑도 보였다.

목에 찬 굵은 목걸이에는 사슬이 달려 있었다. 사람인지 짐승인지 잠시 헷갈릴 정도였다. 머릿속으로 정보가 뒤죽박죽 섞였다. 이세민은 분명히 열아홉 살일 텐데? 나보다 겨우 한 살 많은 나이다.

하지만 따져보면 그는 철의 악마이기도 했다. 자기 가족을 죽이고 크리살리스에 함께 탄 여자애의 정신을 모조리 먹어치우는 살인자. 그러니 저 모습은 사실 이상할 것도 없었다.

병사 하나가 양손으로 이세민의 목에 달린 기다란 줄을 잡아당겼다. 이세민은 앞으로 고꾸라질 듯 비틀거리며 다리를 건넜다. 나머지 병사들은 양옆에서 총구를 겨누며 따라 걸었다. 물러나고 싶은 마음에 발이 근질거렸다.

이세민이 크리살리스에 가까이 다가가자, 병사들은 그의 머리에 씌웠던 자루를 벗겼다.

나는 그만 헉, 소리가 나도록 숨을 몰아쉴 뻔했다. 이세민의 얼굴은 짙은 색 강철 입마개로 감싸여 있었다. 숯처럼 새까만 눈빛이며 짧은 머리카락까지 무서운 점이 한두 가지가 아니었다.

머리카락은 부모님에게 물려받은 소중한 유산으로 여겨진다. 가족과 의절하거나 승려가 되지 않는 한 머리를 잘라선 안 된다. 그런 이들은 보통 머리카락을 깨끗하게 민다. 하지만 이세민처럼 머리를 짧게 잘라 아무렇게나 하고 다닌다는 건 그가 범죄자라는 것, 그것도 화하에서 가장 극악한 범죄인 존속살해범이라는 걸 몸으로 증명하는 것이었다.

그런 사람을 실제로 마주하니 늑대 굴에 던져진 것처럼 목 뒷부분의 털이 바짝 섰다.

이번엔 정말로 물러서려 했지만, 나를 지키고 있던 감시병들이 내가 움직이지 못하도록 붙잡았다.

우리는 서로를 노려보았다. 철의 악마와 철의 미망인으로서. 수갑을 차고 머리엔 총구가 겨눠진 채로. 병사들 사이에 꼼짝없이 잡혀 안개와 전장의 소음에 둘러싸인 채로.

정확히 말하자면…… 이세민은 나를 보고 있지 않았다. 물론 그의 눈빛도 나만큼 강렬하긴 했지만, 그 찌를 듯한 눈길은 내가 아니라 내 뒤의 무언가를 향하고 있었다.

찌푸린 채로 그의 시선을 따라 고개를 돌리자, 그의 크리살리스인 주작이 보였다.

흉포한 욕망이 그의 눈에 이글거렸다.

긴장이 서서히 가셨다. 미칠 것 같은 즐거움으로 내 입꼬리가 슬쩍 올라갔다.

"이봐."

나는 그에게 말을 걸었다. 이제 곧 죽게 될 텐데 거리낄 게 뭐 있나?

"날 죽이기 전에 최소한 눈이라도 마주쳐 줘야 하지 않아? 배짱을 좀 가져보라고."

그는 나를 무시했다.

나는 그와 눈을 마주쳤다. 그는 곧바로 고개를 돌렸다. 나는 묶인 몸뚱이를 비틀며 집요하게 그의 눈을 쫓았다.

"그만!"

나를 붙잡고 있던 병사가 짜증을 내며 소리쳤다.

병사들은 우리를 주작 쪽으로 내몰았다. 저 멀리 짙은 안개 너머로 기 금속이 부딪치는 소리가 들렸다.

나는 이세민을 유심히 관찰했다. 그는 반은 한족의 혈통이었지만, 한족보다는 오랑캐의 특징이 두드러지는 모습이었다. 얼굴은 한족의 전형적인 얼굴보다 더 깊고 다면적이었고, 짙고 날카로운 눈썹 아래로 깊이 박힌 눈동자 때문에 눈빛이 더욱 강렬해 보였다. 머리 위에 조종사의 관은 없었다.

두려움이 사라지고, 대신 어질어질할 정도의 열기가 피어올랐다. 이세민도 나만큼이나 꽁꽁 묶여 감시받는 처지인데 나한테 뭘 어쩌겠어? 이렇게 된 것, 그냥 즐기자.

"근데 말이야……, 너 가족을 다 죽였다면서?"

나는 눈썹을 치켜올리며 물었다. 그는 목줄을 달그닥거리며 먼 곳만 바라봤다.

"죽일 만해서 죽였니?"

좀 더 과감하게 물었다.

그가 마침내 나와 눈을 마주쳤다. 그 눈빛에는 죄책감도, 분노도, 주저함도 없었다. 오로지 숨이 멎을 만큼 뚜렷하고 확고한 결심만이 존재했다.

이세민은 고개를 끄덕였다.

내 입술이 파르르 떨렸다. 이 순간 대체 뭐라고 대답해야 할까.

"네 말을 믿어."

그의 반응을 보진 못했다. 뭔가 신호를 받은 병사들이 곧바로 소리치면서 우리를 밀어댔기 때문이었다. 누군가 주작의 머리 아래 있는 해치를 열었다.

조종석으로 향하는 동안, 병사들은 이세민의 점프슈트 등에 달린 지퍼를 내렸다. 그의 등에 어지러이 남은 울긋불긋한 흉터를 보자 온몸에 소름이 끼쳤다. 그건 분명 가축을 제압할 때나 쓰는 전기충격기가 남긴 흔적이었다.

병사들은 음양의 조종석 위에 이세민과 나를 나란히 세웠다. 이윽고 우리가 찬 수갑이 풀렸다. 이세민이 풀린 손을 터는 모습을 보자 새삼스레 섬뜩한 공포가 온몸을 훑고 지나갔다. 그의 기다란 손가락 여기저기에도 흉터가 나 있었다.

하지만 내가 왜 무서워해야 하는데? 최악의 상황을 가정하는 것조차 무의미하다. 최악이라고 해봤자 죽기밖에 더하겠어?

그러니 시도해야지. 싸워야지. 내가 죽으면 이세민이 산다. 앞으로 더 많은 여자애가 그의 희생양이 될 거다.

병사들은 이세민을 양의 조종석에 있는 기 아머에 밀어넣었다. 가늘지만 날카로운 침이 척추에 꽂히자 그가 나지막한 신음을 흘렸다. 이윽고 붉은 화기가 그의 눈에서 번쩍이더니 얼굴의 경혈에 퍼졌다. 열려 있던 아머가 몸을 감싸며 달칵 닫혔다.

병사들이 내 옷의 등 부분을 헤치고 나를 음의 조종석에 억지로 앉혔다. 온몸이 뻣뻣하고 차갑게 굳었다. 척추를 따라 차가운 물방울이 흐르는 듯 닿는 침의 감각이 익숙했다. 아머 조각이 내 몸을 가두고 아머를 두른 이세민의 팔이 나를 감싸자, 스스로가 한없이 왜소하게만 느껴졌다. 아머를 뚫고 느껴지는 그의 열기에 무더운 여름날처럼 숨이 막혔다.

그가 입에 찬 금속 입마개가 내 관자놀이를 스쳤다. 그때 좋은 생각이 떠올랐다.

병사들의 발소리가 들리지 않게 됐을 때 나는 그에게 속삭였다.

"넌 규칙 같은 건 믿지 않으면서 남들이 시키는 대로 잘만 하네? 그런 거 좀 웃기지 않니?"

대답은 없었다. 아, 맞다. 입마개를 하고 있었지.

"이번에 우리가 전장에 나가면 좀 다르게 해보자. 내가 조종할게. 우리 둘 다 자유로워질 수 있는 유일한 방법이야."

누군가 조종실 문을 쾅 닫으며 우리는 암흑 속에 빠졌다.

"내가 조종할게. 이세민, 내가—."

순간, 날카로운 침이 척추에 박혔다.

제11장

칼의 산 위로,
불바다 아래로

나는 뜨거운 공기를 가르며 불바다 위에 솟은 칼의 산 위로 추락하는 중이었다. 뜨거운 열기가 등에 훅 끼쳤다. 두 손은 떨어지는 와중에도 어떻게든 추락을 막아보려고 허우적댔지만, 잡히는 것이라고는 칼끝뿐이었다. 손바닥을 가르는 날붙이에 고통으로 눈앞이 번뜩였다. 나는 검이 촘촘한 참호 사이에서 핏빛 하늘로 비명을 질렀다.

그러면서도 고통에 맞서 몸을 밀고 두 다리를 칼날에 박았다. 저 불바다에 빠진다면 나 자신을 잃게 될 것을 직감적으로 알았다.

이곳에서 그렇게 사라진 다른 소녀들처럼.

강판에 갈리듯 삐걱이던 몸이 멈췄다. 칼날이 뼈를 찔러댔다. 나는 숨을 헉헉대며 금방이라도 부서질 듯 아슬아슬한 곳에 매달려 있었다. 찢어지고 뒤틀린 손에서 뜨거운 피가 흘러나왔다. 불꽃이 내 등을 혀처럼 핥아댔다. 옷은 온통 땀범벅이었고, 머리카락에도 송골송골 땀이 맺혀 축 늘어졌다. 나의 정신은 일렁이는 열기 속에서 나뒹굴었다.

다른 여자애들은…… 왜 여기 있지? 나는 왜 여기 있지? 왜 아무 기억이 안 나는 거야.

기억해야 해. 중요한 일이잖아. 아주 중요하다고.

들쭉날쭉한 칼날 위로 솟은 하늘에, 새들이 불붙은 날개를 펄럭이며 날아갔다. 꽥꽥대는 소리가 인간의 비명 같았다. 붉은 하늘, 붉은 새, 주작, 크리살리스?

크리살리스가 뭐지?

생각이 흐물흐물해지고 모든 것이 녹아내리고 있다. 불이 금속을 녹인다. 나는 금속, 금의 속성을 가지고 있다.

여기에 무슨 의미가 있었는데. 금속은 내게 힘을 주게 되고, 그래서 나는…….

그래. 이 영역 어딘가에서 나는 힘을 부여해 주는 아머를 입고 있다. 군대 홍보 영상을 아주 많이 봤기 때문에 아머가 어떻게 생겼는지 안다. 목깃이 높고 어깨받이는 휘날리는 깃털 같은 모습이다. 또 거대한 날개가 날렸다. 길고 풍성한 치맛자락은 불사조의 꼬리 같은 생김새다.

난 이 아머가 싫어. 이게 보일 때마다 여자애가 죽잖아. 다음은 내 차례겠지.

하지만 내가 이긴다면?

내가 먼저 그 소년을 죽인다면 어떨까.

속삭이는 소리가 커지면서 울부짖음으로 변했다. 나는 아머에게서 나타나라고 명령했다. 그러자 내 뼈에서 자란 아머가 살에서 돋아나왔다. 골수에서는 붉은 수정이 뿜어져 나와 퍼지고 또 퍼졌다. 괴물이나 다름없는 존재가 되고 있었지만 상관없었다.

괴물을 죽이려면 괴물이 필요한 법이니.

거친 진홍색 날개가 부들부들 떨며 등에서 펼쳐졌다. 날개는 내 가슴둘레를 꼭 감싸더니, 이윽고 폭발적인 날갯짓 한 번으로 주위의 검을 내리쳤다. 칼날은 파도처럼 우수수 부서져 내렸다.

하늘로 수직 상승하자 숨이 거칠게 터졌다. 하지만 나는 이를 악물고 다시 날갯짓했다. 다시, 또다시. 그렇게 계속 하늘로 올랐다.

이 기묘한 날개는 솟구치는 열기의 소용돌이 속에서도 내 몸을 공중으로 들어 올렸다. 칼날이 점점 저 아래로 멀어지더니, 이윽고 눈앞에 이 영역 전체의 광경이 들어왔다. 뜨겁게 일렁이는 공기 아래, 핏빛 하늘에 일그러진 섬이 둥실 떠 있었다. 몸에 불을 붙인 채 비명을 지르는 새들이 섬을 선회했다. 나는 채찍처럼 날개를 내리치며 쏜살같이 날아갔다.

하지만 새들이 더 빨랐다.

새들은 강물처럼 가지런히 떼를 이루어 내게 다가왔다. 그들은 불이 붙은 채로 날갯짓을 하고 발버둥 치며 비명을 질러댔다. 나는 두 팔로 몸을 보호했다.

뜨거운 바람이 먼저 나를 강타하더니, 미친 듯이 움직이는 부리와 발톱이 불의 폭풍처럼 나를 덮쳤다. 새들은 내 사지를 끊으려 하고 있었다. 계속해서 내 몸을 긁어대며 아래로 밀었다. 마치 나를 죽여야 자기들이 살 수 있기라도 한 것처럼.

나는 새 떼 사이에서 어떻게든 날갯짓을 이어가려 애썼다. 불타는 깃털이 나를 몰아치고 목 조르는 가운데 용광로처럼 이글거렸다.

그 순간, 새의 부리 속에서 날름대는 인간의 혀를 인지한 나는 견딜 수 없이 오싹해졌다. 폭력의 기억이 머릿속을 뒤흔들며 무언가 끔찍한 것을 보여주었다. 새들의 목에서 나오는 비명은 나의 상상이 아니었다.

소녀의 숨죽인 울음소리가 저 문 뒤에서 들려왔다. 나는 공포와 분노를 동시에 품은 채 문으로 다가갔다. 비명이 들려오는 가운데 나는 도끼를 들고 형제들의 몸을 조각조각 토막 냈다. 밝은 주황색 점프슈트 차림의 소년들이 울부짖었다. 나는 딱지투성이 주먹으로 그들의 얼굴을 때렸다. 피범벅이 된 손가락을 덜덜 떨며 벽돌을 쌓는 동안 몸에 전기 충격이 가해졌다. 입에서 자포자기한 고함이 샜다. 잡힌 소녀들이 좌절한 채로 천천히 울부짖는 동안 나는 병사들에게 이끌려 다리를 건너고 있었다.

어떻게 한 사람의 마음속에 이렇게 많은 이들의 비명이 존재한다는 거야?

그게 다가 아니었다. 비명은 더 많았다. 너무나도, 견딜 수 없을 만큼 무수한 비명들, 셀 수 없는 소리와 기억이 새를 통해 내게 폭탄처럼 투하되며 내 영혼을 긁어댔다. 이 비참한 상황에서 벗어나고 싶다면 어서 저 불바다로 뛰어들라고 끊임없이 몰아댔다.

하지만 내가 왜 그래야 하지? 이 기억은 내 것이 아니다. 그럴 리 없어. 이게 내 삶이었다면 지금 제정신일 리가 없잖아.

난 이런 기억을 안고 살 필요가 없어. 그를 죽인다면 난 자유야.

나는 소리를 지르며 새들을 힘껏 헤치고 섬을 향해 날았다.

마침내 다다른 공간에는 그가 있었다. 내가 죽여야 하는 소년이. 그는 짙은 회색빛 옷을 걸치고 가장자리에 앉아 있었다. 누구인지는 기억나지 않았지만, 진홍색 천으로 반묶음한 긴 머리의 남자를 보고 나는 멈칫했다. 이게 아닌 것 같은데. 하지만 나는 그에게 다가갔다. 그 아니면 나, 둘 중 하나만 살 수 있다.

"어떻게 해야 할지 모르겠어."

그는 나를 돌아보지도 않고 말했다.

남자의 목소리는 매끄럽고 강하게 울렸다. 물리적인 힘이 나를 때리는 것 같았다. 슬픔과 부드러움의 파동에 내 몸이 수그러들면서 어서 그를 위로하라고 명령했다.

"뭘 모르겠는데?"

내 입에서 나온 소리는 너무나 부드러워 내 것 같지 않았다.

"전부 다."

열기가 일렁이며 그의 어깨 위에서 기다란 머리카락을 들어 올리자, 목 뒤로 뻗은 무시무시한 흉터가 보였다.

"전부 다 잘못됐어."

"고칠 수는 없고?"

"어떻게 고쳐야 할지 모르겠어."

화가 치밀었다. 이 대화는 의미가 없다. 하지만······.

둘 중 하나만 살 수 있다.

그는 계속 말했다.

"난 아무것도 고칠 수가 없어. 난 파괴할 줄만 알아."

"그럼 죽어."

난 성큼 다가가 그를 가장자리에서 밀어버렸다. 회색 옷자락이 연기처럼 부풀어 올랐다. 허공에서 추락하는 남자의 눈빛이 새까맣게 번뜩였다.

뜻밖에도 불바다가 온 공간에 확 들이닥쳤다. 불길이 하늘을 집어삼키고 허공에 둥실 뜬 섬과 나를 산산조각 냈다.

눈이 확 떠졌다. 지금 난 음양의 공간에서 이세민과 마주하고 있었다. 그간의 기억이 되살아났다. 난 곧바로 행동을 개시했다.

아머에서 단검을 뽑아 그의 목을 노렸다.

그는 놀라서 비틀거렸고, 우리는 음양의 경계에서 세차게 부딪혀 넘어졌다. 믿을 수 없을 만큼 강한 열기가 그의 몸에서 솟아났다. 주작의 존재를 느끼면서, 나는 계속 칼로 찔러댔다.

그러나 칼날은 손잡이까지 녹아버렸다.

가슴이 덜컥 내려앉았다. 그를 바라보자 몸이 부들부들 떨렸다. 그의 기는 이미 최대 강도까지 다다라서 눈이 이글이글 타오르고 피부 아래 핏줄은 용암이 흐르듯 번뜩였다. 그의 아머는 타오르는 숯이 든 것처럼 빛났다.

나는 망가진 단검을 던져버리고 두 손을 그의 목에 감았다. 그 역시 내 목으로 두 손을 홱 뻗더니, 나를 바닥으로 누르며 위치를 바꾸었다. 그의 주홍빛 눈과 얼굴에서 이글이글 빛나는 경혈이 내 위에서 무시무시하게 어른거렸다.

이건 정신의 결투야. 나는 속으로 되뇌었다.

그러니 무서워할 것 없다. 현실에서야 나보다 훨씬 힘이 세겠지만, 이곳에서 신체의 차이는 아무 의미가 없으니까.

나는 그의 머리에 박치기를 했다. 그리고 다시 그를 바닥에 쓰러뜨려 눌렀다.

그는 나를 죽이지 못할 것이다. 그가 죽인 여자의 수를 기록한 통계 속으로 덧없이 스러지지는 않을 것이다.

우리는 서로를 제압하지 못한 채, 음양의 경계를 따라 앞뒤로 어수선하게 몸싸움을 했다. 나는 구미호를 장악했던 것처럼 주작을 빼앗으려 했지만, 이세민의 정신이 너무 강해 주도권을 잡을 수가 없었다. 내 의식의 일부를 거대한 주작 속으로 비집고, 현실 세계의 감각을 모아 크리살리스의 날개를 퍼덕여보려고 했을 때조차도 나는 음양의 영역에서 스스로를 분리할 수 없었다. 내 의식이 빠져나가지 못하게 이 영역이 잡아당기고 있었다. 내 정신은 두 방향에서, 두 관점과 두 현실 사이에서 고통받았다. 주작을 제어하려는 시도는 금방이라도 스러질 듯 긴장한 숨결처럼 얕게 느껴졌다.

주작의 눈을 통해 바라보는 시야는 심하게 흔들렸고 보고 있으면 속이 뒤집히는 느낌이었다. 하얀빛이 퍼지더니 금형(金型) 혼돈이 안개 속에서 불쑥 튀어나왔다. 혼돈의 몸이 주작의 쭉 뻗은 발톱에 부딪힌 순간 우리는 비틀거렸다. 온 세상이 흔들렸다. 주작과 가느다란 실낱같이 연결되어 있던 내 감각은 폭풍우에 휘날리듯 빙빙 돌았다. 나는 필사적으로 버티면서 최대한 날개를 움직여 혼돈을 쳐내려고 했다. 이세민도 다른 쪽 날개로 나와 같은 동작을 하고 있었다. 하지만 우리 둘의 일치하지 않는 호흡 때문에 주작은 제대로 동작하지 못하고 날개를 펄럭이며 비틀거렸다.

물러서. 그가 알아서 하게 둬. 내 속의 배신자 같은 마음이 애원하고 있었다.

안 돼! 나머지 마음이 비명을 질러댔다.

겨우 얻어낸 통제권을 포기할 수는 없다. 모두가 죽어도 상관없었다.

우리의 정신적 형태가 엎치락뒤치락하는 동안, 우리는 동시에 주작의 부리에 광선포를 쏠 기를 충전했다. 우리가 함께하는 일은 그것뿐이었지만, 광선포를 쏘는 순간에도 제대로 조율이 되지 않았다. 주작의 부리에서 나온 기의 줄기가 서로 화합하지 못하고 뻗어나왔다. 기의 일부는 쭉 이어지지 못하고 더듬거리듯 나왔지만, 또 다른 일부는 포효하는 것처럼 힘차고 강했다. 어설픈 광선포였지만 혼돈은 빽빽한 안개 속에서 환한 불꽃을 내뿜으며 부서졌다.

"주작! 지금 통제 불능 상태다!"

우리는 둘 다 목이 졸린 듯 울부짖을 뿐, 제대로 대답하지 못했다. 좌절한 채로 부딪치고 충돌하고 서로 엉키며 영혼체의 목을 더욱 세차게 누를 뿐이었다. 주작의 가슴에 쌓이는 열기와 압력이 최고조에 달해갔다. 하지만 그 느낌은 구미호가 변신했을 때처럼 희망찬 것이 아니었다. 그저 모든 게 폭발할 것만 같았다…….

제12장

처음으로

코에서 따스한 피가 흘러내리는 것을 느끼며 나는 깨어났다. 깊은 물속 폭풍에서 내쳐지듯 정신이 이리저리 흔들렸다. 피를 닦고 싶은데 팔을 움직일 힘이 없었다.

뿌옇고 하얀 빛 두 줄기가 어둠을 가르고 있었다. 사방에서 금속 냄새가 났다. 내가 공구 창고에서 잠들었나? 어째서…….

무언가 거대한 것이 뒤에서 움직였다. 사슬이 절그럭댔다.

잠기운이 묻었던 나의 눈이 휘둥그레졌다. 현실이 마구 밀려들었지만, 이해가 되지 않았다. 아머에서 풀려난 나의 손은 음의 조종석 팔걸이에 놓여 있다. 하지만 나와 깍지를 낀 손가락은 차갑게 식어 있지 않았다. 설마…… 살아 있어?

지퍼가 지익 소리를 내며 닫혔다. 내 뒤로 이세민이 일어나더니,

내 어깨를 무릎으로 찧으며 걸어 나갔다.

재가 살았다고? 나도 살았고?

뭐야?

어떻게?

우리가 전투를 끝냈나? 그럼 둘 중 하나를 죽였어야 하는 거 아니야?

생각해 봤자 괴로울 뿐이라 그만두었다. 문을 향해 걸어가는 그의 발소리에 쇠사슬이 박자를 맞추어 쩔렁거렸다. 내 코에서는 계속 피가 뚝뚝 떨어지고, 입술에는 짭짤한 피가 고였다. 하고 싶은 말이 목으로 치받았다.

"야."

결국 내가 나지막이 중얼거렸다. 내 목소리는 실제로 목을 졸리기라도 한 듯 낮고 거칠었다.

이어지는 이세민의 발소리가 더 크게 울렸다.

침묵이 흘렀다.

몸을 돌려 뒤를 돌아보자 찢어진 옷자락이 바스락거렸다.

조종실의 새로 뚫린 구멍 사이로 희미한 안개가 서서히 들어오자, 이세민의 이글대는 듯한 주황색 점프슈트가 돋보였다. 그 구멍은 원래 명령 스피커가 있던 자리가 분명했다. 심장이 몇 번 두근거렸다. 이세민은 여전히 문을 바라보고 있었지만 움직이지는 않았다. 마치 지금 들은 소리가 진짜라고 믿기를 두려워하는 것 같았다.

"야."

나는 다시 입을 열었다.

그가 천천히 뒤를 돌아보았다. 입마개와 옷깃 위로 휘둥그레 뜬 눈이 보였다. 투명한 수증기 사이로 물기를 머금어 반짝이는 두 눈은 마치 이제껏 흑백으로만 세상을 보았던 사람이 처음으로 총천연색을 본 듯한 모습이었다.

피식 웃음이 나왔다. 나는 코피를 닦았다.

"놀랐냐."

그는 비틀거리며 내게 다가왔다. 전보다는 한층 가벼운 발걸음이었다. 내 얼굴에서 웃음이 사라졌다. 그의 눈빛에 어린 노골적이기까지 한 부드러움에 내 온몸이 얼어붙었다.

어린 소년이 보일 법한 분노가 아니었다. 나는 그 분노에 심장이 멎을 뻔했다. 그의 정신 영역에서 이세민이 사악하고 새빨간 눈빛으로 나를 노려보았던 걸 잊으면 안 된다. 그는 순수하지 않았다. 모함에 빠진 것도, 내가 오해한 것도 아니다. 그 점은 확실하다. 난 이세민의 정신 깊숙이 위치한, 불꽃과 비명이 난무하는 곳을 경험했다.

그런데도 그 눈빛을 외면할 수가 없었다.

스스로의 행동을 이해하기 힘들었지만 나는 의자 뒤편으로 팔을 뻗어 그에게 손을 내밀었다.

이세민이 내 손을 잡자, 깜짝 놀랄 만한 떨림이 내 몸으로 흘러들었다. 깊숙한 곳까지 울리며 스며드는 떨림이었다.

우리는 서로의 손을 잡았다. 서로의 목숨을 빼앗으려던 때보다 훨씬 부드러운 손길이었다.

제13장

화하의
제일가는 희망

"음, 이건 흥미로운 전개네."

새하얀 통신실에 설치된 커다란 화면 속에서 사마의는 허리에 손을 얹은 채 말했다.

금속이 부딪치는 소리가 나더니, 주위에 있던 병사 하나가 이세민의 입마개를 풀어주었다. 입마개에 닿았던 얼굴 부위에 움푹 팬 자국이 빨갛게 드러났다. 그의 얼굴에는 내가 이제껏 본 한족 남자들보다 훨씬 더 빽빽하게 수염이 나 있었다. 범죄자를 상징하는 '囚(가둘 수)'자 문신이 그의 뺨에 새겨져 있었다. 뭉툭한 칼로 또렷하게 새긴 울퉁불퉁하고 뾰족한 획을 보자 속이 뒤틀렸다.

순간 주황빛이 번쩍이나 싶더니, 이세민이 병사의 제복 목덜미를 확 잡았다.

나는 뛸 듯이 놀랐다. 다른 병사가 경고 조로 소리를 지르며 총을 겨눴다. 화면 속 전략가들이 그만두라고 소리쳤다. 이세민은 무언가 요구하듯 손을 뻗었다. 세 번째 병사가 얼른 그의 손에 금속 병을 쥐여주었다. 그제야 이세민은 잡았던 군인을 휙 밀치며 놓더니, 몇 달째 가뭄 끝에 물을 찾아낸 듯 병마개를 열어 입에 댔다.

갈비뼈 속에서 심장이 쿵쿵 울렸다. 최면에 걸릴 듯 꿀꺽꿀꺽 울려대는 그의 목구멍 소리와 목덜미에서 꿈틀대는 핏줄, 묵직한 강철 목깃으로 주르르 흘러내리며 반짝이는 술의 줄기를 나는 멍하니 바라보았다.

생존의 기쁨 때문에 정신이 그만 혼미해졌나 보다. 우리 둘 다 살아 있다는 건 아무리 생각해도 전혀 축하할 수 없었다. 생각지도 못한 일을 또 해냈다는 건 중요하지 않다. 그것만으로는 안 된다.

결국 이세민을 죽이는 데 실패했다.

이제 적어도 2주는 있어야 다시 그와 싸울 수 있게 될 것이다. 그때까지는 이 쓸모없는 육체에 갇혀서 군대가 내리는 결정을 얌전히 따를 수밖에 없다.

스피커에서 사마의의 한숨 소리가 들렸다. 비뚤어진 입모양으로는 그가 재미있어하는 건지, 아니면 화가 난 건지 분간하기 힘들었다.

"진정해라, 세민."

이세민이 마침내 찰랑거리는 소리와 함께 술병을 든 손을 내렸다. 그리고 거칠게 기침을 하면서 수염이 자란 턱을 문질렀다. 그의 가슴이 심하게 헐떡였다. 매섭고 지독한 술 냄새가 콧속을 익숙하게 자극했다.

나는 한쪽 팔로 코를 막고서 다른 팔로 찢어진 예복을 그러모았다. 마음 깊숙한 곳에 묻어둔 기억이 터져 나왔다. 할아버지가 욕설을 퍼부으며 내리친 술병 조각이 반짝이며 온 집 안에 흩어졌던 기억. 주름진 손바닥으로 할머니의 얼굴을 후려쳤던 기억. 집안 어른에게 무어라 할 수 없었던 아버지가 옆으로 비켜 앉아 담배만 길게 빨고 있던 기억. 그 난장판을 정리하면서 언니와 엄마, 내 손에 났던 상처의 기억.

나를 스치는 이세민의 눈빛이 슬쩍 보였다. 몰래 상처를 핥던 모습을 들킨 것처럼, 그는 술을 두어 모금 마시다가 몸을 굳혔다. 그러더니 내가 볼 수 없도록 옆으로 술병을 옮겼다. 왜 저런 행동을 하는지 정말이지 난 이해할 수 없었지만.

이세민의 곁에서 섬뜩한 눈빛들이 나를 바라보고 있었다. 병사들은 얼굴을 창백하게 굳힌 채 나를 빤히 쳐다보았다. 전략가들도 마찬가지였다. 그들은 나를 관찰하는 중이었다. 위험하고 변덕스러운 존재를 간신히 궁지에 몰아두었다는 듯.

나는 팔을 내리고 주먹을 꽉 쥔 채로 주름잡힌 미간을 폈다. 이제껏 '내가' 그들을 흉흉하게 노려보고 있었나 보다.

온몸이 움츠러들었다. 차갑게 얼어붙은 피부와 그 아래 아픈 살과 뼈까지 수축했다. 발에서 고통이 느껴지면서 이건 꿈도 망상도 아니라는 게 새삼 실감났다. 너무 오랫동안 고립된 채 마음을 졸이다 보니 뭐가 가능하고 뭐가 불가능한지, 무엇이 정상이고 무엇이 비정상인지 경계가 흐릿해졌다.

아니, 아니야. 대공급 조종사를 정신 공격으로 죽여버리는 건 정상이 아니다. 그놈의 진시황제인가 뭔가 이후로 최대치의 정신력을 가진 이세민에게서 살아남은 것 역시, 정상이 아니다.

그러니 저들이 날 이렇게 쳐다보는 것도 당연하다.

이것 참…….

웃기네.

관자놀이가 쿵쿵 울렸다. 목에서도 맥이 펄떡펄떡 뛰었다. 나는 한바탕 터져나오려던 웃음을 참았다. 저들의 불편한 기색을 보니, 내가 뭔가 대단한 것쯤 된다고 생각하는 모양이었다. 물론 크리살리스 밖에서 어느 때보다도 무력한 상태인 나를 저들이 두려워할 이유는 없다. 그런데도 저들의 표정은 참으로 볼만했다.

이 상황을 이용하면 무사할 수 있을지도 모른다.

그럼 한바탕 놀아볼까.

"자, 이게 무슨 일일까요?"

나는 처음부터 일이 이렇게 될 걸 알고 있었다는 듯 전략가들을 힐끔 쳐다보고선 조롱하기 시작했다.

"왜 내가 아직도 살아 있는지 모르겠어요?"

전략가들이 의미심장한 눈빛을 교환했다.

"이세민 조종사, 이 전투에서 무언가 색다른 일을 겪지는 않았습니까?"

제갈량 수석전략가가 깃털 부채를 뻣뻣하게 흔들며 물었다.

그냥 '이세민 조종사'라고만 부르다니. 군대 내에서도 그에게 화려한 직급 따위는 없었다.

이세민은 목을 가다듬고는 나와 전략가들을 바라보며 말했다.

"저 여자의 정신은…… 시끄러웠습니다."

말하는 데 익숙치 않은 그의 목에서 거친 소리가 흘러나왔다. 이 목소리를 그의 정신 영역에서 먼저 들었다니 이상한 일이었다. 그의 가슴에서부터 울려나오는 음절에 제모 후 다시 자라나기 시작한 팔의 털이 쭈뼛 섰다.

그는 음양의 영역에서 나와 싸웠던 기억을 말했다. 들어보니 이제껏 전투 중에 그 정도로 또렷한 의식을 지녔던 적이 없었던 듯했다. 하지만 이세민이 그곳에 있는 내내 나를 죽이려고 했던 걸 생각하면, 분명 의미가 있는 말이었다.

뭐, 내가 먼저 죽이려고 하긴 했지만……. 그러지 않았다면 무슨 일이 벌어질 줄 알고?

이세민은 이야기를 하면서도 계속 내 쪽을 쳐다보았다. 가늘게 뜬 눈은 마치 단검 같았다. 이윽고 그는 말을 하다 말고 불쑥 물었다.

"저 여자는 누굽니까?"

사마의가 스피커로 대답했다.

"이야기 못 들었나? 대공급 조종사 양 대령을 죽인 무측천이라는 여자다."

긴장으로 주름졌던 이세민의 미간이 확 풀렸다.

"양광이 죽었다고요?"

이제는 사마의가 얼굴을 찌푸렸다.

"만리장성에서 성대한 장례식을 치렀는데 모르고 있었나? 안록산 그놈이 널 또 가둔 거냐?"

양광의 장례식 이야기를 듣고 나는 무척이나 경악했다. 그런 일이 있었다고는 한마디도 듣지 못했다. 대중들은 장례식에 어떤 반응을 보였을까? 또 나에겐 어떻게 반응했을까?

나는 우습다는 듯이 말했다.

"장례식을 했다고요? 조문객들은 양광이 여타 다른 소녀들처럼 죽었다는 걸 알고는 있고요?"

경고의 눈초리들이 날아와 따갑게 꽂혔다. 사마의는 삿대질을 하며 소리쳤다.

"대체 왜 이러는 거야? 네가 무슨 짓을 했는지 모르겠어? 넌 사람을 죽였어! 한 생명을 빼앗았다고! 남의 집 귀한 아들을 네가 죽였단 말이야!"

내 웃음은 뻣뻣하게 굳어버렸다. 일말의 후회를 느껴서가 아니라, 순식간에 부글부글 치솟은 분노를 억누르기 위해 온몸에 힘을 주었기 때문이었다.

나는 눈을 부릅뜨고 말했다.

"그래요. 내가 그랬죠."

"너—!"

사마의의 얼굴이 시뻘게졌다.

크리살리스에서는 언제나 남의 집 딸이 죽지 않느냐고 받아칠 수 있었다. 하지만 나는 내 행동을 정당화하고 싶지 않았다. 사마의의 분노는 나를 향한 불안감에서 비롯된 것이다. 양광이 죽은 직후, 우리가 처음으로 대화를 나누었을 때만 해도 그는 이 정도로 흥분하진 않았다. 그래. 사마의는 도덕을 들먹이며 날 구속하려는 것이다. 그래야 내 존재가 좀 더 편안하게 대할 만한 것이 될 테니.

하지만 어쩌나. 참 불쌍하게 됐네. 내 피는 얼음보다 차갑고 마음은 썩은 늪처럼 검고 악취를 풍긴다. 그가 무서워하는 바로 그런 존재. 이런 내 모습이 난 싫지 않다.

계속 불안해하라지.

사마의는 발끈했지만, 제갈량이 지친 손길로 부채를 흔들어 말리자 입을 다물었다.

"당장 알아봐야 할 문제가 아닌 일은 파고들지 맙시다."

사마의가 씩씩거리는 동안, 제갈량은 나와 이세민을 구슬려 다시 정보를 캐기 시작했다. 나는 마지못해 대답했다.

이세민과 나는 전투의 정점을 기억하지 못했다. 제갈량이 '이상한 변신'이 있었다고 말했을 때 우리는 어리둥절한 표정을 지었다. 제갈량은 영상 하나를 보여주었다.

영상은 커다란 화면 구석에서 안개 사이로 드문드문 보이는 주작의 모습으로 시작했다. 주작은 고개를 뒤로 젖히더니 부리에서 분홍색 광선포를 쏠 준비를 했다. 아마도 나의 하얀 금기와 이세민의 붉은 화기가 섞인 색일 것이다. 이윽고 주작이 혼돈에게 기를 뱉었다. 혼돈은 몸체의 절반을 잃고 안개 속에 쓰러졌다. 하지만 주작은 다음 적을 공격하지 않고 그 자리에 선 채 앞이 보이지 않는 듯 비틀거렸다. 날개는 제멋대로 펄럭였고, 머리는 격렬하게 떨렸다. 잠시 후 검은 점들이 허공에서 추락했다.

"저게 스피커였다. 저 스피커 선을 연결하려고 기술자들이 얼마나 힘들었는지 알기는 해?"

사마의가 영상을 가리키며 말했다.

내가 싸늘하게 대꾸하려던 순간, 하얀 광채가 주작의 표면에서 폭발했다. 기 금속이 터지며 팽창했지만, 주작의 모습은 다음 단계가 으레 갖추어야 하는 인간 형태로 변하지 않았다. 그 모습은 특정한 형태로 변신하다 실패한 것에 가까웠다. 노란 토기가 조금 흘러나왔지만, 그 역시 변신을 안정화시키지는 못했다.

주작은 마치 혼돈처럼, 형태가 없는 병든 존재로 변했다. 날개는 우그러지고 녹아내려 뭉툭해진 몸에 합쳐졌다. 발은 두툼한 나무 그루터기처럼 부풀어 올랐다.

나도 모르게 손으로 입을 막았다.

이 과정에서 난 의식이 없던 게 분명했다.

"여기선 분명히 두 가지 종류의 변화하는 기가 작용했습니다. 하지만 이걸 적절한 3단계 변화형이라고 불러야 할진 모르겠군요."

제갈량은 부채로 길고 가느다란 수염을 쓰다듬었다.

사마의가 눈을 흘기며 말했다.

"그렇죠. 여기엔 영웅형 같은 모습이 없으니까요. 이건 말하자면…… 영웅이 아니라 악당형이라고나 할까요."

"남성 조종사들은 크리살리스와 연결될 때마다 이성을 잃을 위험이 있습니다. 여성 조종사들은 그런 그의 무의식을 달래고 이성을 유지시키죠. 하지만 당신들은 모두 이성을 완전히 잃어버렸더군요."

영상은 주작이 한쪽 눈은 붉게, 다른 눈은 하얗게 빛내며 카메라 드론을 향해 곧바로 돌진하는 모습으로 끝났다.

나는 어색하게 고개를 들었다.

"그래서 이게 무슨 뜻이죠? 우리가 균형 잡힌 짝이란 건가요?"

제갈량이 대답했다.

"아닙니다. 그것만큼은 아니라고 확실하게 말할 수 있죠. 주작의 데이터를 분석한 결과, 여러분의 심장은 조화를 이루어 뛰지 않았습니다."

"그런데 어떻게 주작을 변신시킬 수 있었죠?"

"우리도 그게 무척 궁금하다고. 안 그렇습니까, 수석전략가님?"

사마의는 상관인 제갈량을 보았다. 그는 한동안 부채를 세차게 부쳐대다가 말을 이었다.

"우리의 가설은…… 여러분 둘 다 대단히 희귀한 초적응 정신을 지녔다는 겁니다. 기력이 얼마나 치솟든 서로의 기력에 맞먹을 수는 있지만, 그 결과 둘 중 아무도 주도권을 가질 수는 없게 되는 거죠. 그래서 여러분이 탄 크리살리스는 동등하나 조화롭지 못한 신호를 받고 변형된 겁니다."

"동등하다고요? 그렇다면 내 기력이 10,000을 넘었다는 건가요?"

사마의는 비난하듯 대꾸했다.

"순간 수치 18,000을 찍었다. 너희 둘에게서 기록된 가장 높은 수치였지."

등골이 오싹해졌다. 어깨가 부들부들 떨렸다. 병사들은 당황한 듯 서로를 슬쩍 쳐다보았다. 이세민마저도 고개를 번쩍 들었다.

나는 그 숫자를 어떻게든 이해해 보려고 했다. 말도 안 될 만큼 높은 수치였다. 18,000이라니, 인간의 평균 기력이 84인데.

"어떻게 그럴 수가 있죠?"

나는 멍하니 고개를 저었다. 제갈량의 눈에서 무언가가 번뜩였다.

"비록 여러분이 균형 잡힌 짝은 아니었지만, 특별한 한 쌍인 것만은 분명합니다. 두 분이 안정적인 유대 관계를 이룬다면 전쟁의 판도를 바꿀 수도 있을 거예요. 여러분에게는 정말로 주 지방을 해방할 힘이 있을지도 모릅니다. 곤륜산맥의 자가복제 둥지를 지키는 황제급 혼돈은 금형이죠. 금속은 불에 약하기 때문에, 주작이 제대로 된 영웅형으로 변신할 수 있다면 화하의 제일가는 희망이 될 겁니다. 여러분이 좀 더 좋은 시너지를 낼 가능성은 충분해 보여요. 그러니 다음 전투에서는 서로를 적대시하지 말아주시겠습니까?"

입에서 비웃음이 새어나왔다.

나와 이세민이라. 암살자와 살인자의 조합이구나. 그런 게 화하의 제일가는 희망이라니. 그러니 서로를 적대시하지 말라니.

나는 으르렁거리듯 물었다.

"그러면 내가 얻는 대가는 뭔가요? 적어도 나만 한 기력을 지녔고 범죄자도 아닌 남자가 누리는 특권만큼은 갖게 해주겠죠?"

사마의는 혐오스럽다는 듯 말했다.

"이봐, 넌 뭘 요구할 처지가 못 돼. 우리가 이제껏 살려둔 것만으로도 조상님께 감사해야 한다고."

나는 오랫동안 그를 노려보았다.

그러다 가장 가까이에 선 병사에게 달려갔다.

"어이!"

병사들이 일제히 총을 치켜들었다.

하지만 난 멈추지 않았다. 눈도 깜빡이지 않았다. 혼돈 공습경보를 듣고 아드레날린이 온몸에 퍼져서가 아니었다. 다른 병사들이 즉각 행동에 들어가서도, 날 겨눈 병사의 손가락이 방아쇠를 당기려 해서도 아니었다.

나는 총구에 머리를 들이밀었다.

사마의가 욕설을 내뱉었고, 제갈량이 소리쳤다.

"쏘지 마!"

"어디 쏴봐."

나는 이마에 싸늘하게 다가오는 동그란 총구처럼 서늘하게 말했다. 시야로 총구가 겹쳐 보였다. 어찌나 심장이 뛰던지 내 목소리조차 들리지 않았다. 죽을 수도 있다. 병사가 손가락 하나만 까딱해도 난 정말 죽을 수 있다. 탕, 소리와 함께 모든 게 끝나겠지.

하지만 내가 죽음의 공포에서 벗어나지 못한다면, 저들은 그 공포를 무기 삼아 날 때리고 목 조르고 노예로 삼을 것이다.

동그랗고 차가운 총구가 내 이마에서 떨어지는 순간, 실망과 동시에 분노가 치솟았다. 나는 총을 두 손으로 잡아 다시 내 머리에 박듯이 가져다댔다. 손바닥에 싸늘하게 다가오는 둔탁한 금속의 감각이야말로 몰아치는 생각과 감각 가운데에서 유일하게 분명한 것이었다. 눈앞에서 총구가 흔들렸다. 저 공허한 검은 구멍이 날 빨아들여 끝장낼 것만 같았다.

"내가 이런 걸 무서워할 줄 알아?"

내 목소리는 믿을 수 없을 정도로 침착했다.

"내가 살고 싶어 하는 것 같아? 그냥 죽여. 제발 부탁이야."

다른 병사들이 나를 잡아끌었다. 잠시 몸싸움이 이어진 끝에 병사 하나가 뒤에서 내 팔을 단단하게 붙들었다. 하지만 소기의 목적은 달성한 것 같았다. 이세민의 얼빠진 표정을 본 나는 그만 만족스러운 미소를 지을 뻔했다.

"나한테서 뭔가를 받고 싶다면, 마땅히 내가 받아야 할 걸 주는 게 좋을 거야."

나는 고개를 쳐들어 전략가들에게 소리쳤다. 헝클어진 머리카락이 뺨과 목덜미를 뒤덮었다.

"무빈……."

제갈량은 전보다 훨씬 조심스러운 자세로 대답을 이어갔다.

"우리가 빈께 무언가를 빼앗고 싶어서 이러는 게 아닙니다. 상황이 생각보다 위태롭습니다. 솔직히 말씀드리자면, 전략가들 사이에서도 무빈을 어떻게 해야 할지 상당히 의견이 분분합니다."

"그래, 이 미친년아! 네가 죽기를 바라는 건 우리가 아니야!"

사마의가 씩씩댔다.

"자세히 말해 보시죠."

제갈량이 긴 한숨을 뱉었다.

"무빈을 두고 퍼지는 소문이 있었습니다. 이렇게 말해도 되는지 모르겠지만, 무빈께서 여우 요괴라는 거예요. 그러니까 아름다운 여자로 변신해서 남자를 잡아먹으려는 구미호 말입니다."

뭐?

너무나 웃긴 이야기였다. 하지만 전략가들의 얼굴에 서린 긴장감은 소문의 심각성을 알려주었다. 교육받은 사람이라면 요괴 같은 건 전설일 뿐이고, 구미호는 그저 평범한 여우라는 걸 알 법한데도 그들은 매우 진지했다.

"그래요? 어쩌다 그런 소문이 났죠?"

"구미호에서 나왔을 때 어떻게 했는지 생각 안 나?"

그러자 양광의 시체를 발치에 던지고선 미친 듯이 웃던 내 모습이 떠올랐다.

"아, 성현들께서 그 영상은 삭제하지 못하셨나 봐요?"

"당연히 삭제하셨지. 하지만 생방송을 본 사람이 너무 많았다고! 대체 왜 그 새벽에 깨어 있던 건진 모르겠지만, 아침이 되자 소문이 사방에 퍼져버렸어. 게다가 영상을 없애려고 한 게 오히려 상황을 악화시켰지. 죽은 남자를 보고 처음 한 행동이 그따위라니!"

나는 어깨를 으쓱였다.

"그건 미안하네요. 그땐 그러고 싶더라고요. 그럴 때가 있잖아요."

사마의는 내 팔을 뽑아버리고 싶다는 표정이었다.

"잘 들어, 그리 어리지도 않으니 말귀는 알아듣겠지. 너 때문에 사람들이 군대의 청렴성을 의심하기 시작했어. 넌 머리가 돌아버린 년이야. 누구든 딱 보면 알 수 있어. 네가 지금껏 살아 있는 이유는 제갈량 수석전략가님과 내가 큰 그림을 그리고 있고, 그 과정에서 너의 잠재력을 포기하지 않기로 했기 때문이라고. 하지만 벌써부터 후회가 밀려드는 중이야. 그러니 특권을 누리고 싶으면, 이세민과 함께 잘할 수 있다는 걸 먼저 보이란 말이야!"

그는 거칠게 말했지만 나 또한 다른 조종사들처럼 대우받을 수 있음을 넌지시 일러주었다. 결국 나도 얻어낸 게 없지는 않았다.

"그래서 당신들이 원하는 게 정확히 뭔가요? 다음 전투 때까지 내가 뭘 하면 되죠?"

제갈량이 대답했다.

"아직 수-당 지방의 전략가들과 훈련 일정을 협의 중이라 정해진 건 없습니다. 그래도 하나 말씀드릴 게 있긴 하죠."

그는 이세민을 보면서 환하게 웃었다.

"이세민 조종사, 당신은 이제 여기 있는 룸메이트와 같이 지내게 될 겁니다."

난 그만 오싹해졌다.

"그럼…… 나는 감옥으로 돌아가지 않고요?"

"그럼요. 우리는 언젠가 두 분이 남편과 아내처럼 지내기를 바라고 있습니다. 책임감 있는 남편은 아내가 길을 잘못 들면 바로잡아주고, 소중한 아내는 남편이 길을 잃고 헤맬 때 바른길로 이끌어주는 법이죠. 그게 이 세상의 균형 잡힌 질서니까요. 이 조종사, 그리고 무빈, 두 분이 함께하면 더 나은 존재가 될 수 있으리라 믿습니다."

내가 마침내 참지 못하고 터뜨린 웃음에, 제갈량은 당황하여 눈살을 찌푸렸다.

아, 너희는 진심이었구나.

내 의식은 다시 술병을 들고 꿀꺽꿀꺽 마시는 이세민에게로 향했다.

나더러 이미 사형 선고까지 내려진 이 살인자와 살라니. 맨정신일 때는 무슨 짓을 벌일지 몰라 입마개에다 목줄까지 채우고 항상 총을 겨눠야 하는 남자와 살라니.

도대체 술 취한 이세민은 어떤 인간이기에 이러는 거지?

제14장

남자들이 하는
거짓말

병사들이 육중한 철문을 밀었다. 이세민의 숙소에선 진한 에탄올 냄새가 끼쳐왔다. 나는 어둑한 야광등만이 켜진 지하실 복도로 뒷걸음질쳤지만, 병사 하나가 내 팔을 잡았다.

다른 병사는 문으로 들어가 스위치를 올렸다. 천장에 설치된 뿌연 전등이 깜빡이며 켜졌다. 눈앞에 드러난 것은 화하에서 가장 강력한 조종사의 방이라고 보기는 힘들었다. 그저 아주 작은 콘크리트 벙커였다.

엘리베이터가 위가 아닌 아래로 내려갈 때부터 이곳이 양광의 숙소처럼 호화롭진 않을 거라고 예상했지만, 이 방은 가구가 딸린 감옥이나 마찬가지였다. 이세민은 침대와 벽 사이의 좁은 공간으로 비척비척 걸어갔다. 술에 취해 한 손으로 벽을 짚고 걷는 모습이 전족한 여자처럼 불안정했다. 그는 이 방에 비해 덩치가 너무 컸다. 짧고 헝클어진 머리카락이 천장에 달린 전등갓에 스칠 것 같았다.

구석에는 그가 지금 손에 든 것과 똑같은 병들이 가지런히 놓여 있었다. 잠깐 사이에 그 병에 적어도 네 번은 병사들이 술을 다시 채워주었다. 이 유리병들로 무슨 일을 벌일 줄 알고 오늘 밤 이렇게 그에게 술을 주는 걸까.

사실 그 이유는 잘 알고 있다.

병사가 나를 거칠게 벙커 안으로 밀어넣었다. 팔에 고통이 일었다.

이세민이 돌아서자, 또 다른 손이 내 등을 밀었다. 덕분에 나는 이세민의 가슴에 부딪히고 말았다. 그가 손에 든 술병이 찰랑거렸다. 놀랍도록 단단한 몸에 부딪히자 몸이 긴장했다. 볼을 확 물들인 채로, 나는 그의 거친 점프슈트 천을 그러쥐었다.

병사들은 웃음을 터뜨리면서 아이들처럼 낄낄대고 야유를 퍼부었다.

귓가까지 새빨개졌지만, 허우적대며 몸을 떼고 싶은 충동을 꾹 참았다. 저들이 보고 싶어 하는 꼴을 보여주긴 싫었다. 내가 당황하고 겁먹는 것이야말로 그들이 이해할 수 있고, 그들에게 위안을 주는 약한 여성의 모습이니까.

문이 쾅 닫히자 병사들의 야유도 아스라이 멀어졌다. 그들이 밖에서 꽥꽥거리며 떠들어대는 소리의 메아리가 망치처럼 내 갈비뼈를 쳐댔다.

이세민은 첩을 거느릴 수 없었다. 그의 크리살리스에서 희생된 소녀들이 어디서 왔는지는 몰라도, 그 여자들과 즐기는 특권을 누리지는 못했다.

그러니 전쟁터가 아닌 곳에서 2년 만에 처음으로 본 여자가 바로 나인 것이다.

내 손바닥에 닿은 이세민의 근육은 팽팽했고, 술기운으로 달아올라 있었다. 그의 심장은 마치 감옥에서 빠져나오려는 것처럼 가슴 속에서 마구 고동쳤다. 가빠지는 호흡에 숨이 자꾸 짧아져서 나는 배에 힘을 주고 몸을 추스르려 했다.

그와 완력으로 싸워 이길 거라곤 생각하지 않는다. 시도도 하지 않을 것이다. 아무리 마음을 굳게 먹고 저항한들 그의 힘에 무력하게 당할 수밖에 없다는 사실을 그에게 알려줄 뿐일 거다. 내게 무슨 짓을 하든 나의 존엄성을 앗아갈 수는 없다는 듯 행동하는 것 외에는, 나의 존엄성을 지킬 방법은 없다.

따지고 보면 존엄성이 가장 중요한 것 아닌가? 존엄성은 자신을 위해 지켜야 할 선과 가치이다. 나는 내게 가장 중요한 게 뭔지 알고 있다. 그리고 그것은 '순결' 같은 게 아니다. 나는 이세민의 자비를 얻어내기 위해 그의 비위를 맞춰가며 두려움에 떠는 존재가 될 마음은 없다. 그런 가련한 꼴로 스스로를 작게 구겨버리지는 않을 것이다.

온몸에 공포가 몰아쳤지만, 나는 고개를 들었다.

그의 강렬한 검은 눈동자를 마주했을 때 나는 온갖 극기심을 발휘해 떨지 않으려 했다. 그건 마치 태양을 정면으로 바라보면서 눈앞이 까맣게 흐려지는 느낌이었다. 그의 머리 가까이에 달린 전등갓에서 불빛이 탁하게 흘러나와 도드라진 얼굴선마다 그림자를 드리웠다. 나의 시선은 그의 뺨에 새겨진 무시무시한 '수' 글자에 향했지만, 이내 그의 눈을 마주 보며 차가운 눈빛을 보냈다. 남자라고 안심하며 살 수 있을 거라고 생각하지 말라는 무언의 협박이었다.

머리 위에 달린 전구가 윙윙거렸다. 그의 팔이 움직였다.

하지만 그의 손은 내게 닿지 않았다. 대신 침대에 술병을 놓았다. 이세민이 천천히 몸을 돌려 앉았다. 목에 단 쇠사슬이 그의 무릎에서 철컹거렸다. 얼굴에서 그림자가 걷히며 드러난 이세민의 얼굴은 어색해 보이기까지 했다.

그는 두 손을 들어 방어 자세를 취했다.

나는 너무 놀라 눈썹을 꿈틀거렸다.

"내 말 들어봐. 난…… 안 할 거야. 네가 원하지 않는 건 정말 아무것도. 그건 장담할 수 있어."

그의 말은 몸속 열기에 녹아내리는 중인 듯 흐려지며 끝났다.

그는 방구석에 둔 술병을 곁눈질했다.

"저 술병들을 보고 좋은 생각이 들 순 없겠지. 그러니 내 말을 믿긴 어려울 거고. 하지만 난 너를 해치지 않아. 약속해."

그는 딸꾹질을 하더니, 손등으로 입을 막았다.

"미안."

뭔가 이상하고 간지러운 느낌이 내 몸을 슬금슬금 기어올랐다.

이세민의 정신 영역은 타오르는 불과 칼로 가득 차 있었다. 나는 그곳에서 살아남아 그의 마음 속 풍경을 이야기해 준 최초의 인간이다. 내가 분명 거기에 있었다는 걸 알면서, 지금 뻔뻔하게 나를 속이려 드는 건가?

"나한테…… 점프슈트가 한 벌 더 있어."

이세민은 잘못하면 내가 자신을 총으로 쏴버리기라도 할 존재라도 되는 듯 조심스레 말했다. 진짜 총 앞에 있을 때조차 이렇게 반응하지 않았으면서. 그는 조심스레 한 손으로 침대 아래 금속 서랍을 열었다. 그리고 형광 주황색 천 무더기를 꺼내어 나에게 주었다.

옷 색깔이 너무 밝아 눈이 따가울 지경이었다.

"옷은…… 화장실에서 갈아입어."

그는 침대 발치 너머의 직사각형 금속 부스를 가리켰다.

"세면대 아래에도 물건이 있어. 그거 써."

가슴이 조금 두근거렸다.

혼자 있을 수 있는 공간이 필요했다.

나는 점프슈트를 낚아채고선 벽에 손을 짚으며 최대한 빨리 더듬더듬 발을 옮겼다.

세면대 아래 수납장에 있던 양동이에 약초를 뿌리고 발을 담갔다. 물은 뼈가 시릴 정도로 차가웠다. 기의 순환에는 좋지 않겠지만, 이제 온수를 쓰는 건 머나먼 꿈이 되어버렸다. 따뜻한 물에 발을 담그는 게 어떤 느낌이었는지 기억도 나지 않는다. 그런 기분 좋은 위로

가 정말 내게 존재하기는 했던가.

여전히 현실이 실감 나지 않았다. 나는 무릎 사이로 손을 넣어 발을 문지르면서, 추위에 곱아 감각 없는 이 손은 과연 누구 손일까 멍하니 생각하다가 그것이 내 손이라는 걸 깨닫기를 반복했다. 양동이에 떨어지는 물방울이 내는 잔물결에 정신이 혼미해졌다. 수면 위로 약초가 둥실 떠올랐다. 발을 감쌌던 천은 말라붙은 피와 수상쩍은 노란 진물로 잔뜩 더러워져 있었다. 망가진 예복을 찢어서 발을 감쌀 새 천으로 쓰려 했는데, 놀랍게도 수납장에는 새 붕대가 있었다. 톱밥을 넣어 만든 생리대도 있었다.

첩을 거느린 적도 없는 이세민이 왜 이런 물건을 가지고 있는지 이해할 수 없었다. 여기 갇혀 있었던 여자애의 물건일지도 모른다.

그 애는 지금 죽었겠지만.

내가 13일 전에 죽었어야 했던 것처럼.

손가락 피부가 까지고 물집이 날 때까지 발을 문질렀다. 하지만 아픔도 내가 살아 있다는 확신을 주진 못했다. 그 모든 걸 겪고 내가 정말 살아남은 게 맞나. 이곳은 정말로 이제껏 누웠던 어두운 감방이 아닌 게 맞나. 나, 어쩌면 마침내 완전히 미쳐버린 건 아닐까.

이세민이 나를 건드리지 않겠다고 약속한 게 맞나. 군대는 사실상 이세민을 이용해 나를 찍어 누르려 했다. 너는 여자로서 남자를 섬기며 기쁘게 해주려고 태어났지, 사람을 죽이고 반항하려고 태어난 게 아니라고 하면서.

아무것도 이해가 되지 않았다.

이세민에게 자제심이라는 게 존재한다면 술주정뱅이 살인자가 됐을 리 없다. 그런데 왜 이런 행동을 하지? 무슨 꿍꿍이로?

혼돈이 다시 만리장성을 부수고 우리 모두를 으깨버릴 때까지 이 화장실에 있으면 어떨까, 이런저런 상념에 빠져 있던 나는 문을 두드리는 날카로운 소리에 깜짝 놀랐다.

"너…… 괜찮아?"

이세민의 나직한 목소리가 들렸다. 내가 대답했다.

"괜찮아."

"음, 알았어. 그런데 10분 후에 불이 꺼질 거야. 그럼 진짜 캄캄해져서 돌아다니기 힘들거든. 네가 알아두어야 할 것 같아서."

"그래, 알았어."

발은 그만 담그고 일어나야겠다.

발에 새 천을 감고 화장실에서 나오자, 이세민은 침대 가장자리에서 머뭇거리며 물러났다. 두 손은 술병을 꼭 쥔 채였다.

우리는 좁은 공간을 사이에 두고 서로를 응시했다.

그가 침대를 가리켰다.

"네가 여기서……. 난 바닥에서 잘게."

불편함에 마음이 죄어들었다. 모든 게 함정은 아닐까.

나는 딱딱하게 말했다.

"아니. 괜찮아. 이제껏 제대로 된 침대에서 자본 적도 없는데, 뭐. 내가 그냥 바닥에서 잘게."

그는 내 말에 조금 놀랐다가 곧 단호하게 말했다.

"그렇게 둘 마음은 없는데."

순간 속에서 분노가 일었다.

"나한테 이래라저래라 하지 마."

"아니야. 이건 내 문제야."

그는 바닥에 널린 술병을 침대 서랍에 던져 넣은 다음 콘크리트 바닥에 누웠다. 바닥의 공간에 간신히 몸을 끼워 맞췄지만, 넓은 어깨는 침대 틀과 벙커 벽 사이에서 짓눌리고 있었다.

나는 볼 안쪽을 지그시 씹었다. 그에게 침대에서 자라고 말하고 싶은 마음이 굴뚝같았다. *멍청한 짓 하지 마. 여긴 네 방이잖아*, 라고 말할 뻔도 했다. 하지만 생각해 보면 틀린 말이었다. 이제 이곳은 내 방이기도 하니까. 그러니 불편하게 있겠다고 고집부릴 이유가 없었다.

"알았어. 맘대로 해."

나는 매트리스 위로 기어올라갔다. 이세민에게 고맙지는 않다. 고마움을 느낀다면 그가 내게 호의를 베풀고 있다고 인정하는 것이다. 내가 부탁하지도 않은 일을 해주며 마음의 빚을 지우려는 계획이라면, 소용없다는 걸 빨리 깨닫게 해줘야지.

그가 준 점프슈트는 부자들이 입는 예복처럼 옷이 몸을 압도했다. 물론 그들이 감방의 사형수 신세가 된 적은 없겠지만. 이걸 입으니 나풀거리는 고급 예복을 입은 이치의 기분을 알 것 같았다.

이치를 생각하면 가슴이 칼에 찔리는 듯 아팠다. 나는 손가락을 침대 위로 거미 다리처럼 놀렸다. 이치는 오늘 전투를 봤을까? 내가 주작에 탑승하라는 명령을 받았다는 걸 알까? 대중들의 반응이 궁금해 여러 번 물어보았지만, 전략가들은 아무것도 알려주지 않았다.

내가 다리를 꼰 채 자리를 잡고 앉자 이세민은 시선을 피하며 술병만 빤히 쳐다봤다. 그의 손가락이 술병을 어루만졌다.

나는 눈살을 찌푸리며 물었다.

"뭐 해?"

"책을…… 읽어."

그는 반쯤 멍한 표정으로 말했다. 자신도 지금 한 말이 얼마나 터무니없는지 깨달은 것 같았다.

나는 몸을 숙여 술병을 자세히 보았다. 그 위에는 아무런 글자도 쓰여 있지 않았다.

"나는…… 그러니까…… 4대 걸작 소설집을 갖고 있었어. 너도 뭔지 알 거야. 『혼돈무법사』, 『홍루몽』, 『삼국지』, 『서유기』. 너무 많이 읽어서 외웠어. 집중하면 다시 읽는 것처럼 책 내용이 떠올라."

얘…… 바보인가?

무슨 말을 하는 거지? 진짜인가?

그의 말엔 짚고 넘어갈 점이 너무 많았다. 난 눈꺼풀을 깜빡이며 물었다.

"너 그 책 다 읽었어?"

한자로 쓰인 책은 복잡한 그림처럼 생긴 글자 수천 개로 이루어져 있다. 그래서 고급 수준의 읽고 쓰기는 이치처럼 교육받은 사람만이 할 수 있다.

이세민은 지쳐 보였다.

"응. 나는 학교에 다녔어. 아버지가 오랑캐인 아이는 안 돼도, 어머니가 오랑캐인 아이는 학교에 갈 수 있거든."

"그럼 너희 어머니는 어디 출신인데? 흉노족? 선비족? 고강족?"

그의 외모만 보고는 어느 쪽인지 알 수가 없었다.

"너 다른 부족을 잘 알아?"

"난 변방 출신이야. 마을에 오랑캐들이 많이 살았어. 다들 자기 부족을 혼동하면 싫어했지. 보통은 이름이나 옷으로 사람을 구분하기는 하지만……."

그의 눈에 생기가 돌았다. 방의 분위기가 한결 가벼워졌다.

"나는 선비족이야. 하지만 선비족 전통에 대해선 잘 몰라. 말만 조금 할 줄 알아. 어릴 때 엄마가 돌아가셨거든."

그는 상처투성이인 근육질 팔을 살피며 말을 이었다.

"엄마가 좀 더 가르쳐 주셨다면 좋았을 텐데."

끔찍한 악몽에 나올까 두려운 '철의 악마'와 좁은 공간에 어색하게 끼어 엄마 이야기를 하고 있다니. 전혀 어울리지 않는 두 모습에 나는 무척 혼란스러웠다.

사실, 가장 강력한 조종사들은 예상치 못한 배경에서 태어나곤 한다. 놀라운 정신력을 지닌 사람이 어디서 어떻게 나타날지는 예측할 방법이 없다. 시황제인 진정은 매춘부의 아들로 태어나 아버지가 누군지도 모른 채 사창가에서 자랐다. 이세민이 어린애였던 시절 또한 상상이 되지 않았다. 어머니가 돌아가셨을 때 울었을까? 아버지와 형제들은 그를 위로했을까? 결국 그의 손에 최후를 맞게 된다는 걸 알지 못한 채? 매일 한 가족으로 살아가면서 아들이 무슨 짓을 저지를지 전혀 눈치도 못 챘을까?

아니면 뭔가 저지른 쪽은 가족이었을까? 참다못한 이세민이 폭발했던 걸까? 묻고 싶었지만, 질문은 생선 뼈처럼 목에 걸려 나오지 않았다.

됐어. 내가 뭐 하러 그런 걸 신경 써?

"그런데 책은 어디 갔어?"

나는 대신 이렇게 물었다. 책이라도 한 권 집어다 읽으며 현실을 잠깐 잊을 수 있다면 좋을 텐데. 물론 글자를 잘 읽지는 못하지만.

이세민은 죄책감 어린 표정을 지었다.

"음, 그게. 내가 책장으로 칼을 만들어서 병사 둘을 찔렀거든."

나도 모르게 입이 벌어졌다. 한참이 지나서야 나는 물었다.

"왜 그런 짓을 했어?"

"전쟁터로 데려가려고 해서. 가기 싫었거든."

그는 머리맡에 둔 술병을 흔들었다. 멍하고 아득한 눈빛이었다. 이윽고 그는 서랍을 열더니 새 술병을 꺼내어 마개를 열고 몇 모금 벌컥벌컥 마셨다.

"싸우러 나가는 게 싫어?"

내가 묻자, 그는 술병을 입에 댄 채로 벽에 기대어 주저앉았다.

"내가 사람을 죽인 적이 있다고 해서 여자애들이 죽어나가는 걸 좋아할 거라고 생각해?"

매서운 감정의 물결이 내게 밀려들었다.

"그야 모르지. 다른 조종사들은 좋아하는 것 같던데."

술에 취한 이세민의 목소리가 떨려 나왔다.

"아니야. 그럴 리가 없어. 아무도 그런 느낌을 좋아할 리 없다고. 우리는 여자들이 죽는 걸 느낄 수 있단 말이야. 마지막으로 드러내는 두려움도. 기억도. 꿈도. 전부 다."

"하지만 아무도 그런 거 상관하지 않잖아."

"그렇게 하라고 교육받은 거지 생각하지 않는 게 아니야."

목구멍으로 신물이 울컥 올라왔다.

남자 조종사가 죄책감을 느낀다는 말을 들은 건 이번이 처음이었다. 하지만 기분이 나아지진 않았다. 오히려 더 나빠졌다. 이건 나를 괴롭히는 완전히 새로운 방식이었다. 말이 안 된다. 많고 많은 조종사 중에 어째서 이세민이 그들을 신경 쓰는 거지? 아무도 신경 쓰지 않는 버려진 소녀들을.

"음, 다시 책을 달라고 말해 볼 수 있어."

그는 갑자기 화제를 바꾸었다. 내 안에서 요동치는 감정을 느낀 모양이었다.

"그 일도 오래전이라, 이제는 다시 책을 줄지도 몰라. 내가 너한테 글을 가르쳐줄게. 원한다면."

얼굴이 달아오르는 것이 느껴졌다.

"날 뭘로 보는 거야. 나도 글 읽을 줄 알아!"

순간, 이세민은 괴상한 표정을 지었다. 아마 조금 전 내 표정이 저

랬을 것이다.

"넌 변방에서 왔다고 하지 않았어?"

"맞아. 하지만 도시 남자애랑 알고 지냈어. 글은 개가 가르쳐줬고."

나는 이세민의 어리둥절해하는 모습을 바라보며 히죽 웃었다.

"그럼 개는 지금 어딨어?"

나는 웃음기를 거두고 어깨만 으쓱였다.

"장안에 있을걸."

"네가 입대하는데 아무런 말도 안 했어?"

"아니, 했지."

나는 목소리가 떨리지 않도록 목에 힘을 주었다.

"하지만 개가 무슨 말을 하든 상관없었어. 입대는 내가 결정한 거니까."

"불쌍한 남자애네."

스스로를 정당화하고 싶었지만 참았다. 그럴 필요도 없었다. 난 선택을 내렸고 목적을 달성했다. 중요한 건 그뿐이다.

내가 무어라 대꾸하기도 전에, 전기가 나갔다.

어둠과 침묵이 방 안에 내려앉았다. 방 안 기계와 전기 장치 역시 모두 작동을 멈췄다. 완전한 어둠에 휩싸이자 공포감이 몰려왔지만 재빨리 억눌렀다. 무서워할 건 없었다. 최악의 경우라고 해봤자, 이세민과 나눈 동업 의식이 별 가치 없었다는 걸 알게 될 뿐 아니겠어? 그렇다면 내가 우리 둘 다 죽여버리게 되겠지. 그게 뭐 대수라고.

"그럼, 잘 자."

나는 돌아서 눈을 감았다. 매트리스가 푹 꺼지며 삐걱댔다.

이세민이 돌아눕자 쇠사슬 소리가 짤랑거렸다.

입술 사이로 떨리는 숨을 내쉬었다. 칠흑 같은 고요함 가운데 가슴이 쿵쿵 뛰었다. 이 소리가 그에게 들리지 않기를 바랄 뿐.

하지만 오히려 그의 숨소리가 더 컸다. 들이쉬고, 내쉬고, 또 들이쉬는 소리가 술기운에 힘겹게 흘러나왔다. 그의 타오르는 폐에서부터 순환하는 공기에 방의 열기가 점점 더해지는 게 느껴졌다. 독한 술 내음과 쇠사슬의 비릿한 금속 냄새가 점점 가까이 다가왔다. 바로 내 뺨까지 느껴졌을 때—.

"저리 가!"

나는 벽으로 몸을 웅크리며 소리쳤다.

"뭐?"

그의 목소리는 여전히 침대 바깥에서 들려오고 있었다. 내 근처가 아니었다.

아, 안 돼.

완전 바보처럼 정신 나간 짓을 했어!

"왜 그래?"

그가 다그쳐 물었다.

얼음 결정이 녹아내리듯 오싹한 기운이 살갗 아래로 시큰거렸다. 머리가 멍해지면서 눈앞에 검은 점들이 빙글빙글 돌았다.

"너, 뭐야?"

"응?"

그의 목소리가 수그러들었다. 나는 매트리스를 내리쳤다.

"허튼수작 부리지 마! 내가 속을 줄 알아? 겉보기와는 다른 남자라고, 알고 보면 다정한 남자라고 하면 봐줄 것 같냐고! 그게 아니라는 거, 우리 둘 다 알잖아!"

"난……, 난 네가 왜 갑자기 화를 내는지 모르겠는데."

"네가 안 그런 척하고 있으니까. 그만했으면 좋겠어."

내 목소리는 점점 짐승처럼 으르렁대기 시작했다.

"너한테 말려들고 싶지 않아. 네 뜻대로 놀아나고 싶지 않다고. 넌 남자잖아. 그러니까……."

어둠 속이라 다행이었다. 지금 불타오르고 있는 내 얼굴은 안 보이겠지.

"아무런 욕구도 없는 척하지 마. 네가 미쳐가는 건 나도 싫어. 몇 가지 조건만 지켜준다면 나도 기꺼이 받아들일게. 갑자기 달려들지 말고, 수작 부리지 말고, 또—."

"그만해!"

이세민이 불쑥 외쳤다. 하지만 이어진 말은 어둠 속으로 스며들어가더니 나지막한 중얼거림으로 바뀌었다.

"내가 보기엔…… 넌 남자의 성욕이 어떤지 잘못 알고 있는 것 같아. 우리는 짐승이 아니야. 성욕에 눈이 멀어 못 견딜 정도는 아니라고. 그것 때문에 미쳐버리는 일은 없어."

쓴웃음이 유리 조각처럼 내 속을 긁으며 나왔다.

"강간당하는 여자애들한테도 그렇게 말해 보시지."

"그건 자제력을 잃어서가 아니야. 그런 짓을 하는 놈들은 자기가 무슨 짓을 하는지 정확히 알고 있어. 타인의 삶을 망쳐버리는 줄 알면서도 나 하나 즐겁자고 마음대로 구는 거지. 그런 일은 언제든 일어날 수 있어."

"경험에서 나온 말이야?"

"그래. 내가 형제들을 죽인 이유지."

내 몸이 차가웠다. 덜덜 떨리는 것 같기도 했다.

"우리 가족이 예전에 살았던 건물에, 어떤 여자애도 살고 있었어."

이세민은 술에 취해 불분명한 발음으로 이야기를 이어나갔다.

"그 애는 다른 사람들과는 달리 날 무서워하지 않았어. 스스럼없이 대해주었지. 어느 날 나는 형의 친구들이 그 아이를 괴롭혀 돈을 뜯어내고 있다는 사실을 알게 됐고, 놈들을 흠씬 두들겨 패주었어. 그리고 시간이 조금 지나 집에 도착했을 때, 형의 방에서 수상한 소리가 들려왔어. 놈들은 그 아이를……."

이세민은 거기서 이야기를 멈추었다. 다행이었다. 그만 이야기하라고 소리를 지를 참이었으니까.

"그때 형이 특유의 표정을 지으며 히죽 웃더라고. 살짝. 아주 살짝. 나는 곧바로 알 수 있었어. 모든 게 계획됐었다는 걸. 그때 내가 지역 군인에게 신고했다면 놈들은 그 짓을 내게 쉽사리 뒤집어씌웠을 거야. 사람들은 그 말을 믿었겠지. 왜냐하면 형이…… 더 신뢰를 받는 외모였거든. 우리는 어머니가 달라. 형의 어머니는 한족이었어. 지역 군인들은 언제나 형의 말을 더 믿어주었고, 형도 그 사실을 알고 있었지."

그의 목소리는 이제 낮게 으르렁거리는 짐승의 소리처럼 들렸다.

"그래서 난 신고하지 않았어."

나는 침대에서 뻣뻣하게 굳은 채로, 쿵쿵 뛰는 심장을 부여잡았다. 몸을 웅크리고서 새카만 무(無)의 공간을 멍하니 응시했다. 어떤 반응도 보이지 않았다. 어떻게 반응해야 할지 알 수가 없었다.

"형은 내가 자기를 죽일 거라고 생각하진 못했던 것 같아."

그의 목소리가 어둠 속을 떠돌았다.

"내 동생 원길도 마찬가지였고. 난 아직도 걔가 그 일에 가담했다는 게 화가 나. 그 정도는 분별할 수 있는 나이였어. 그리고 아버지는…… 내가 빠져나가기 전에 집에 들어왔고 내가 한 짓을 봤지. 아버지가 칼을 들고 내게 다가왔을 때, 난…… 방어할 수밖에 없었어."

입술과 혀가 얼어붙은 것처럼 감각이 없었다.

"그 여자애는? 그 후에 어떻게 됐어?"

"순결을 잃었다는 이유로 부모님이 물에 빠뜨려 죽였다고 들었어."

나는 눈을 질끈 감았다. 이런 세상에 살고 있다는 걸 받아들이고 싶지 않았다. 축축한 열기가 속눈썹을 촘촘히 적셨다.

"그러니까 안 해. 나는 그 누구도 강간하지 않을 거야. 그건 비겁한 자들이나 하는 짓이야. 난 그런 놈이 아니야."

문득 나는 소용돌이치는 내면의 어둠에서 빠져나와 현실로 돌아왔다. 이 이야기에는 자신은 다른 남자와는 달리 고귀하다고 나를 설득하려는 의도가 있다. 나는 양광에게 휘말렸던 때와 마찬가지로 거의 넘어갈 뻔했다.

내가 왜 이 말을 믿어야 해?

진짜인지 어떻게 알고?

이세민에 대해 내가 확실하게 아는 건 그가 적어도 열두 번의 전투를 치렀다는 사실이다. 그러므로 그는 적어도 열두 명의 소녀들을 죽였다.

그가 보인 죄책감에 내가 왜 그토록 괴로워했는지 알았다. 나는 남자는 천성적으로 여자에게 공감할 수 없는 존재라고 믿고 있었던 것이다. 이세민은 그게 아니라는 걸 증명했다. 남자들도 얼마든지 이해하고 공감할 수 있었다. 그의 말에 따르면, 그들은 자신의 행동이 야기할 결과를 정확히 알고 있다. 그렇다면 이세민 또한 무엇이 옳고 그른지 알면서도 조종석에 들어갔다는 뜻이다. 한 번도 빠짐없이, 꼬박꼬박.

일말의 감정도 느껴지지 않는 차가운 목소리로 나는 말했다.

"네 말은 틀렸어. 너도 비겁하잖아."

"뭐?"

"전쟁터에서 총 든 병사들이 너에게 크리살리스에 들어가라고 했지?"

"지금 무슨 소리를……?"

"왜 그때 그 총에 맞아 죽지 않았어?"

"뭐?"

"넌 다른 남자들보다 더 잘 싸우니까 여기에 있는 거잖아. 그런데 어째서 여자애들은 단 한 명도 구해내지 못했어?"

목이 점점 콱 막혀왔지만 멈추지 않았다. 눈물이 눈꼬리에서 후드득 떨어졌다.

"그 애들은 살려고 별짓을 다 했어. 근데 넌? 그래서 뭘 이뤘어? 그 애들 목숨을 짓밟고 살아남아 이뤄야 했던 게 대체 뭐냐고!"

내 목소리가 벙커를 울렸다.

이세민의 점프슈트가 바스락거렸다. 목에 달린 쇠사슬이 덜컹거렸다.

공포와 후회가 동시에 밀려들었다. 말이 너무 심했어. 곧 나를 때리겠지. 언제나 그래 왔듯이.

이세민과의 사이도 잘 안 될 줄 알고 있었다. 오히려 좋다. 나는 생각보다 빨리 이 일을 끝낼 수 있다. 그가 잠든 후에, 무언가를 찾아서 불을 붙이면―.

순간, 이세민이 중얼거렸다.

"와, 너 정말 매력적이다."

가슴속에서 경악이 일었다. 그저 취기일 수도 있지만, 절제된 흐느낌처럼 들리는 그의 말이 어떻게 떨려 나왔는지 들었으니까.

그게 무슨 뜻이었든, 이세민은 예상과 달리 나를 때리지 않고 털썩 주저앉았다. 그리고 더는 말이 없었다.

제15장

아마도 여성이란 존재가 오를 수 있는 정점

황제 진정은 매우 강한 기력을 가졌으며, 그 기를 다루는 능력이 아주 정교했다고 한다. 그래서 전투 중에도 그 자리에서 혼돈의 기 금속을 융합하여 크리살리스 황룡을 작동시켰다. 황룡에서 영감을 받아 만리장성을 만들었다는 말도 있다. 어렸을 적 나는 용이 산봉우리를 굽이굽이 두른 모습의 만리장성이 우리를 품고 안전하게 지켜준다고 상상했다.

하지만 현실은 달랐다. 셔틀을 타고 이동하면서 본 만리장성은 감시탑과 군 기지 사이의 도로에 가까웠다. 장벽의 수많은 부분이 척박한 국경 지대의 산을 가로지르는 철길에 불과했다. 군대 홍보 자료에서 봤던, 강인한 모습으로 우뚝 솟아 있는 강철 콘크리트 장벽은 아주 드문드문 보였다. 평민급 혼돈들이 화하로 밀려드는 걸 막

기 위해 각 계곡과 협곡에 세운 것이었다.

셔틀은 끼익 소리를 내며 호사(虎舍) 훈련기지를 향해 나아갔다. 그 기지는 기가 고갈된 조종사들이 머물며 재충전 기간을 갖는 곳이었다. 구불구불 크게 이어져 도는 선로의 종착지는 당산(唐山)의 산자락이었다. 셔틀 한쪽 창문으로는 바위산의 흐릿한 그림자가 드리웠고 다른 한쪽으로는 회색빛 구름 사이로 가파르게 떨어지는 빛이 혼돈 야생 구역 위를 비추었다.

차가운 열차에 실린 몸이 이리저리 흔들리고 덜컹거렸다. 이렇게 빨리 이동하는 탈것에 익숙하지 않아서 배를 꽉 움켜쥐었다. 엔진 윤활유와 화학 세정제 냄새가 폐 속으로 달라붙어 찌르는 듯했다.

이세민과 나는 음양의 영역에 있는 것처럼 서로 마주 보고 앉았다. 검은 옷을 입은 내 무릎이 하얀 옷을 입은 그의 무릎에 닿을락 말락 할 듯 가까웠다. 우리는 정식 조종사 제복 차림이었다. 내 조종복은 검은색에 하얀 무늬가, 그의 조종복은 하얀색에 검은 무늬가 있었다. 이 조종복은 기 아머에 밑에 받쳐 입기 좋게 착 달라붙는 전도성 슈트와 드러난 실루엣을 가려주는 긴 민소매 외투, 그리고 넓은 허리띠로 이루어져 있었다.

이세민에게도, 나에게도 이 옷은 허락되지 않은 것이었다. 여자 조종사들은 균형 잡힌 짝으로 임명이 되어야만 제복을 입을 수 있었다. 하지만 불완전하게라도 3단계 변신을 성공시켰으니, 군대도 우리를 대하는 태도를 조금 바꿀 수밖에 없었고 우리는 제복을 지급받았다. 밤새 삼국 지방에서 우리가 있는 곳으로 달려온 사마의는 새

벽 다섯 시에 벙커에 불쑥 들어와 두 가지 사실을 알려주었다. 첫째, 군 중앙지휘위원회에서 자신을 우리의 공식 감독으로 임명했다는 것. 둘째, 우리가 언론에 균형 잡힌 짝으로 알려질 거라는 것이었다. 주작의 변신 후, 사람들 사이에선 겁에 질린 소문과 추측이 걷잡을 수 없이 퍼져나갔다. 기자들은 내가 요괴가 아니라 평범한 인간 소녀라는 걸 증명하기 위해 사진을 찍으러 올 예정이란다. 강력한 기력을 지녔을 뿐, 초자연적인 존재는 아닌 소녀라는 걸 알 수 있도록.

이세민이 아니라 내가 무섭다니 웃기지도 않았다. 말 그대로 살인자는 저쪽 아닌가.

사마의는 우리를 이세민의 벙커에서 가장 가까운 망루로 데려갔다. 대기하고 있던 아주머니들이 우리를 단장했다. 첩이 되는 준비 과정을 반복하는 느낌이었다. 몇 시간 동안 몸을 문질러 닦고 화장품을 바르고 분칠을 한 결과, 피곤하고 지친 기색은 감쪽같이 사라졌다. 그러면서도 화장이 진하지 않아 자연스러웠다. 내 머리카락 앞쪽은 반으로 가르마를 타서 땋은 다음 귀엽게 고리를 만들어 옆쪽에 각각 붙였다. 뒷머리는 한데 묶어 틀어서 올림머리를 만들었다. 노리개나 보석 장식은 없었다. 여기서 노리는 것은 '평범한 여자애'처럼 보이는 것이었으니. 누가 들으면 귀족으로 태어난 줄 알 노릇이었다. 나 스스로도 속일 수 있을 것만 같았다.

나는 하얀 무늬가 있는 검은 제복을 내려다보았다. 이런 제복은 크리살리스를 함께 모는 남녀 균형쌍의 홍보물에서나 볼 수 있을 거라 생각했는데, 정말 믿기지 않았다. 이것은 아마 여성이란 존재가 오를 수 있는 정점일 것이다. 이런 존재가 되기를 갈망하라는 가르침을 받았고, 그래서 많은 소녀가 꿈꾸게 된 그 존재. 나는 남자 조종사를 위해 그저 목숨을 바치는 게 아니라 함께 영광을 나눌 수 있는 존재가 된 것이다. 심지어 화하에서 가장 강한 남성 조종사와 동급이었다.

겉으로 보기엔 영광스러울지 몰라도, 이곳에 내가 자부심을 느낄 만한 부분은 없었다.

이건 진정한 힘이 아니었다. 진정한 힘은 내가 양광의 시체를 밟고 구미호에 서 있었을 때 나왔다. 나의 규칙대로 행동했던 그때, 내 스스로의 기준에서 승리했던 그때, 아무에게도 의지하지 않고 나 홀로 섰던 그때, 내겐 진정한 힘이 있었다.

군대가 나를 그림자 꼭두각시처럼 조종하는 한, 그 힘을 다시 느끼지는 못할 것이다.

최악의 희망을 품게 하는 존재가 바로 나였다. 딸을 가진 가족들은 지금처럼 다소곳하게 먼지를 털어내고 꾸민 나의 이미지를 가리키며 딸들에게 말할 것이다. 잔말 말고 군대에 팔려가라고.

토하고 싶었다. 제복을 벗고 싶었다.

하지만 주작에 다시 탈 기회를 포기할 순 없었다. 헛된 희망의 횃불이 되는 것도 기분 나쁘지만, 한 구의 시체가 되어 쉽게 지워지고 잊히는 건 최악이다. 오직 크리살리스 안에서만 나는 많은 힘과 저항력을 지닐 수 있다.

끼익 소리를 내며 셔틀이 커브를 돌았다. 몸이 창문 쪽으로 밀렸다.

이세민이 내게 손을 내밀었다.

내가 빤히 바라보자, 그는 눈꺼풀을 몇 번 껌뻑이더니 다시 술병을 홀짝였다.

옆자리에 앉은 사마의가 그를 나무랐다.

"너무 많이 마시지 마. 카메라 앞에서 비틀거리면 안 돼."

차라리 제갈량이 감독이면 좋았을 텐데. 아무튼 사마의는 이세민이 사형수 수용소를 나와서 만난 첫 감독이었던 것 같다.

이세민은 알겠다는 듯 콧방귀를 끼고는 술병을 가슴에 꼭 안고 창문 너머를 바라보았다. 유리창 아래에 응결된 물방울이 열차의 빠른 속도에 맞서 흩어지지 않으려고 파르르 떨렸다.

나는 이를 악물고 그의 옆모습, 그중에서도 뺨에 새긴 '수(囚)' 자 문신을 노려보았다. 그는 어젯밤 내가 한 말에 아직 대꾸하지 않았다. 그러니 더 불안했다.

설상가상으로, 아주머니들은 나보다 이세민을 훨씬 더 과감하게 변신시켰다. 탈의실 밖에서 우리가 다시 만났을 때, 난 정말 깜짝 놀랐다. 짧은 수염을 깨끗이 면도하니 그는 정말로 열아홉 살처럼 보였다. 당 지방의 복식에 따라 머리에 까만 망건을 두르고, 그 위로 상투관을 올렸다. 모욕적인 짧은 머리카락을 가리기 위한 아주 노골적인 방법이었다.

하지만 정말이지 말도 안 된다고 생각했던 건 이세민이 쓴 우스꽝스러운 안경이었다. 그는 술병 바닥보다 더 두꺼운 안경알 너머로 차창을 스치는 황야를 바라보고 있었다. 안경알 속으로 보이는 눈두덩은 얼굴의 나머지 부분과 이어져 보이지 않을 정도로 왜곡되었다.

처음에는 그의 오랑캐 같은 생김새를 가리기 위한 속임수인 줄 알았지만, 안경은 정말 필요해서 받은 처방이었다. 이세민은 앞을 제대로 볼 수 없을 정도로 눈이 나빴다. 만리장성으로 올라가는 엘리베이터의 문이 열렸을 때 그는 앞에 펼쳐지는 경치를 보고 비틀거리며 뒤로 물러섰었다.

내 눈길은 이제 이세민의 다른 부위로 이리저리 꽂혔다. 마치 나의 뇌가 그를 어떻게든 분석하고 이해해 보려고 하는데 계속 실패하는 것 같았다. 뇌에 들어오는 건 그저 혼란스럽고 모순된 신호뿐이다. 한족일까 오랑캐일까. 위험한 존재일까 순종적인 인간일까. 주정뱅이 범죄자일까 무적의 조종사일까.

철의 악마일까, 평범한 소년일까.

문득 나는 이세민이 달라 보이는 또 다른 이유를 깨달았다. 그는 더 이상 눈을 찌푸리지 않고 있었다.

맙소사, 그럼 이제까지 인상을 쓴 게 아니라 눈이 안 보여서 찡그린 거였어?

"어쩌다가 눈이 이렇게 나빠졌어?"

불쑥 말이 튀어나왔다. 어젯밤 이후로 처음이었다.

이세민이 깜짝 놀라 나를 돌아보았다.

"공부하느라."

그는 중얼거렸다. 그러고선 마치 떨리는 손길로 쓰다듬듯 내 얼굴을 살폈다. 볼 수 없게 될 때를 대비해서 얼굴의 이목구비를 낱낱이 기억해 두려는 것처럼.

그의 표정에서…… 난 그만 눈길을 돌려야 했다.

"이번에는 안경으로 허튼짓하지 않도록 무빈께서 잘 돌봐주시지 그래."

사마의가 나를 힐끗 쳐다보며 말했다.

"안경으로 무슨 허튼짓을 한다는 건가요?"

나는 피식 웃었다.

"음, 안경알을 깨트린 다음 그중 가장 큰 조각을 날카롭게 갈아 옷깃에 숨기고, 그걸로 병사의 목을 그어버릴 수도 있겠지, *아마?*"

사마의는 이세민을 보며 고개를 절레절레 저었다. 그는 전보다 훨씬 흐릿한 눈빛으로 창밖만 바라보았다.

"제발 부탁인데, 이번에 또 그런 일이 생기면 안경을 줄 수가—."

순간 사마의는 아차, 하는 표정으로 나를 바라보았다.

"뭘 그리 감동한 표정이야!"

나는 손을 내저으며 발끈했다.

"네? 지금 그 말 어디에서 감동을 받아요? 그것보다…… *나한테 뭘 돌보라는 거예요? 내가 얘를 왜 돌봐요?*"

"넌 아내나 다름없으니까! 네 역할이 그거잖아."

정말이지 남자고 여자고 상관없이 한 인간을 옆에서 돌봐주지 않으면 살아갈 수 없는 답 없는 어린애라고 결론 내리는 짓은 제발 그만두었으면 좋겠다.

이세민 역시 나와 비슷한 표정으로 얼굴을 실룩이며 투덜댔다.

"사마의 전략가. 얘는 끌어들이지 말아요. 내가 무슨 짓을 하든 얘 책임은 아니라고요."

나도 대꾸했다.

"맞아요. 내가 이 거구를 제어할 능력이나 있어 보여요?"

그러자 사마의는 코웃음을 쳤다.

"이러지 마. 이세민은 남들에겐 짐승처럼 거칠게 굴지 몰라도, 자기 여자한테는 부드러운 남자니까. 지난번 반려를 대하는 모습을 봤어야 하는데. 어찌나 말랑말랑하게 굴던지 참아주기가 힘들 정도였지."

그 순간 모든 것이 멈춰버렸다.

"지난번, 뭐요?"

'반려'는 균형 잡힌 짝에게만 쓸 수 있는 말이었다. 첩 조종사는 반려라고 부르지 않는다.

이세민의 얼굴에 고통이 스쳤다.

"사마의 전략가—."

"모르는 게 당연하지. 언론에 공개된 적이 없으니까. 사실 우리가 생각해 둔 여자가 있었는데……."

"사마의!"

이세민의 고함이 가슴을 울리며 윙윙대는 찬 공기 사이로 버럭 울렸다.

병사들이 사방에서 일제히 벌떡 일어나 총을 들었다. 이세민이 항상 들릴 듯 말듯 조용하게 말하는 데는 이유가 있었다. 나는 자리에 도로 웅크려 앉았다.

셔틀이 요철에 걸려서 덜컹거리자 모두가 흔들렸다. 차가운 살갗 아래로 피가 고동쳐 흐르는 것이 느껴졌다.

사마의는 눈을 크게 치켜떴지만, 곧바로 자세를 가다듬고 손을 들어 병사들을 안심시켰다.

"그 이야긴 꺼내지 마요."

이세민은 나를 바라보며 말했다.

"그 앤 죽었어."

온갖 질문이 머릿속에서 부글부글 끓었다. 이세민과 전쟁터에 나가 살아남은 여자는 없었는데 어떻게 반려를 가질 수 있었을까? 그의 목덜미에서 주변을 으스러뜨릴 기가 뿜어져 나오는 것 같았다. 손가락은 술병을 꽉 쥐었고, 긴장한 피부 위로 흉터가 뒤틀렸다. 나는 몸을 부르르 떨었다. 그가 가진 분노의 크기는 도대체 어느 정도일까. 언제라도 그는 터질 수 있다. 그러니 끊임없이 그에게 맞서려 하고 그를 몰아세우는 나는 실수하고 있는 것이다.

2주야. 나는 속으로 생각하며 긴장을 풀기 위해 애썼다. 내가 할 일은 딱 2주만 버티는 것이다. 그런 다음 다시 이세민과 맞붙는 거다.

우리의 살에서 벗어나자. 뼈에서 갈라져 나오자. 그러고도 우리에게 여전히 남은 것이 있다면, 똑같은 맹렬함이겠지.

그때는 실패하지 않을 거야.

제16장

무관의 왕,
무정한 왕비

"세민, 무빈의 어깨를 감싸."

만리장성에서 덜컹거리며 내려오는 엘리베이터 안에서 사마의가 말했다.

"이제 쇼를 시작해 볼까?"

이세민의 손이 내 어깨에 닿았다. 나는 최대한 아무렇지 않은 척하려 애썼다. 조종사 외투 밖으로 삐져나온 그의 전도성 슈트 소매가 팔에 달라붙어 근육의 굴곡이 적나라하게 드러났다. 하얀 페인트를 칠한 것 같은 흰 제복은 내가 입은 검은색 제복과 뚜렷하게 대조됐다. 그의 팔에서 느껴지는 열기와 무게에 더해 숨 막힐 정도로 가까이 붙은 자세 때문에, 내 온몸의 세포들이 고동치고 있었다.

내가 무슨 말을 하든 선택의 여지는 없을 것이다. 지금까지는 병사

하나가 나를 이리저리 끌고 다니며 사마의와 걸음을 맞추게 했다. 이들은 내게 지팡이를 주지 않았다. 구미호 요괴가 위험해서 그렇다나? 아무튼 이제는 이세민이 나를 부축하며 데리고 다녀야 했다. 카메라 프레임 안으로 병사들이 보여서는 안 되기 때문이었다. 군인들이 데리고 다니는 인물은 너무 위험해 보이니까. 이세민이 목에 건 목걸이는 그가 통제하에 있음을, 그가 내 어깨에 두른 팔은 내가 그의 통제하에 있음을 알려주는 증거였다.

참 미묘한 균형이었다.

문득 할머니의 목소리가 녹슨 칼날처럼 내 머리에 푹 박혔다.

"전족을 하면 가족끼리의 유대감이 얼마나 중요한지 알게 될 거야. 혼자서는 아무것도 할 수 없다는 것, 우리는 모두 서로에게 의지하며 산다는 것 말이다."

그러네요. 이제 어디론가 가고 싶을 때마다 모르는 남자들이 나를 만지게 돼야 하는군요. 참 고맙습니다, 할머니.

나는 '길들이는 가축 따위'가 아니라는 걸 온몸으로 드러내며 씩씩대고 있었다. 하지만 엘리베이터 문이 끼익 열린 순간 분노로 달궈졌던 피는 싸늘하게 식었다. 눈앞에는 건물과 사람이 가득했다. 그들은 모두 나의 사소한 행동 하나하나를 눈으로 좇으며 지켜보고 있었다. 차분함과 냉철함을 되찾은 머리가 다른 회로를 작동시키기 시작했다. 복수는 느리게 진행시켜야겠어.

나를 제거하고 싶어 하는 군대를 달래기 위해서라도 나는 사마의의 지시를 따라야 했다. 나는 몸을 웅크리고 기지를 가로질러 깔린 돌바닥에 눈을 내리깐 채, 이세민의 부속품 역할을 수행했다.

하지만 몇 걸음 떼지도 못하고, 걷는 데 도움을 받아야 하는 사람은 나뿐만이 아님이 드러났다. 이세민은 내게 묵직하게 몸을 실어 기댄 채로 비틀거렸다. 나는 한 손을 그의 등에 두르고 허리를 껴안아 지탱해 주어야 했다.

"그러니까 술 많이 마시지 말라고 사마의가 말했잖아!"

곧바로 후회가 밀려왔다. 마치 화가 난 아내들이 하는 말 같았다.

그가 중얼거렸다.

"미안해."

"아니, 미안하지 않은 거 다 알아! 미안했다면 애초에 술을 안 마셨겠지!"

이세민은 아무런 대답도 하지 않았다. 그저 흐릿한 시선으로 어딘가를, 훨씬 더 아득한 어딘가를 맥없이 바라볼 뿐이었다.

균형과 박자를 맞추어 그와 함께 걷는 데 집중했다. 그래야 우리가 볼썽사납게 아무것도 없는 평평한 바닥에서 풀썩 고꾸라지는 일이 없을 터였다. 이세민의 다리는 검은 무늬가 있는 하얀 레깅스에 감싸여 튼튼한 부츠와 이어졌다. 반면, 나의 다리를 감싼 하얀 무늬의 검은 레깅스는 바느질된 장난감처럼 보이는 작은 신발로 쭉 뻗었다. 신발의 검은 천 위에는 일그러진 나비 한 무리가 조잡하게 수놓아져 있었다.

길 양편으로 보이는 훈련소 건물에는 솟아오른 기와지붕이 달렸다. 그 모습은 마치 곧 폭풍이 몰아칠 듯 어둑한 하늘로 높이 쳐든 집

게발 같았다. 길에는 사람들이 별로 없었다. 있다 해도 장죽 담배를 피우는 조종사들이 전부였다. 하지만 양쪽 건물의 유리창에는 사람들의 얼굴이 다닥다닥 붙어 있었다. 그들은 우리의 등장에 놀라 서로를 바라보다가 곧 눈을 크게 뜨고 유리창에 달라붙었다. 흐린 날씨에 환하게 켜놓은 형광등 불빛 아래로, 사람들은 이쪽을 가리키며 탄성을 지르고 끈적한 시선으로 나를 이리저리 훑어보았다. 나는 상쾌하고 시원한 공기를 차분하고 길게 들이마셨다. 아스라이 들리는 셔틀의 소리가 유령의 울부짖음처럼 기괴하게 들려와 문득 뒤를 돌아보았다.

만리장성 이쪽의 풍경은 사실 아주 인상적이다. 어둑어둑한 구름을 배경으로 가슴이 두근댈 만큼 높다란 성벽의 윤곽이 계곡 입구를 가렸다. 그 위로 달리는 셔틀은 뱀장어처럼 작게만 보였다. 저 멀리 전 인류를 감시하는 탑처럼 생긴 개황(开皇) 망루가 흐릿하게 보였다. 저곳에는 수-당 국경의 가장 중요한 전략가들과 장비들이 있다. 나의 눈길은 마치 그을린 자국을 내듯 그곳에 머물다가 이내 방향을 돌렸다.

사마의가 구내식당의 문을 밀어젖히자 끈적끈적한 열기가 쏟아졌고 재잘대는 목소리와 달그락거리는 식기 소리가 들려왔다. 나는 조금 움츠러들었다. 한 공간에 이토록 많은 사람이 있는 건 처음이었다.

이윽고 카메라 플래시가 터지기 시작했다.

단정하게 상투를 틀고 깨끗한 도시의 옷차림을 한 기자들이 우리에게 떼 지어 다가왔다. 병사들이 기자들에게 물러서라고 소리치는 동안 사마의는 우리를 음식 배식구로 데려갔다. 나는 속으로는 무척 겁을 먹었지만 무표정을 유지했다.

지나치는 탁자마다 흘깃대는 시선이 따라붙었다. 하지만 우리를 못 본 척하라는 지시를 받은 게 틀림없었다. 앉은 이들의 반응은 바깥에서 본 이들보다 훨씬 침착했다.

이곳에는 다양한 종류의 근무자들이 있었다. 만리장성을 운영하는 데 얼마나 많은 인원을 투입해야 하는지 직접 보니 새삼 놀라웠다. 올리브색 군복 차림의 병사들은 마치 10초 안에 식사를 끝내야 한다는 듯 커다란 국수 그릇과 죽 그릇을 후루룩 들이마셨다. 형광색 조끼를 입은 정비사들은 훨씬 더 큰 그릇을 허겁지겁 비워댔다. 청회색 예복 차림의 전략가들과 전략가 과정 학생들은 식어가는 음식을 앞에 두고 태블릿을 보며 토론 중이었다.

하지만 단연 눈길을 끄는 건 조종사들이었다. 그들은 주위를 아랑곳하지 않고 크게 말하며 거침없이 웃어댔다. 끈적한 불빛 아래로 그들이 쓴 왕관이 아른아른 빛났다. 두 개의 선이 둥그렇게 휘어진 형태의 왕관은 각각 다른 모양이었다. 세련된 디자인의 짐승 뿔도 있었고, 물고기 지느러미나 나비의 날개 모양도 있었다. 조종사가 탁자 사이를 성큼성큼 지나갈 때면 모두들 길을 비켰다. 특히 기 아머가 몸을 감싼 면적이 넓은 철의 귀족일수록 그랬다. 나는 언론 홍보 자료에서 본 조종사 하나를 알아보고 잠시 심장이 두근거렸지만, 곧 그 모습에 감탄할 필요는 없다고 되뇌었다.

난 지금 저들보다 더 강하니까.

배식 줄에 서자 비로소 다른 여자들이 보였다. 얼룩진 앞치마를 두른 아주머니들은 김 서린 창문 뒤로 보이는 커다란 주방에서 바삐 일하고 있었다. 콩물을 담고, 반죽을 튀기고, 죽을 젓고, 국수 삶은 물을 따라내는 여자들. 나는 우울한 마음으로 탁자를 돌아보며 혹시 나처럼 검은 제복을 입은 여자는 없는지 살펴보았다. 운 좋게도 남자들과 함께할 수 있도록 허락받아, 이 세상에 정의와 희망이 존재한다는 환상을 부채질하게 된 나의 동료가 있을까.

나의 시선은 곧 벽에 걸린 순위판에 쏠렸다. 두 칸으로 나뉜 검은 화면에는 조종사의 이름과 그들의 전투 점수가 형광색으로 빛나고 있었다. 하나는 화하 전체의 순위이고, 다른 하나는 수-당 지방의 순위였다. 카메라 플래시가 내 얼굴을 향해 터지는 바람에 글자를 읽기 힘들었다. 하지만 누가 1위인지는 볼 필요도 없었다.

화하와 수-당의 1순위 모두 공백이었다.

내 눈이 천천히 이세민에게 향했다. 그는 멍하니 앞을 보고 있었다. 군대는 분명 그에게 합당한 벌을 주고 조롱하고 있었다. 그 사실에 뒤틀린 만족감이 피어올랐다. 분명히 다른 강력한 조종사들은 이세민을 싫어할 거다. 매년 가장 높은 점수를 기록한 조종사에게 수여하는 '조종사의 왕'은 그 상을 탄 수상자의 가족에게 큰 상금을 내리는데, 이세민이 활동한 지난 2년 동안 아무도 그 상을 받지 못했기 때문이다.

그는 존경받는 우승자가 아니라, 다른 사람을 끌어내리는 성가신 존재일 뿐이었다.

나는 눈을 가늘게 뜨고 불운한 2등이 누군지 살펴보려 했다. 보통은 둘 사이에 접전이······.

순간, 화면이 갑자기 바뀌면서 흑백 사진과 글자가 떴다.

양광의 사진이었다.

아, 그의 부고로구나.

강철판 위에 응결한 물방울 같은 식은땀이 등으로 주르륵 흘러내렸다. 죄책감 때문이 아니었다. 와글와글했던 구내식당이 갑자기 찬물이라도 끼얹은 듯 조용해졌다. 기자들만이 말벌처럼 윙윙 떠들어댔다.

지금껏 나를 못 본 척하던 눈들이 날카로운 면도날 같은 눈초리로 나를 난도질하며, 정의를 요구했다. 건너편 탁자에 앉아 분개하는 사람들 사이로 무두전사의 조종사인 형천이 보였다. 그날 그는 양광의 시체에서 나를 떼어내며 내 팔을 으스러뜨리겠다는 듯 꽉 잡았다. 그때의 고통이 다시금 내 팔을 자극했다. 팔에 생긴 멍은 아직도 보기 싫을 만큼 짙고 파랬다.

속에서 내려앉은 절망이 만리장성의 시멘트처럼 육중하게 내 팔다리를 묶고 손끝을 무감각하게 만들었다. 군대가 이세민을 싫어한다는 것에 들뜨지 말았어야 했다. 그들은 나를 훨씬 더 싫어한다. 그들이 사랑하는 소중한 소년의 목숨을 빼앗아 간 나에게 대가를 치르게 하려고 무슨 짓을 벌일지 상상하고 싶지도 않다.

나를 받아달라고 그들을 설득이나 할 수 있을까?

기자들이 우리를 붙잡은 지 몇 분 되지도 않아 사마의는 그들을 도시로 돌려보냈다. 아침 식사로 차예단(간장, 오향, 찻잎 등과 함께 삶은 달걀_옮긴이 주)과 콩물, 튀긴 빵과 완당을 먹었다. 재미있게도, 남부에서는 완당을 '혼돈'이라고 부른다고 사마의가 말해주었다.

사마의는 나와 이세민에게 남녀 한 쌍이 추는 아이스 댄싱이라는 운동을 알려주었다. 훈련소에는 북부에 있는 얼음 호수 표면을 본떠 만든 인공 아이스링크가 있었다. 사마의의 설명에 따르면, 전략가들은 예전부터 균형 잡힌 짝의 시너지를 높이기 위해 반복적이고 규칙적인 춤을 조종사들에게 연습시켰다고 한다. 얼음 위에서 그 춤을 출 때 효과가 좋아서, 이제는 온대 기후 지방의 전략가들도 아이스 댄싱을 신뢰하게 되었다고. 스케이트를 신고 몸이 불안정해진 파트너들이 동작을 하기 위해 어쩔 수 없이 서로에게 기대어 협력하게 된다는 것이었다.

이론적으로는 그렇다나.

아침 내내 나는 얼음판 위에서 미끄러지며 발에 불이 붙는 것 같은 고통을 느꼈다. 우리는 서로 잡아당겨 자꾸만 균형을 잃었고, 끝없이 넘어지는 바람에 온몸에 멍이 들었다. 점심 식사를 하러 우리를 구내식당으로 데려가는 사마의의 얼굴은 머리 위의 하늘과 같은 잿빛이었다. 대체 뭘 기대한 걸까. 우리는 불과 하루 전에야 처음 합을 맞추고 주작을 이제껏 듣도 보도 못한 형태의 괴물로 만들어버린

한 쌍인데. 하루 만에 뭘 어떻게 잘해낼 수 있단 말인가?

"여럿도 아니고 둘이서 호흡 맞추는 게 뭐가 그리 어렵다고!"

우리가 기름진 국물이 담긴 식판을 들고 구내식당 탁자를 향해 걸어가는 동안, 사마의는 또다시 큰 소리로 불평하기 시작했다.

"아무리 봐도 너희 둘은 내가 본 애들 중 최악의 쌍이야!"

그 순간, 달려오던 정비사가 그와 부딪쳤다.

사마의의 식판이 어떻게 될지 예상했지만 막을 수는 없었다. 토마토계란국이 담긴 국그릇이 뒤집혔다. 부딪친 두 사람은 모두 소리를 질렀지만, 뜨거운 국물에 예복이 젖어버린 사마의의 소리는 곧 비명으로 변했다. 그릇은 바닥에 떨어져 깨지며 김이 모락모락 나는 웅덩이를 이루었다.

사마의의 입에서 나오는 욕설은 상상 이상으로 창의적이었다. 정비사는 끝없이 절을 하며 두 손을 모으고 사과했다.

"제길! 너희는 먼저 먹어라. 나는 옷을 갈아입고 와야겠다."

사마의는 옷자락에서 국물을 뚝뚝 흘리며 못마땅한 얼굴로 자리를 떴다. 정비사가 놀란 쥐처럼 허둥지둥 그 뒤를 따라갔다.

갑자기 떠나버린 사마의를 보며 나는 멍하니 눈을 깜빡였지만, 아직 병사 두 명이 남아 우리를 감시하고 있었다. 우리는 빈 탁자에 함께 앉았다.

이들은 사람들로부터 우리를 지키는 걸까. 아니면 우리로부터 사람들을 지키는 걸까. 모르겠다.

내 쪽으로 향하는 온갖 증오의 눈초리를 무시하며, 나는 밥과 야채가 어수선하게 담긴 식판에 집중했다. 아침 식사 때 봤던 순위표 화면은 되도록이면 보지 않으려 했다. 사마의에게 양광을 추모하는 내용은 빼달라고 부탁할까 생각해 보았지만, 나의 두려움을 그에게 알리고 싶지 않았다. 그리고 기존 방식을 따르지 않는다는 이유로 사람들은 더욱 화를 낼 게 뻔했다.

최대한 빠르게 음식을 해치우려는데, 근처 탁자에서 커다란 말다툼이 벌어졌다.

나는 잠시 긴장으로 몸을 굳혔지만, 다행히도 나와 관계없는 싸움이었다. 어떤 조종사가 돈을 갚으라며 소리치자, 상대 조종사가 "그런 말을 하다니 넌 친구도 아니다."라고 맞섰다.

"싸워라!"

누군가가 웃으면서 외쳤다.

"싸워라! 싸워라! 싸워라! 싸워라!"

다른 이들도 합세했다. 말싸움은 기름을 뿌린 뜨거운 프라이팬처럼 삽시간에 타올랐다.

내 옆에 앉은 병사들은 쟁반을 옆에 두고 손에 힘을 준 채로 경계 자세를 취했다. 나는 입 안 가득 음식을 넣고는 씹지도 않고 삼켰다. 얼른 이곳에서 나가고 싶다고 생각한 순간⋯⋯.

첫 번째 주먹이 날아갔다.

구내식당에 있던 사람의 반이 벌떡 일어나 환호성을 질렀다. 사람들은 탁자를 옆으로 치우고 싸움판을 향해 우르르 몰려갔다. 부츠의 발소리가 두꺼운 지붕을 때리는 폭풍처럼 건물 안에 울렸다. 나는 의자 끝으로 물러나서 기름 낀 벽에 기대어 젓가락을 꼭 쥐었다.

이세민과 나를 감시하던 병사들이 급히 몰려든 군중들 사이로 다가가 그들을 팔로 밀어내자, 토기의 노란빛 아머를 부분적으로 걸친 조종사 하나가 웃으면서 뒤로 물러났다.

그의 눈길이 우리에게 닿았다. 씩 웃는 모습이 뭔가 수상했다. 그는 우리 옆의 빈자리를 슬쩍 보더니 그대로 다가왔다.

오지 마. 나는 머릿속으로 빌었다.

그가 내 옆에 앉았을 때, 나는 그만 비명을 지를 뻔했다. 그의 기 아머는 조종복의 소맷자락과 외투의 어깨 부분을 얇은 황금빛 망사처럼 덮고 있었다. 반면 그의 건틀릿과 다이아몬드 모양의 가슴판은 무척 촘촘했다. 아머의 양으로 보니 백작급 같았다. 철의 귀족 중 가장 낮은 직위였다. 그의 기력은 '불과' 2,000 정도일 것이다.

하지만 이세민과 나의 기력이 그보다 얼마나 높은지는 중요하지 않았다. 우리에겐 갑옷조차 없었으니.

"이야."

조종사가 재미있다는 듯 말했다. 주변이 너무나 시끄러워서 그의 감탄사는 거의 들리지 않았다.

"철의 악마 이세민이 정말로 존재하는 사람이었네."

이세민은 아무런 반응 없이 콩나물을 한 입 씹었다.

"생각했던 것보다 훨씬 더…… 야성적인데."

조종사는 낄낄 웃으며 탁자에 몸을 기댔다. 그의 금관에 쫑긋 솟은 개 귀 모양은 목뒤로 갈수록 얇아져 끈처럼 이어졌다. 척수에 연결

되어 신호를 통제하는 것 같았다.

"주작으로 만리장성을 부수고 오랑캐들을 안으로 들일 생각, 정말 없어?"

나는 녹두밥을 입에 가득 물고 있다가 멈칫했다.

기억 하나가 떠올랐다. 이세민의 정신 영역에서 언뜻 보았던 파편이었다. 그가 전기 충격기를 든 간수의 통제 아래 벽돌을 쌓아 올려 만리장성을 보수 공사하는 장면이었다.

위장에서 신물이 울컥 올라왔다.

이세민은 고개를 숙인 채 식사만 계속했다.

난 아무 말도 하지 말아야 한다. 난 이세민을 대신해 말해 줄 필요가 없다. 하지만…… 결국 불덩이처럼 느껴지는 입 속 음식을 꿀꺽 삼키고는 큰 소리로 말했다.

"이세민은 벌써 열두 번도 넘게 전투에 나가서 나라를 지켰어. 넌 얘가 왜 그런 짓을 할 거라 생각하는데? 그리고 네가 모르나 본데, 저 만리장성을 쌓은 사람 중에 이세민도 있었어. 뭘 알고나 말해."

조종사가 나를 보려 몸을 돌리자 아머가 긁히는 소리가 났다. 갑자기 차가워진 공기에 피부가 따끔거렸다. 음기를 지닌 남자 조종사는 흔하지 않다. 진 황제가 음기를 갖고 있었지만, 그건 아주 특이한 경우였다. 그러니 싸늘해졌다는 느낌은 기분 탓이 아니라는 걸 알아차리는 데는 시간이 걸렸다. 이 조종사의 주요 기는 음기에 가장 가까운 수기, 즉 물에 기반한 것이었다. 물의 차가운 성질이 그의 토형 아머를 통해 전달되고 있었다. 그의 눈은 빛나지 않았다. 오히려 검고 차가운 검은색으로 미묘하게 어두워졌다.

"네가 양 대령님을 죽인 애구나?"

그가 느릿느릿 말을 꺼냈다.

그의 존재와 싸움판에서 들려오는 소음이 윙윙거리는 파리 떼처럼 내 귓속을 파고들어 머릿속을 헤집어놓았다. 나는 모여든 사람들을 바라보며, 병사들이 어서 돌아와 주기를 바랐다. 아니면 사마라도 빨리 와주었으면 했다. 옷 하나 갈아입는 데 왜 이렇게 오래 걸리는 거야?

나는 볶음밥에서 커다란 생강 조각을 골라냈다.

"그가 날 제어하지 못한 게 내 잘못은 아니지."

"그래? 너한텐 특별한 전략이라도 있나 보지?"

"그건 기밀이야. 내가 보기에 넌 기밀 사항을 들을 만큼 중요한 인물도 아니고."

조종사의 눈 아래 근육이 꿈틀거렸다.

"나는 왕세충이야. 천견을 타는 백작급 조종사라고."

"그래서 뭐."

그는 내 대답을 듣고 피식 웃었다. 그러곤 이세민을 보며 말했다.

"애 진짜 까칠하다, 안 그래?"

이세민은 그의 말에 아무런 대꾸도 하지 않았다.

"너 정말 구미호 요괴야?"

왕세충의 입김이 귓가에 바싹 다가왔다. 팔로 그를 밀어내려 했지만, 그가 내 손목을 먼저 낚아챘다. 음기를 지닌 그의 건틀릿에서 비

인간적일 정도로 무시무시한 힘이 흘러나왔다. 팔이 욱신거렸다.

순간 이세민이 젓가락을 탁 내려놓더니 나를 그에게서 떼어냈다. 탁자가 비스듬하게 밀렸다.

왕세충은 의자에 기댄 채 몸을 굳혔다. 긴장과 충격이 몰려든 표정이었다.

탁자 위로 몸을 반쯤 웅크린 자세로 이세민이 그를 내려다보자, 그의 목줄이 식판 위로 덜커덕거리며 부딪쳤다. 목줄을 주시하던 왕세충의 손이 뱀처럼 앞으로 확 뻗어나갔다.

순간, 음식이 사방으로 날아갔다. 기름이 튀었다. 나는 눈앞에 펼쳐진 광경에 숨도 쉬지 못하고 얼어붙었다.

목에 달린 사슬로 왕세충의 목을 조른 이세민이 사슬을 거칠게 부리며 버둥거리는 왕세충을 내게서 떼어냈다.

자신을 구속하는 사슬을 이렇게 이용하다니.

이 광경에 기분이 좋아서는 안 됐다. 끝이 좋을 리 없으니. 그럼에도 불구하고 나는 경외심마저 느끼며 빤히 바라볼 수밖에 없었다. 내 안에서 말 한마디가 펄떡펄떡 뛰며 솟아올랐다.

바로 이거지.

제17장

전적으로
공감할 상대

잠시 후, 사람들은 뒤편에 새로운 볼거리가 생겼다는 걸 알아차렸다. 관심은 물결처럼 퍼져나가 어느새 많은 이들이 우리를 돌아보았다. 친구의 옆구리를 찌르며 저길 보라고 일러주기도 했다. 눈빛이 빛나고, 목소리가 더욱 커졌다. 앞서 싸우고 있던 조종사도 드잡이를 멈추고 우리 쪽을 바라보았다. 두 병사가 소리를 질렀지만 모여든 군중의 소리에 묻혀버렸다. 그들은 병사들의 앞을 가로막았다.

"세충아!"

군중을 헤치고 한 조종사가 다가왔다. 어깨와 팔 일부에 붉은 화기 아머를 착용하고 있었다. 그는 건틀릿을 펴고 광선포 기를 충전해 이세민을 향해 발사했다.

다행히 이세민은 왕세충을 놓으며 재빠르게 비켜섰고, 붉은 광선포는 이세민의 코앞을 스치고 지나가 벽을 박살냈다. 탁자 위로 벽의 잔해가 우수수 쏟아졌다. 나는 비명을 지르며 얼굴을 가렸다.

하지만 싸움 구경을 놓칠 순 없었다. 손가락 사이로 빠끔히 열린 눈이 두 사람을 좇았다. 곧 왕세충이 바닥에서 비틀거리며 일어났다. 숨을 헐떡이는 얼굴은 새파랗게 질려 있었고, 노란 아머에는 기름기가 번들거렸다. 이세민이 광선포를 쏘았던 화 특성 조종사에게 달려들었다. 팔꿈치로 목덜미를 가격당한 조종사가 숨을 토해 내며 허우적거렸다. 이세민의 손이 그의 뺨을 향하자, 조종사는 다른 방향으로 비틀거렸다. 이윽고 단단한 무릎에 거세게 언어맞은 조종사의 코에서 피가 뿜어져 나왔다.

그는 얼굴을 감싸 쥐고 울부짖으며 뒤로 넘어졌다. 곧이어 날아온 왕세충의 주먹을 이세민이 몸을 숙여 피했다. 갑자기 불길한 예감이 스쳤다. 왕세충의 아머는 토 특성이니 파괴적인 광선포를 쏘진 못할 테지만, 저 건틀릿에 어디든 직접 맞는다면 뼈나 장기가 망가질 게 분명했다.

맙소사, 병사들은 어디 있지? 감옥에서 산전수전 다 겪으며 살아남은 이세민이라도, 기 아머를 입은 사람 둘과 싸울 수는 없다!

그러나 이어지는 이세민과 왕세충의 싸움을 보며 나는 서서히 마음을 놓았다. 취한 듯 보이는 이세민의 동작에는 나름의 체계가 있었다. 그는 끊임없이 왕세충 뒤에서 회전하며 둥그런 반경을 만들고 그 안에서 잰걸음을 하며 공격을 비껴갔다. 덩치는 나의 두 배나 되는 남자지만, 몸짓에선 바람과 같은 가벼움이 느껴졌다. 왕세충은 건틀릿을 끼고 있어도 전혀 힘을 발휘하지 못했다. 그는 이세민을 단 한 대도 때리지 못했다. 이세민은 이 모든 동작을 몸을 회전시켜 가며 했는데, 빙빙 도는 우아한 모습은 마치 얼음판 위에서 이루어지듯 현란했다. 쓸데없이 화려한 동작이 아닐까 싶던 순간, 왕세충이 회전하던 이세민에게 발차기를 날렸다.

이세민은 그의 다리를 붙잡은 채 회전을 마쳤다. 홱 당겨진 왕세충은 균형을 잃었다. 이세민이 넘어진 왕세충의 허벅지 위쪽을 발로 콱 밟은 순간, 우두둑 소리와 함께 왕세충의 다리가 부자연스러운 각도로 올라갔다. 모두가 충격을 감추지 못했고, 왕세충의 목에서는 날카로운 비명이 터졌다.

이세민이 안경을 고쳐 썼다. 동물적인 광기로 가득했던 바로 전의 장면과는 어울리지 않는 이질적인 행동이었다. 그의 눈에 맺힌 핏빛 욕망이 내 안에 깊이 뿌리박힌 원초적인 무언가를 각성시켰다.

드디어 찾았어……

전적으로 공감할 상대를!

긴장이 풀렸다. 동물 같은 환호와 울부짖는 소리가 점점 커져갔지만, 나는 그들이 더는 두렵지 않았다. 이 짐승들의 둥지가 자연스럽게 느껴지기 시작했다.

이세민이 왕세충을 바닥에 내던졌다. 그때, 나의 시야 끝에 붉은빛이 번쩍였다.

화 특성 조종사가 또다시 광선포를 충전하고 있었다.

나는 앞에 놓인 식판을 잽싸게 집어 던졌다. 식판에 가슴을 맞은 조종사는 비틀거렸다. 이세민은 그 기회를 놓치지 않고 조종사의 팔을 등 뒤로 꺾은 다음 탁자에 얼굴을 내리쳤다. 한 번, 또다시 한 번, 계속해서.

조종사의 입에서 피와 부러진 치아가 튀었다. 입술이 찢어졌다. 그의 핏발 선 눈이 나의 눈과 마주쳤다.

나는 그를 냉담하게 바라보았다. 아직도 잔해가 떨어지고 있는 광선포 맞은 벽이 생생했다. 까딱했다간 이세민에게 구멍이 났을지도 모르잖아. 나는 젓가락으로 콩나물을 집어서 천천히 씹었다. 콩나물 끝이 내 입술 밖으로 달랑거렸다.

싸움의 짜릿함이 이세민에 대한 원망과 편견을 압도해 버렸다. 수많은 관중이 그의 이름을 외쳤다. 그 소리는 마치 늑대 무리의 리드미컬한 울부짖음 같았다.

문득 이세민의 눈빛에 이성이 돌아왔다. 불쾌감에 일그러진 얼굴로 좌절 어린 신음을 내뱉으며 마지막으로 조종사를 탁자에 처박고는 알아서 쓰러지게 두었다.

탁자에서도, 이세민의 손가락에서도, 피가 뚝뚝 떨어졌다. 머리를 감은 망건 아래 이마에서 땀이 맺혀 반짝였다.

그의 가슴이 빠르게 들썩였다. 우리의 눈이 마주쳤다.

나는 녹두를 한입 꿀꺽 삼켰다.

그래. 이세민은 폭주했어.

다음 차례는 나겠지. 이제껏 한 짓에 대가를 치러야 할 사람…….

"도와줘서 고마워. 넌 괜찮아?"

왁자지껄한 소음 아래로 그가 들릴락 말락 하게 말했다.

나는 입을 몇 번 달싹였지만 목소리가 나오지 않았다. 잘못 들은 줄 알았지만 그의 눈빛은 부드러웠다.

나는 아픈 손목을 문지르며 대답했다.

"난 괜찮아."

"다행이다. 미안해."

이세민은 느슨해진 망건을 벗고서 머리카락을 거칠게 헝클어뜨렸다. 눈이 축 처져서 얼굴이 몹시도 시무룩해 보였다.

"미안하다고? 왜?"

그는 피투성이가 된 손으로 머리를 쓸었다.

"이런 걸 보고 좋아할 사람이 누가 있겠어. 우리의 앞길에 방해만 되는 행동이었어."

틀린 말은 아니었다.

어떻게 답해야 할지 생각해 봤지만, 떠오르는 거라고는 덤덤한 안도감뿐이었다. 살고 싶지 않다고 진심으로 깨달은 뒤 죽음에 대해 느꼈던 차분함과 비슷했다.

나는 비웃음과 한숨 그 중간쯤 되는 소리를 뱉어내며 대꾸했다.

"현실적으로 우린 애초에 죽을 목숨이었어. 이 세상은 우리가 한 짓을 절대 용서하지 않을 거고, 우리를 고통으로 몰아넣고 기뻐할 사람은 언제 어디에든 있겠지. 가만히 드러누워서 당하기만 한다면 아무도 우리를 존중해 주지 않을걸."

이세민의 입이 벌어지더니, 작은 숨을 내쉬었다.

"맞아."

다시 나와 눈을 마주하는 그의 얼굴 위로 희미한 미소가 걸렸다.

놀라운 감각이 몸을 스쳤다. 백 마리나 되는 나비들이 가슴에서 파닥이는 것만 같은 이 기분. 나는 애써 그를 보지 않으려 눈을 내리깔았다.

순간, 요란한 총소리가 들려와 나는 벽에 몸을 대고 움츠렸다. 화약 냄새가 자욱했다. 병사 하나가 공포탄을 쏜 것이다. 군중들이 흩어지고, 의기양양했던 환호성은 투덜거림으로 바뀌었다.

병사들이 우리가 있는 식탁으로 몰려들었다. 그들은 이세민의 팔과 어깨를 붙잡고 탁자에 엎어뜨리려 했지만 실패했다. 이세민은 그들의 손을 떼어내고 자신이 직접 엎드렸다.

병사들이 수갑을 채우는 동안 그는 내게 말했다.

"지금 일어난 모든 일…… 뭔가 느낌이 안 좋아. 조심해. 절대—!"

병사들은 그의 얼굴에 강철 입마개를 씌우고 옆부분을 나사로 조였다. 공포에 질린 눈이 휘둥그레졌다. 이세민은 목에서 비명을 쥐어짜기 시작하며 격렬하게 몸부림을 쳤지만, 누군가 그의 목에 주사기를 들이댔다.

이윽고 그는 멍한 눈빛으로 탁자 위에 축 늘어졌다. 병사들이 그를 끌고 갔다. 옆에서는 싸움에 져서 신음하며 우는 조종사들이 병사들의 부축을 받고 있었다.

이세민이 시야에서 사라지고 나서야 알아차렸다.

나는 두 손으로 입을 막은 채 걷잡을 수 없을 만큼 떨고 있었다.

제18장

내가 절대 되고 싶지 않은
소녀의 모습

만리장성 아래로 마지막 햇살이 사라진 후, 사마의와 병사들은 나를 셔틀에 태워 이세민의 감방으로 호송했다. 이번에 방에 가두어진 건 나 하나였다.

"내일 아침 같은 시각에 데리러 올 테니 준비해!"

사마의는 그렇게 소리친 다음 문을 쾅 닫았다. 그 충격이 벽을 울리면서 먼지와 부스러기들이 우수수 떨어졌다.

옷을 갈아입고 구내식당에 왔을 때 사마의는 놀라서 심장마비에 걸릴 뻔했을 테다. 고개를 한껏 젖힌 그는 "내가 자리를 비운 지 10분도 안 됐는데!"라고 소리치더니 우리가 얼마나 돼먹지 못한 쌍인지에 대해 불평을 늘어놓았다. 그리고 원래는 사흘이어야 했을 이세민의 독방 처벌을 '특별한 경우'라는 명목으로 단 하루로 줄였다.

나는 한숨을 크게 쉬면서 침대에 털썩 쓰러졌다. 손으로 차갑고 성긴 시트를 긁었다. 콘크리트 벽이 사방에서 나를 향해 죄어드는 것만 같았다. 침묵이 길어지자 벽들은 내게 슬금슬금 다가왔고 거대한 공포가 되어 심장을 쥐어짰다.

나는 벌떡 일어나서 무언가 할 일을 찾아보았다.

다시 이세민과 함께 갇히지 않게 된 것에 안심해야 하는데. 불안해하지 말아야 하는데. 지금 이 기분을 설명하기 힘들었다.

화장실 세면대 아래 있는 수납장의 여성용품이 이제는 달라 보였다. 그에게도 반려가 있었다는 걸 알게 되었으니.

오후 내내 홀로 수업을 받는 동안, 사마의는 내게 혼돈과 크리살리스, 기에 대해 자세히 알려주었다. 그때 나는 이세민의 반려에 대해 물어보았다. 사마의가 말해 준 것이라고는 그녀의 이름이 문덕이며, 희귀한 왕급 혼돈 껍데기로 만든 주작을 이세민과 함께 처음으로 작동시켰을 만큼 강력한 기력을 지녔지만, 처음으로 나간 실제 전투에서 살아남지 못했다는 것뿐이었다.

나는 화장을 지운 다음 문덕의 것이었을 약초 주머니를 뒤졌다.

그 순간, 화장실 문이 삐걱거렸다.

나는 몸을 홱 펴고 뒤를 돌아보았다. 문가에는 아무도 없었지만, 텅 빈 공허가 일그러지며 나를 잡아당기는 것 같았다.

엄습해 오는 공포를 재빨리 떨쳐냈다. 만약 죽은 문덕에게 산 사람을 홀리고 괴롭힐 능력이 있다면, 그 힘을 나에게 낭비하지 않기를 진심으로 바랐다.

"있잖아, 어디 다른 데로 가. 가서 다른 사람 죽여."

나는 피곤한 목소리로 크게 말했다.

침묵이 흘렀다.

"날 도와줘."

내가 중얼거렸다. 여전히 반응은 없었다.

그래. 죽은 첩 조종사들에게 힘이 있었다면, 군대는 지금쯤 전멸했겠지.

아니, 어쩌면 죽은 소녀들이 군대를 없애려고 노력하고 있는 게 아닐까? 혼돈으로 환생했을지도 모르잖아. 그렇게 생각하니까 무척 불안했다.

그때, 벙커 문을 쾅쾅 두드리는 소리가 들렸다.

너무 놀라 넋이 나가버릴 뻔했다. 세면대에 기대 긴장한 채로 가만히 기대 있노라니 심장이 쿵쿵 뛰었다.

누군가 무어라 소리쳤지만 알아들을 수 없었다.

내가 대답하지 않자, 또 문을 두드리는 소리가 들려왔다. 목소리도 덩달아 커졌지만 여전히 알아들을 수는 없었다.

"뭐라고요?"

두드림과 고함은 계속되었다.

신경이 곤두서다 못해 답답했다. 저 사람은 내가 안에서 문을 열 수 없다는 걸 모르나?

나는 세면대에 약초 주머니를 내려놓고 문으로 다가갔다.

"대체 뭐야? 안에서는 문을—"

순간, 잠금장치가 삐걱댔다. 문이 벌컥 열렸다.

두건을 쓴 남자가 불쑥 들어왔다.

내가 비명을 지르자, 그는 내 얼굴에 주머니를 뒤집어씌웠다.

소리를 내지르며 온 힘을 다해 저항했지만, 그에게 얼굴을 잡혀 벽에 처박혔다. 뺨에 고통이 불처럼 일었다. 날카로운 소리가 머릿속에 울렸다.

그래도 문을 향해 몸을 돌렸다. 나가서 문을 닫아야 해. 그러면 놈을 가둘 수……!

군홧발이 내 발을 밟았다.

온몸에 퍼지는 고통에 시야가 컴컴해졌다. 나는 그의 품에 쓰러졌다. 그는 나를 침대로 던진 다음 몸으로 내 하반신을 누르고, 두 손으로 나의 목을 죄었다.

흐릿한 시야 앞으로 별빛이 쏟아졌다. 온몸의 피가 얼굴로 몰린 것 같았다. 나는 그의 팔을 긁고 할퀴어댔지만 소용없었다.

"양 대령님의 복수야."

숨죽인 목소리가 위협적으로 들려왔다.

무두전사의 조종사 형천이었다.

나는 몸부림치며 저항했지만 놈은 꼼짝도 하지 않았다. 침대 밖으로 다리를 버둥거려 보았자 아무것도 할 수 없었다. 눈물이 뜨겁게 흘렀다. 이렇게 죽고 싶지는 않아. 이럴 수는 없어―!

"그 앨 놔줘! 당장!"

격렬하게 치솟던 피가 들려오는 목소리에 뚝 멈췄다.

천둥처럼 커다란 발소리가 울렸다. 갑자기 목 주변의 압력이 느슨해져 겨우 숨을 들이마실 수 있었다. 하반신을 짓누르던 형천의 몸이 떨어지자마자 나는 침대로 웅크려 올라갔다.

형천과 방에 들어온 남자 사이에 싸움이 벌어졌다. 작은 공간에 고함 소리가 울렸다. 나는 덜덜 떨리는 손가락을 움직여, 머리를 뒤덮은 주머니를 떼어냈다.

형천이 허둥지둥 밖으로 나가고 있었다. 다른 이는 벙커에 남아 나와 함께 숨을 몰아쉬었다. 한쪽 눈을 가리고 청회색 예복 차림에 전략가 과정 학생들이 쓰는 중절모를 쓴 사람. 바로 이치였다.

제19장

나의 북극성

정말로 이치일 리 없어.

이치가 여기 있을 리 없어.

내가 의식을 잃었나? 그래서 꿈을 꾸고 있는 걸까?

"맙소사, 측천……."

이치는 내가 앉은 침대로 달려왔다. 그의 손이 내 얼굴에 다가왔다. 과호흡이 일듯 숨이 가빠졌다. 내가 헛것을 보고 있는 걸까. 벽에 부딪힌 뺨에서 찌를 듯한 통증이 느껴졌다. 하지만 통증은 언제나 느끼는 거잖아? 나는 이치의 섬세한 이목구비를 눈길로 어루만지려 했지만, 떨리는 눈빛은 그에게 제대로 닿지 못했다. 이치가 가렸던 눈두덩 주위로 붉은 기가 퍼졌다. 짙은 속눈썹 아래 사랑과 공포가 뒤섞여 어른거리는 눈빛에서는 부정할 수 없는 영혼이 깃들어 있었다.

나는 이치의 가슴에 몸을 기대고 쉰 목소리로 울음을 터뜨렸다. 손톱으로 이치의 예복을 마구 파헤쳤다.

"정말 미안해."

그는 내가 사라지기라도 할 것처럼 나의 등을 꽉 그러안았다.

"좀 더 일찍 왔어야 했는데, 미안해. 아무도 이세민을 막지 않을 때부터 뭔가 수상하다고 생각했는데."

흐느끼며 기침하는 가운데서도 이치의 말뜻을 이해한 나는 그의 손을 꽉 쥐며 현실감각을 되찾으려 했다. 사마의에게 국이 쏟아졌고…… 싸움이 일어났고…… 조종사들이 이세민을 부추겨서…….

그 일이 서로 관련 있는 일일까? 다 계획된 거라고?

"다들 내가 죽기를 바라고 있어."

나는 겨우 목소리를 내어 말을 뱉었다. 배에서부터 구역질이 올라왔다. 어깨의 떨림은 멈출 줄을 몰랐다. 내 영혼이 쓸모없는 껍데기에서 완전히 빠져나오려는 것만 같았다.

"네 방문 앞에 병사 배치를 요청했어야 했어."

이치는 외투를 벗어서 내 몸에 둘렀다. 옷자락이 펄럭이며 만든 미풍에 우리의 머리카락이 흩날렸다. 먹물과 나뭇잎, 봄날의 향기가 어두한 벙커 안에 나부끼며 석조 공간 안에 떠도는 술내음을 쫓았다.

나는 예복 외투를 몸에 꼭 여미며 거친 목소리로 물었다.

"네가 어떻게 여기 있어?"

"연줄을 이용했지. 전략가 과정에 편입했어."

"왜?"

나는 이치를 밀어냈다. 하지만 그의 온기와 단단함에서 벗어나자 곧바로 고통스러워졌다.

"이것 봐, 얼굴이 이게 뭐야……."

이치의 눈두덩 끝은 열을 내며 빠르게 부풀어 오르고 있었다. 나는 그것을 어루만지며 중얼거렸다.

"와야 했으니까."

이치는 엄지로 내 속눈썹에 묻은 눈물을 털어냈다. 그의 목은 힘겹게 마른침을 삼켰다.

"구미호에서 살아 나온 널 본 순간, 무슨 방법을 써서라도 도와야 한다고 생각했어. 네가 이세민에게 배정되었다는 것도 알았지만, 그래도 난 믿음이 있었어. 불가능한 조건에서도 살아남는 사람이 있다면 바로 너니까. 그리고 넌 정말로 이겨냈지."

이치가 활짝 웃었다. 그 눈에서 흘러내린 눈물이 천장에 달린 전구의 음울한 빛을 받아 반짝였다.

"그럼 왜 나한테 연락하지 않았어?"

내 질문에 이치의 미소가 움츠러들었다가 다시 돌아왔다.

"넌 이제 이세민의 반려잖아. 내가 가까이에 있다는 걸 알리면 안 될 것 같았어."

그 말은 맞았다. 이치가 여기 있다면 나는 그 살인자 주정뱅이를 애써 좋게 생각해 보려는 마음조차 들지 않았겠지.

"어서 여기서 나가. 내가 말했잖아. 보내달라고. 네게 못되게 군 거 잊었어?"

단호하게 말하려 했지만 내 손은 차마 떨어지지 못하고 그의 손을 어루만질 뿐이었다.

"그런 말을 들을 만한 행동이었어. 그러니 괜찮아."

이치가 내 손을 잡고서 자신의 가슴에 얹었다. 그의 심장이 빠르게 뛰고 있었다.

"난 말이야, 항상 상대방에게서 뭘 얻어낼 수 있는지 알아내려 해. 하지만 너한테는 아니야. 넌 내가 행동을 멈추고 다시 생각하게 하는 존재야. 내가 너한테 나쁜 짓을 했다는 것도 깨닫게 해주었잖아. 너희 집에 불쑥 나타나서 널 곤혹스럽게 만들었다고. 나는, 아, 정말이지⋯⋯, 난 널 돈 주고 사려고 했어. 심지어 시간도 정확히 맞추어서, 호버크래프트가 오기 직전에 너희 집 문을 두드렸어. 네가 막판에 후회하고 있을 때 널 잡으려고 말이야. 미안해."

이치의 지나친 치밀함에 눈살이 살짝 찌푸려졌다. 하지만 그는 진심으로 자신의 행동을 사과하고 있었다.

"네가 뭘 잘못했는지 깨달았다니 다행이야."

나는 고개를 숙이고 중얼거렸다. 양 갈래로 땋아 고리를 만들어둔 머리가 시야에서 달랑거렸다.

이치는 손등으로 내 뺨을 어루만졌다.

"그래. 얼마나 놀라운 존재인지 깨달았다면 그 존재를 소중히 아껴줘야지. 예쁘다고 뿌리를 뽑아버리면 손에서 시들어버릴 뿐이야. 그 존재가 성장해서 멋진 모습으로 피어나도록 도와줘야지. 그래서 난 너에게 아무것도 기대하지 않을 거야. 그러니 너도 부담 갖지 마.

다 내가 하고 싶어서 이러는 거니까."

잠깐 찾아왔던 평온이 다시금 격하게 흔들렸다.

"하지만 넌 의사가 되고 싶어 했잖아."

이치가 피식 웃었다.

"측천, 나는 부잣집 도련님이야. 그러니 언제든 의사가 되는 길을 택할 수 있어. 하지만 너는 아니야."

그는 한 손가락으로 내 턱을 들어 올렸다. 불길에서 일렁이는 열기처럼 따스한 온기가 나의 온몸으로 퍼졌다.

"너는 내가 언제든 다시 만날 수 있는 존재가 아니야."

"너 정말 나를…… 사랑하는구나."

나의 목소리는 날서고 높은 음조로 공허하게 떨려 나왔다.

그는 나를 멍하니 바라보다 믿을 수 없다는 듯 웃었다.

"좋아, 이거 하나는 확실하게 말해 둘게. 무측천. 너는 내게 영감을 주는 존재야. 세상이 바뀔 수 있다는 희망을 잃어버릴 때마다 난 널 떠올려. 바라는 것을 위해 네가 어떻게 싸웠는지 기억해. 누가 무어라 비난해도, 무엇이 앞길을 막고 있다 해도 넌 싸웠으니까."

그는 나를 품에 끌어안고 속삭였다.

"넌 나의 북극성이야. 네가 이끄는 곳이라면 어디든 갈 거야."

가슴속에서 지난 2주간 꾹꾹 참았던 것들이 모두 쏟아져 나왔다. 나는 이치의 품에서 몸을 웅크리고 엉망으로 흐느꼈다. 그의 하얀 예복 안감에 나의 눈물이 얼룩졌다.

울다 지친 나는 이치의 목덜미에 머리를 대고 훌쩍였다. 그는 내 머리카락을 부드럽게 쓰다듬었다. 이치가 나를 구해주어야 했다는 사실이, 크리살리스 밖에서는 너무나 약한 내 모습이 싫었다. 그러나 아주 오랜만에 내 마음속에 평화 비슷한 것이 깃들었다.

이치에게라면 이런 식으로 무방비해져도 괜찮아. 이 품에서라면 영원히 살아도 좋아.

"사마의 전략가에게 언제 연락해야 할까?"

고요한 가운데 이치의 속삭임을 듣자 참을 수 없는 눈물이 솟았다. 이리저리 부유하던 이성이 다시금 떠올랐다. 모든 것이 고통스럽고 뼈저리게 다가왔다. 차갑고 따가운 느낌이 얼굴을 무감각하게 만들었다. 벽에 난 우묵한 자국이 비난하는 눈동자처럼 나를 쏘아보았다.

형천이 나를 습격한 정확한 시간을 병사들이 알아낸다면, 우리는 곧 누군가에게 무슨 일이 있었는지 솔직히 털어놓아야 할 것이다. 그러지 않으면 말이 맞지 않아 의심을 살 테니.

그 후에는 눈을 뜨자마자 다시 이세민과 함께 시간을 보내야 한다. 군대가 이치와 나의 사이를 알아채선 안 된다. 이 점을 이용해 나를 또 조종하려 들지 모르니까.

장례식의 북소리처럼 운명이 나를 쿵쿵 쳐댔다. 나는 마음을 가다듬고 정신을 바짝 차렸다. 이 시간을 최대한 활용해야 한다.

나는 이치에게 전부 이야기해 달라고 했다. 나를 두고 사람들이 어떤 악담을 하는지, 나에 대한 대중의 진짜 반응은 어떤지, 그들이 정확히 뭘 봤는지에 대해서.

이치는 온라인 게시판에 올라온 반응 몇 가지를 알려주었다. 성현들이 초기에 검열했음에도 불구하고, 나는 지난 2주간 엄청난 화제였다고 했다. 그들 중 대부분 나의 정체가 무엇인지에 대한 추측이었다. 사람들은 내가 귀신에게 홀렸거나 아예 인간이 아니라고 믿기로 작정한 것 같았다. '비천한 출신의 소녀'가 이토록 강력한 힘을 지녔다는 사실을 쉽게 받아들일 수 있는 사람은 없었다. 양광이나 이세민, 심지어 진시황제까지도 모두 '비천한 출신의 소년'이었는데도 말이다. 오늘 찍힌 사진들 때문에 이야기의 중심은 이제 이세민과 나의 외모로 옮겨갔다. 나는 호기심을 이기지 못하고 태블릿의 스크롤을 내려 문제의 사진을 보았다. 이세민의 팔이 내 어깨를 두르고 있는 사진을 보자 마음이 불편해졌다.

이치와 함께 있는 동안 이런 사진은 볼 수 없어.

'이거 다 조작인 거 알지?'라고 말하고 싶었다. 하지만 변명처럼 들리겠지. 오히려 상황을 안 좋게 만들 뿐일 거다.

난 화제를 바꾸어, 이치에게 철의 미망인이 나 말고 또 있었는지 조사해 달라고 부탁했다. 그는 "최선을 다해 보겠지만 군대는 이전 조종사들의 자료를 엄격하게 관리한다."고 했다.

군대의 결정에 자연스러운 것은 아무것도 없어 보였다. 누가 뭐라 한들 나는 그렇게 믿기로 했다.

"어째서 여자애들이 크리살리스를 조종하지 못하게 하는 걸까? 그

걸 허용했다면 전쟁에서 훨씬 도움이 되었을 텐데!"

나는 이를 악물고 말했다. 이치의 표정이 어두워졌다.

"자기 아들이 여자 때문에 죽을지도 모른다면, 세상 어떤 가족이 아들을 입대시키겠어? 형천이 널 죽이려던 건 양광의 복수 때문만이 아닐 거야. 조종사들은 너를 두려워하고 있어. 여자들에게서 힘을 공급받기만 했는데, 이제는 너와 크리살리스에 끌려갔다가 죽임을 당할 수 있으니까. 이 상황에 어떻게 대처해야 할지 모르는 거야."

나는 천년은 계속될 것 같은 긴 한숨을 내쉬었다.

"여자로 사는 게 너무 지겨워."

"그래. 네가 남자였다면, 지금쯤 세상을 지배하고 있었을 텐데."

"아, 그렇게 간단하지는 않았을 거야. 남자라도 올바른 남자가 되어야 했겠지. 신령님이 나타나서 소원을 들어준다고 한대서, 무턱대고 남자가 되게 해달라고 하면 안 돼. '남자가 되고 싶어요!'라고 해서 '펑!' 하고 변했는데, 덩치 크고 우락부락한 오랑캐 남자가 되면 어떡해? 다들 날 무서워하면서 야생으로 쫓아내 버리겠지. 그럼 아무것도 못해."

"그건 그러네."

이치는 잠시 생각에 잠겼다. 그러다 다른 쪽으로 시선을 향하며 내게 말했다.

"이세민 때문에 그런 말을 한 거지?"

나는 순간 굳어버렸다.

"아니, 난⋯⋯."

"걘 어떤 애야? 너한테 잘해 줘?"

이치의 얼굴은 차분했지만, 애써 표정을 관리하고 있었다.

"모르겠어. 같이 지낸 지 하루밖에 안 됐어."

이치는 공기의 냄새를 맡았다.

"술을 많이 마시나? 여긴 꼭 양조장 냄새가 나는 것 같아."

나는 침대 서랍을 열었다. 술병이 쌓여 있는 모습이 눈에 들어왔다.

이치의 눈이 휘둥그레졌다가, 이내 날카롭게 가늘어졌다.

"이거 안 좋은데. 맨정신이 아니면 크리살리스를 제대로 장악하고 조종할 수가 없을 거야."

"그럼 네가 직접 가서 말해. 맨손으로 아머 입은 조종사 두 명을 때려눕힌 죄로 독방에 갇혀 있는데, 곧 나올 테니 보자마자 얘기해 봐."

나는 서랍을 탁 닫으며 대꾸했다. 이치는 고개를 끄덕였다.

"좋은 생각이야. 이제 내가 여기 있다는 걸 너도 알았으니, 너한테 도움이 되고 싶어."

"잠깐만, 나 방금 비꼰 거야."

"알아. 하지만 괜찮아. 내가 왜 너를 구하게 되었는지도 설명해야 겠으니까. 그리고 솔직히 이세민을 만나보고 싶기도 해."

"왜?"

"정말 이상하게 들리겠지만, 지난주 내내 이세민에 대한 정보를 캤어. 그런데 언론에서 말한 것과는 완전히 다른 사람이더라고. 이세민이 용계 불사조 고등학교에 다녔다는 거 알아? 당 지방 최고의 명문 고등학교잖아!"

"고등학교에 다녔다고?"

이세민은 기껏해야 중학교를 졸업했을 거라고 생각했다. 성현들 휘하의 문인 관료가 되는 게 목표가 아니라면 고등학교까지 가는 건 과한 일로 여겨졌다. 그리고 문인 관료 시험은 부정이 심해서 귀족이나 부잣집 출신 학생이 아니면 사실상 합격이 불가능하다.

"그래. 게다가 심지어 반에서 1등이었어!"

이치는 이세민의 인생에 연관된 사람들을 추적한 결과를 말해 주었다. 그의 예전 지도교사였던 위징의 말에 따르면, 이세민은 수업에 들어올 때마다 항상 손과 얼굴에 새로운 멍을 달고 있었다고 한다. 그는 맨 뒷자리에 앉아서 아무와도 말을 하지 않았지만, 모든 시험과 과제에서 최고점을 받았다. 성적이 너무 좋아서 아무도 그를 쫓아낼 엄두를 내지 못했다. 그는 반 전체의 평균을 올려주는 학생이었다.

건설 노동자 집안 출신 소년이 어떻게 고등학교에 다닐 수 있었는지 묻는다면, 답은 울지공이라는 클럽 경비원이 알려주었다. 이세민은 부유층들이 손님으로 오는 고급 격투 클럽의 선수였다고 한다. 오랑캐들끼리 싸움을 붙이고 누가 이길지 돈을 거는 곳이었다. 그는 경기 중 휴식 시간마다 어두운 조명 아래에서 공부를 했다. 덕분에 시력이 아주 나빠졌지만, 클럽에서 가장 싸움을 잘하는 선수임은 변함이 없었다. 모두가 그것을 신기하게 여겼다.

"정말 신기하다! 그런 사람이 있다니 말도 안 돼!"

"그뿐만이 아니야. 이세민에게는 예술가의 자질도 있었어. 특히 서예를 잘했대. 내가 미술 전공생들을 비웃는 경향이 있긴 하지만, 애는 아니야. 이걸 봐."

이치는 다시 태블릿을 꺼내 시가 쓰인 종이를 찍은 사진을 보여주었다. 그 종이는 화하 영토의 삼림을 보호하기 위해 요즘은 흔히 쓰지 않는 종류였다.

난 서예가 얼마나 세련된 예술인지 모를뿐더러 시를 읽는 법도 모르지만, 이세민이 쓴 글씨에서는 필체와 획이 추상적인 의미의 층을 이루는 것이 물씬 느껴졌다. 마치 노랫소리를 볼 수 있게 만들어놓은 것 같았다.

나는 그 글씨에서 애써 눈을 돌렸다.

이치는 눈을 내리깔고서 시를 바라보며 말했다.

"어쨌든 좀 슬퍼. 이세민은 자신만의 삶을 살려고 했던 것 같아. 무슨 말인지 너도 알겠지? 그런데 이런저런 이유로 사람들은 이세민을 어른 취급한 거야. 열여섯 살밖에 안 된 어린애를."

가슴이 죄어들었다. 이런 말을 들을 필요가 있을까.

"언제부터 글씨를 잘 쓴다는 이유로 살인자를 봐주게 되었어?"

이치는 놀라서 고개를 들더니 되물었다.

"그럼 넌 언제부터 살인에 연연하게 됐는데? 무고한 사람을 죽이든 말든 신경 쓴 적이 있었어?"

"얘는 달라. 가족을 죽였잖아. 다른 사람을 죽인 거라면 신경 쓰지 않았을 거야."

"아, 그건……."

242

"네가 이세민을 두고 후한 평가를 내리는 이유는 하나밖에 없다고 봐. 걔한테 아무런 기대도 하지 않았기 때문이지. 그러니 예상과는 다른 모습을 보고 좋게 생각할 수밖에 없는 거야. 걔가 마땅히 받아야 하는 평가보다 훨씬 더 좋게 말이야."

양광 역시 다정한 모습을 보여 나의 허를 찌르지 않았던가. 애써 그 기억을 밀어내며 말을 이었다.

"하지만 네가 걔랑 같은 반인 학생이었거나, 이웃집에 살던 사람이었다면 어땠을까? 모범생이던 이세민이 어느 날 가족을 죽이고 철의 악마가 되었다는 이야기를 들었다면? 지금과는 정반대로 반응했겠지? 이세민이랑 어떻게든 영영 멀어지고 싶지 않겠어? 정보를 알게 된 순서가 바뀌기만 해도 생각은 달라져."

"내 말은……."

이치는 이내 한숨을 쉬며 말을 이었다.

"그래도 걔와 대화해 봐야겠어. 생각해 봐. 만약 내가 이세민과 친구가 된다면, 너희 둘 옆에 있을 만한 완벽한 구실이 될 거야. 그럼 언제든 의심 사는 일 없이 개입해서 널 도와줄 수 있어."

나는 입을 멍하니 벌렸다.

이치, 그렇게까지 하면서 내 옆에 있고 싶은 거야?

곧바로 그 계획을 거절하고 싶었다. 거절해야 했다. 잘못될 게 뻔했으니까.

하지만 오늘 밤의 일 때문일까, 다시 이치를 밀어낼 용기가 나지 않았다.

"그래. 알았어."

이치의 외투를 내 몸에 꼭 감싸며 기도했다. 부디 이 만남의 끝이 재앙이 되지 않기를.

제20장

만 가지 이유

독방에서 나온 이세민의 상태는 안 좋아 보였다. 안경을 압수당하지는 않았지만, 두꺼운 안경알 너머로 보이는 눈은 흐릿하고 핏발이 섰다. 피로 때문에 검게 그늘진 눈 밑은 내 뺨과 이치의 눈두덩에 난 멍처럼 짙었다.

우리 모두 끔찍한 밤을 보낸 것 같았다.

"술 좀 마셔야겠어."

병사들이 입마개를 열어주자마자 이세민이 가장 먼저 외친 말이었다. 그의 턱에는 수염이 거칠게 돋아 있었다. 주먹 쥔 두 손은 떨림을 억누르는 중이었다. 목줄은 눈에 띄게 짧아졌다.

한참이 지난 다음에야 이세민은 망설이는 눈빛으로 나를 보다가, 내 얼굴과 목덜미의 상처를 알아차렸다.

"그놈을 죽여버릴 거야!"

사마의가 무슨 일이 있었는지 말해 주자, 이세민의 목소리가 콘크리트 방을 마구 울렸다. 사마의는 그를 저지한 다음, 병사들에게 진정하라는 듯 손을 저었다.

"안 돼. 범인에게 내리는 벌은 징계위원회에게 맡겨. 너는 더 이상 말썽을 부릴 여유가 없어. 벌써 성현들의 인내심이 한계에 다다랐다고. 그건 그렇고, 이쪽은 전략가 과정 학생인 고이치라고 한다."

사마의는 엄지손가락으로 이치를 가리켰다.

"우연히 너희들 벙커 근처를 돌아다니고 있다가 무빈을 구했지. 눈의 멍은 그때 입은 상처다. 이후 무빈을 안전하게 지켜야 한다면서 밤새 바깥에 서 있었어. 심지어 내가 너희 방 문 앞에 병사를 배치한 다음에도 말이야. 좋은 아이니 고마워하도록 해. 다른 쪽 눈마저 때려서 멍들게 하지 말고."

"아……. 고마워."

이세민은 핏발 선 눈으로 이치를 훑어보았다.

이치는 숨을 크게 들이쉬고 내쉬며 그를 빤히 올려다보았다. 이세민이 얼마나 위압적인 덩치를 가졌는지 예상하지 못했던 것 같았다. 이치가 대답했다.

"괜, 괜찮아! 그러니까, 나는 네 팬이야. 네 이야기 많이 읽었어."

"어……."

이세민은 입을 열었지만, 뭐라 말을 이어야 할지 모르겠는 모양이었다.

이치는 마른침을 꿀꺽 삼켰다. 귀까지 빨갛게 물들인 모습이라니. 나는 속으로 의아했다.

가끔 난 이치가 남녀 모두에게 관심이 있는 게 아닌지 궁금했다. 하지만 숲속에서 몰래 만났던 터라 감히 이런 주제의 이야기는 꺼내지도 못했다. 우리 사이에 감도는 긴장감을 인정하기가 무서웠다. 하지만 이치가 남자 유명인 얘기를 할 때면 남자도 좋아하는 게 아닌가 싶었다. 이런 건 우리 동네에서도 흔히 떠도는 화젯거리이긴 하지만, 솔직히 말하자면 나도 여자들의 사진에 푹 빠지곤 했다. 남녀가 이성에게만 끌려야 한다는 관념 역시 남성 중심적인 조종사 제도만큼이나 지긋지긋하다.

이세민의 존재감에 넋을 놓은 것도 잠시, 이치는 곧 태도를 가다듬고 능숙하게 설득을 시작했다. 그는 우리가 주 지방을 탈환할 힘이 있다는 소문을 듣고서 이세민을 조사하기 시작했다고 말했다. 또한 돈을 얼마든지 써서라도 최고의 알코올중독 치료를 받을 수 있도록 도와주겠다고 제안했다. 이치는 여기까지 오는 동안 사마의와 이 문제를 상의했다며, 이세민이 맑은 정신으로 크리살리스를 조종한다면 전투에 더 자주 나갈 수 있으리라는 것에 사마의가 마지못해 동의했다고 전했다.

이세민은 그 의견이 마음에 들지 않았는지 그저 덤덤하고 무심한 표정으로 앉아 있다가 결국에는 자리를 뜨려 했다.

이치가 그의 앞을 막았다.

"들어봐. 어쩌다가 상황이 이렇게 되었는지는 모르겠지만, 난 널 믿어. 기력은 의지의 척도라고들 하잖아. 너의 기력은 만에 도달하니, 최소한 노력을 해볼 만 가지 이유가 있는 게 아닐까."

여러 복잡한 생각들로 이세민의 눈가가 찌푸려졌다. 승낙하는 건가 싶었던 순간, 그는 또다시 일어나려 했다.

"나 좀 내버려 둬."

"안 돼."

이치는 이세민의 목줄을 잡아당겨 눈높이를 맞추었다. 쇠사슬이 덜커덕거렸다. 사마의와 나의 눈이 휘둥그레졌다.

"이거 봐, 당장."

이세민의 눈빛에 분노가 서렸다. 누군가 그의 영혼의 스위치를 켠 것 같았다. 병사들이 총을 움켜쥐었다. 그는 주먹을 쥐었다 폈다 했지만, 들어 올려 휘두르지는 않았다.

이치는 손을 놓지 않았다. 쇠사슬을 쥔 손이 덜덜 떨렸지만, 얼음처럼 차갑고 허를 찌르는 듯 냉철한 이치의 눈빛을 볼 때마다 나는 언제나 놀라곤 한다. 둘 사이에 흐르는 긴장감에 공기가 날카로워졌다. 숨 쉬는 법조차 잊어버릴 지경이었다.

"네가 맨정신이 아니면, 너와 무측천 조종사 모두 힘을 낭비하게 될 거야. 그 상황은 무측천 조종사에게 공정하지 않잖아."

이렇게 내뱉은 이치는 전혀 다른 사람 같았다. 그는 얼굴을 붉히지도 않았다. 이세민이 이치를 쏘아보았다.

"그게 너랑 무슨 상관인데?"

침착했던 이치의 모습에 살짝 균열이 생겼다. 나는 긴장한 채 속으로 바랐다. 그가 흔들린 걸 부디 나만 알아차렸기를.

이치는 이세민의 목줄을 잡은 손을 한 손가락씩 천천히 폈다.

"너는 무 조종사 같은 여자를 오랫동안 기다려왔겠지. 모든 조종사가 단 하나의 진정한 짝을 바랄 테니까. 넌 절대 찾을 수 없을 거라고 단념했을 거야. 그런데, 여기 나타났잖아."

이치의 시선이 내게 꽂혔다. 눈빛이 물기를 머금은 듯 촉촉이 빛났다. 내 몸은 돌처럼 굳어버렸다.

"어떤 역경에도 불구하고, 네게 온 여자야."

날 보지 마. 너 지금 너무 티 난단 말이야!

난 속으로 애원했다.

하지만 이치의 말은 내 마음의 한 조각을 움직여 버리고 말았다.

"이제는 너만의 문제가 아니야. 무빈을 봐. 이 여자애를 보라고. 너 정말 얘까지 끌고 나락으로 떨어질 작정이야? 더 좋은 사람이 되어야 할 만 가지 이유가 있는데도?"

이세민은 오랫동안 침묵했지만, 결국 눈을 감고서 지그시 한숨을 내쉬었다.

"정확히 말하자면, 만팔천 가지의 이유가 있지."

긴장이 풀린 이치가 떨리는 목소리로 대답했다.

"좋아. 이제 못된 짓은 그만두고 이 아이에게 최고의 반려가 되도록 해. 난 할 수 있는 모든 방법을 써서 너희를 도와줄 테니."

난 웃어야 할까, 아니면 울어야 할까.

뭘 해도 이상하지 않겠지.

제21장

전혀 이상하지 않아

"너한테 무슨 일이 일어나도 군대는 아무런 책임이 없는 거야. 알겠나, 도련님?"

사마의가 문을 열며 이치에게 말했다. 이곳은 이치의 숙소이자, 우리가 지금부터 살 공간이었다.

이치는 즉각 행동에 들어갔다. 이세민과 나는 오후 동안 또 아이스 댄스를 배웠지만, 이세민의 알코올 금단 현상이 심해지면서 이번에도 제대로 춤추지 못했다. 그동안 이치는 개황 망루에 있는 스위트룸을 구입했다.

아니, 정확히 말하자면 산 건 아니다. 만리장성에 있는 부동산은 거래 대상이 아니니까. 이치는 군대에 '후한 기부'를 했고, 그 결과 고위급 전략가의 가족이 고향에서 만리장성을 방문할 때 사용하는 용

도로 비워둔 스위트룸을 '대여'할 수 있었다.

그렇게 우리 셋은 같이 살게 되었다.

이 일련의 미친 일들을 벌이며 내가 배운 것은 돈을 물 쓰듯 쓰면 어떤 문제는 완전히 해결할 수 있다는 것이다. 만약 해결되지 않은 문제가 있다면, 그건 그 문제를 해결할 만큼의 돈을 쓰지 못했다는 뜻이다.

이세민은 항상 감금되어 있어야 하기에, 현관의 잠금장치는 감옥의 것으로 교체되었다. 그러니 숙소에서 나가려면 항상 사마의를 불러야 했지만 그의 숙소는 바로 세 층 위라 상관없었다. 그는 문을 열어달란 요청을 짜증 날 정도로 많이 하지는 말라고 당부한 다음, 문을 쾅 닫아 우리를 밤새 가둬버렸다.

문소리로 생겨난 메아리가 희미해지자, 먹먹한 안도감이 몸을 스쳤다. 나는 숨을 크게 내쉬고서 스위트룸을 둘러보았다. 공간은 작고 실용적이었다. 조종사 숙소처럼 크고 호화롭지는 않았지만, 그래도 이세민의 벙커에 비하면 천국이나 다름없었다.

주홍빛으로 붉게 물든 석양이 길고 좁은 주방으로 들어와 나무 식탁에 비쳤다. 나는 주방으로 통하는 유리문을 열고서 열린 창문 밖으로 몸을 숙였다. 석양 아래로 무한히 펼쳐진 황량한 평야가 흙과 야생의 향기를 풍겼다. 화하의 북서쪽인 이곳의 토양은 금기를 띤 하얀 기 금속과 수기를 띤 검은 기 금속이 퇴적되어 회색이었다. 이렇게 기가 결정화된 기 금속 덩어리를 거두기 위해 혼돈이 우리 행성에 오는 것이다. 그들의 치료와 복제를 위해선 기 금속이 필요했다. 하지만 지금 내가 찾는 건 기 금속이 아니었다.

창 옆에 백호 크리살리스가 잠든 상태로 웅크리고 있었다. 놀라우리만큼 거대한 백호는 언제든 덤벼들 준비가 되어 있었다. 망루 13층에 있는 우리의 스위트룸에서는 비누처럼 부드러워 보이면서도 강인한 백호의 목덜미가 바로 눈에 들어왔다. 백호에 탑승하는 전설적인 조종사 부부의 색깔은 초록색과 검은색이지만, 지금의 백호는 색색의 줄무늬가 드러나지 않아 벌거벗은 것처럼 보였다. 그렇다 해도 내 몸에 강렬한 짜릿함이 감돌았다. 마치 어릴 적으로 돌아간 것 같았다. 그땐 여기에 얽힌 의미 따위는 생각하지 않고 크리살리스와 조종사들의 이야기에 즐겁게 빠져들 수 있었다.

"이치!"

이치가 내 옆으로 다가오자 나는 소리를 지르며 그의 팔을 잡았다.

"저거 백호야! 백호가 있어! 바로 저기에!"

"그게 뭐 어쨌다고? 넌 주작을 조종하잖아!"

이치가 웃었다. 불타오르는 하늘빛이 그의 얼굴을 물들이며 눈빛에 불을 붙였다. 그의 뺨 위에 흩어진 머리카락이 거친 바람을 맞고 쓸려 넘어갔다.

나는 한숨을 쉬었다. 신났던 마음은 죄책감과 냉정한 현실에 사라지고 말았다. 백호의 조종사들은 균형 잡힌 쌍이긴 하지만, 그들 역시 이 조종사 체계의 엄연한 일부다. 끔찍한 진실을 숨기는 권력과 영웅주의의 환상을 받아들여서는 안 된다.

"맞아."

나는 이치의 귀 뒤로 머리카락을 넘겨준 다음 천장을 바라보았다.

"독고가라와 양견도 이 망루에 살고 있지? 오며 가며 그들과 마주 치게 될까?"

이치는 내 손길에 수줍어하면서도 이내 쓴웃음을 지었다.

"독고가라와는 절대로 마주치지 않는 게 좋다던데."

"반항적인 여자라면 소문이 부풀려지기 마련이지. 게다가 내가 걱 정해야 하는 건 양견 아닐까?"

나는 목소리를 낮추며 물었다.

"그는 양광의 친척이라며?"

이치는 어깨를 으쓱였다.

"그렇긴 하지만 둘 사이는 별로 좋지 않았다고 들었어. 게다가 양 견은 뛰어난 대공급 조종사야. 그러니 형천같이 충동적인 짓을 하진 않을 거야."

"네 말이 맞으면 좋겠다. 다른 걱정은 하고 싶지 않……."

그 순간, 다가오는 이세민이 어렴풋이 시야에 들어왔다. 주방 바깥 에 선 그의 안경알에 불타는 석양이 번뜩였다.

이치의 팔을 잡았던 내 손이 불에 덴 것처럼 얼른 떨어졌다.

"음, 그럼 난 탕약을 끓일게."

이치는 종이로 싼 탕약 꾸러미를 들어 올리며 애써 미소를 지었다. 군의관들이 이세민을 위해 처방한 탕약이었다. 실험실에서 만든 비 싼 약도 처방하긴 했지만, 기의 흐름을 좋게 하려면 전통 의학적 치 료법이 더 효과적이었다.

이치가 약탕기를 불에 올리는 동안 나는 주방에서 나가려 했다. 하지만 이세민이 비켜서지 않아서, 그의 가슴에 얼굴을 박을 뻔했다. 갈비뼈가 폐에 닿는 게 아닌가 싶을 정도로 몸이 움츠러들었다. 하지만 주방에서 나와 유리문을 닫고 이세민을 지나 태연한 척 탁자 앞에 앉았다. 그의 무거운 시선이 내게 달라붙었다.

발소리가 이어졌다. 그가 의자를 끌어내 앉자 목재 다리가 타일 바닥에 끼익 끌리는 소리가 났다.

소름이 끼치고 목이 탔다. 도망칠 수 없도록 우리를 가둔 육중한 철제 현관문을 조용히 바라보았다. 구내식당에서 화기 조종사의 얼굴을 식탁에 박던 이세민의 모습이 떠올랐다. 나는 식탁의 끈적끈적한 플라스틱 표면을 바라보며 이세민이 나와 이치에 대해 묻지 않기를 속으로 간절히 바랐다.

그러다 퍼뜩 정신이 들었다.

나는 아버지가 그저 우울한 기색을 내비치는 것만으로 어머니를 신경쇠약에 빠뜨리는 모습을 수도 없이 지켜보았다. 아버지는 욕을 퍼붓거나 고함을 지르지 않았지만, 그릇을 탕 내려놓거나 문을 다소 크게 쾅 닫곤 했다. 어머니는 아버지가 폭탄이라도 되는 것처럼 조심스럽게 주위를 맴돌면서 혹시나 터져버리지는 않을까 아버지의 일거수일투족을 신경 썼다. 이런 식으로 아버지는 한마디도 하지 않고서 본인의 욕구와 필요를 어머니가 우선시하도록 가르쳤다. 아버지를 잘 신경 쓰면 집 안에 감도는 긴장을 잠재우고 모든 걸 정상으로 유지할 수 있다고 어머니가 착각하도록 말이다.

나는 절대로 아버지의 방식을 따르지 않았다. 언제나 아버지가 폭발할 때까지 밀어붙이는 게 내 기본적인 해결책이었다. 잠시 고통스러운 상황을 견디는 게 밤낮으로 두려움에 떠는 것보다 나았다.

"뭐 문제 있니?"

난 고개를 홱 들면서 나지막이 물었다.

이세민은 내게서 급히 시선을 돌렸다. 그는 잔뜩 긴장된 어깨를 떨고 있었다. 눈 아래 거무스름한 기색 때문에 눈두덩이 뼈 안으로 움푹 팬 것 같았다. 꾹 다문 입술에서 고통스러운 고함 혹은 비명을 참는 기색이 드러났다. 그의 몸 안에서는 온갖 것들이 싸움을 벌이고 있었다. 신체 증상일까, 아니면 감정의 기복일까. 알 수 없었다.

약탕기에서 물이 끓으며 휘파람 소리를 냈다. 수증기 때문에 김이 서린 유리문 위로 저무는 태양 빛이 용암 같은 주홍빛을 드리웠다.

"삐지지 마. 난 삐지는 남자 별로야."

내 손가락이 탁자 위로 발톱처럼 움츠러들었다.

이세민은 조금 놀란 듯했다. 그가 힘겹게 말을 꺼냈다.

"난…… 네가 이렇게 행복한 표정도 지을 수 있을 줄은 몰랐어."

"그래서 짜증 나?"

"너 뭔가…… 숨기고 있지."

"마음대로 생각해. 우리가 무슨 사이라도 되는 건 아니잖아. 난 너한테 신세 진 거 없어."

이세민의 턱이 움찔거렸다. 그는 이치에게서 받아 손목에 찬 생체 기능 측정기를 조정하며 말했다.

"그런 뜻이 아니야. 우리가 서로에게 솔직해야 한다는 뜻이었어. 그게 무엇이든, 결국 우리가 전투에서 연결되면 숨겨왔던 것을 알게 될 거고, 그게 충격적인 사실이라면 우리의 연결이 어그러질 수 있어. 그러니까…… 어젯밤에 무슨 일이 있었던 거야?"

계속 의심이 커지게 두는 것보다는 빨리 자백하는 편이 낫겠지. 군대만 모르면 되는 거니까. 그리고 이세민은 군대에게 이치에 대해 나불대지도 않을 거야. 이치는 무척 도움이 되고 있잖아.

나는 탁자 위로 몸을 기대고 이세민에게 가까이 오라고 손짓했다. 그의 짧은 수염이 내 뺨에 닿을 정도로 우리의 얼굴이 가까워졌다.

"내가 전에 말했던 도시 남자애 기억나? 나에게 글을 가르쳐준 애 말이야."

내가 그의 귓가에 속삭였다. 나의 눈길이 주홍빛 안개가 낀 주방 문으로 슬며시 향했다. 그 뒤로 이치의 나풀거리는 옷자락이 연기처럼 움직였다.

이세민의 몸이 들썩거렸고 얼굴은 살짝 뒤로 물러섰다.

"그 남자애가 널 따라왔구나."

"그래. 따라왔어."

이세민의 입에서 부드러운 입김이 떨려 나왔다. 열기가 소리 없이 내 뺨을 부볐다. 놀랍게도 그의 눈망울이 젖기 시작했다. 아니, 그저 안경에 주홍빛 빛이 반사된 것인지도 모른다.

"저 애를 사랑해?"

속삭이는 목소리에는 악의도, 비난도 없었다.

그 순간 내 몸, 생각, 숨소리까지 얼어붙고 말았다.

한 번도 시인한 적 없었지만, 나의 마음 깊은 곳이 말하는 답은 분명했다. 부정할 수 없는 단 하나의 답변.

"그래."

나의 목소리는 이세민의 손처럼 떨렸다.

"이치는 이 행성에서 제일 대단한 남자야."

이세민은 눈썹을 치켜떴다.

"그런데 넌 저 앨 버리고 입대한 거야?"

나는 의자에 등을 풀썩 기댔다. 이세민은 어째서 이런 순진한 낭만주의자 같은 소리를 하는 걸까?

"그래. 사랑은 문제를 해결해 주지 못하니까. 문제는 풀어야 해결되는 거니까."

"안쓰러운 아이네."

그는 주방 문을 바라보다가 나를 보며 고개를 저었다.

"저 애를 다시는 떠나보내지 마."

나는 탁자 모서리를 매만지며 대답했다.

"참 안타까운 일이지. 내가 매인 건 너잖아."

밤이 깊어지자 나는 어지러운 생각의 소용돌이를 제어하지 못한 채 그만 이치의 방문을 두드리고 말았다.

이치는 졸린 눈을 깜빡이며 문을 열었다.

"측천아, 여기는 왜……?"

난 그의 얼굴을 잡고 입맞춤에 빠져들었다.

이치의 말은 내 입술 속에서 먹먹하게 사라졌다. 우리는 뜨겁고 찬란한 감각에 녹아들었다. 그 감각이 주는 쾌락이 내 안으로 밀려들어와 온 신경에 퍼지면서 마음속 한 지점을 깊이, 더 깊숙이 울렸다. 그것은 평생 동안 숨기고 무시하라고 배웠으며, 나 자신의 일부이면서도 결코 내 멋대로 써서는 안 된다고 배웠던 것이었다. 내 가족의 명예가 달린 재산이며, 누군가에게 주어지기 전에는 절대로 손상되어서는 안 되는, 나의 남편을 위해 아껴두어야 했던 재산이었다. 양광을 위한 것이자 이세민을 위한 것. 남편을 즐겁게 해주고 그의 대를 잇게 해주는 일종의 선물이랄까.

웃기지도 않는 소리다.

나는 이치를 방 안으로 밀었다. 손짓 한 번에 문이 등 뒤로 닫혔다. 거세진 우리의 호흡과 뒤섞인 입술의 부드러운 마찰 소리가 머리에 윙윙 울렸다. 온 세상이 우리 둘만의 공간으로 줄어들었다. 이건 우리가 처음 키스했을 때, 내가 이치를 떠나 여기 오기 전에 느꼈던 것과는 다른 종류의 갈망이었다. 깃털처럼 부드러운 열기가 내 몸을 들뜨게 하더니 나긋하고 아린 긴장감에 몸이 쭉 퍼지다 한순간에 무너졌다. 이런 감정에, 이런 욕구에 휘둘린다는 사실이 싫었다.

하지만 이치라면, 괜찮을지도 몰라.

그는 내 기세에 휩쓸려 뒤로 물러섰다가, 이내 몸을 틀었다. 그리고 입맞춤을 피하려 애썼다.

"이러면 안 돼……."

그의 목소리는 들떠 있었다. 머리카락은 모두 풀어져 있었다. 이런 모습은 처음이었다. 흘러내린 머리카락에 그의 우아한 얼굴이 더욱 가냘프고 아름다워 보였다. 얇은 커튼 너머로 비쳐든 달빛도 이치를 흠모하듯 그 수려한 얼굴을 어루만졌다.

"이치, 마침내 우리뿐이야."

나는 속눈썹 너머로 그를 올려다보며 속삭였다.

"우리 둘뿐이라고. 넌 날 원하고 있잖아."

나는 그의 손을 잡아 내 몸의 굴곡진 곳으로 이끌었다. 언제라도 끔찍한 일은 일어날 수 있다. 다시는 이럴 기회가 없을지도 모른다. 이렇게 생각하자 조금씩 용기가 났다.

"우리가 처음 만났을 때부터 넌 날 원했잖아. 아니야?"

3년 전, 우리가 둘 다 열다섯 살이었을 때, 이치는 내가 가장 좋아하는 약초 수풀 근처에서 명상을 하고 있었다. 그토록 맑은 피부에 윤기 나는 머릿결과 깨끗하고 하얀 옷차림을 한 사람은 처음 보았다. 정말이지 비현실적이었다.

그래서 난 옆에 있던 나무의 가지를 꺾어 그를 공격했다.

어쩌다가 이치가 날 다시 보러 오겠다고 약속하게 되었는지는 기억나지 않는다. 내가 뭘 어떻게 한 건지 몰라도, 이치는 그 약속을 지켰다. 다시, 또다시, 매달 말이면 반드시 날 보러 왔다.

그 약속은 이치에게 마법을 걸고 매혹시켜 눈앞을 흐리게 만들었다. 이치가 입술을 깨물었다.

"너였으면 좋겠어."

나는 그의 멍든 눈가를 부드럽게 만졌다. 내 목숨을 구하려다 든 멍이었다. 흠 없던 이치의 얼굴에 처음으로 나타난 얼룩이었다.

"너라면 난 후회하지 않을 거야."

그가 몸을 굳혔다. 처음에는 내 말을 듣고서 한 번, 내가 맥박이 뛰는 그의 목덜미에 입술을 댔을 때 더욱 빳빳하게 또 한 번. 들릴 듯 말 듯 떨리는 숨을 들이쉰 가슴이 헐떡였다. 혀끝에 느껴지는 그의 맥박이 빠르게 고동쳤다. 잠옷 자락이 그의 손에서 구겨졌다. 마침내 이치는 나의 머리카락을 살짝 잡아당겨 내 머리를 뒤로 젖혔다. 고삐가 풀린 허기를 담은 그의 입술이 내 입술과 합쳐졌다.

봄철에 만물의 무한한 성장을 이끄는 야성적이고도 활기찬 목기(木氣)처럼, 거친 전류가 폭풍과도 같이 내 몸 안에 들이쳤다. 다가오는 이치의 입술에 내 입술이 활짝 웃었다. 그의 목 안에서 안도의 신음이 흘렀다.

그래. 이거다. 이치가 나를 보고 천진난만하게 웃으며 내가 몰랐던 지식을 가르쳐주는 동안 참아왔던 것 말이다.

나 역시 초연한 척 그의 수업 필기를 보며 비꼬았을 때마다 이걸 꿈꿔왔었다.

그리고 뜨거운 열기 속에 깃든 폭풍의 눈처럼 고요한 순간이 찾아왔다. 우리의 눈이 마주쳤다. 이치의 교활한 눈빛과 나의 도전적인 눈빛이 얽혔다. 우리 사이로 똑같은 어둠을 지닌 힘이 공명했다. 처음으로 서로의 속내를 본 것만 같았다.

이윽고 우리는 다시 열정적이고 서로를 갈망하는 입맞춤을 이어갔다. 서로의 손이 얽히고설켰다가, 서로의 몸 위를 타고 넘으며 숲속에서는 할 수 없었던 방식으로, 지금도 여전히 해서는 안 되는 방식으로 움직였다.

나는 그를 계속 앞으로, 또 옆으로 밀어댔다. 이치의 무릎 뒤편이 침대와 닿으며 그의 몸이 비단요 위에 털썩 쓰러지자, 무게에 눌린 매트리스가 소리를 냈다. 이치의 머리카락이 사방으로 흩어졌다. 내 머리카락을 어깨 뒤로 넘기며 그의 몸 위로 올라갔다. 숨을 가다듬는 이치를 바라보며 그의 섬세한 턱선을 손등으로 쓸었다. 이치가 긴 숨을 뱉으며 창백한 목덜미를 드러냈다. 나는 그 목선의 윤곽을, 움푹 팬 부분과 볼록 솟은 부분을 쓰다듬었다. 손끝으로 두근두근 뛰는 그의 맥박이 느껴졌다. 사람들이 말하는 것처럼 정말 구미호 요괴가 된 듯한 느낌이었다. 여기서 이치를 유혹해서 산 채로 잡아먹어 버릴까.

나의 손가락이 슬며시 아래로 내려가 이치의 두루마기 허리끈을 잡고 느슨하게 풀었다.

"잠깐만……."

갑자기 그의 눈빛에 선명한 기색이 떠올랐다.

아니. 너무 늦었어.

작은 열기가 스쳤고 그의 예복이 벗겨졌다. 이어서 드러난 모습에 난 그만 멍해지고 말았다.

이치의 몸은 문신으로 가득했다. 얇은 금빛 윤곽을 지닌 알록달록

261

피어오른 꽃송이들이 넝쿨과 나뭇잎 가득한 숲을 이리저리 휘감고 있었다. 장미와 백합, 양귀비였다.

이치는 복잡한 표정으로 일어나 앉았다. 나는 그가 몸을 일으키는 동작에 맞추어 물러나 앉았다.

"이게 무슨 뜻인지 알아?"

그는 자기 가슴에 새겨진 양귀비 꽃송이를 어루만지며 쉰 목소리로 물었다.

"아니, 모르겠는데."

나는 고개를 저으면서도 그의 몸을 속속들이 바라보았다. 잠자리와 나비, 나방이 보였다. 자세히 보니 넝쿨 같지만 넝쿨이 아닌 것도 있었다. 그것들은 뱀이었다.

"이건 내가 가족의 구성원이라는 뜻이자, 우리 아버지의 가족이라는 의미야."

"너희 아버지가 자기 아들딸들에게 문신을 새기라고 했단 말이야?"

이치의 여윈 몸에서 힘이 빠졌다. 그의 얼굴은 슬픈 미소를 지었다.

"다는 아니고. 몇몇만."

이치는 무언가 숨기고 있었다.

"그럼 이 문신은 좋은 거야, 나쁜 거야?"

"관점에 따라 다르지."

그가 내 뺨을 어루만지며 부드럽게 웃었다. 그러더니 나를 다시 이끌면서 뒤로 누웠다.

"나중에 자세히 설명해 줄게."

이치는 이렇게 속삭이며 상의를 여몄다. 나는 다시 그에게 키스하려고 했다. 나의 머리카락이 이치의 머리카락을 스쳤다. 하지만 아까와는 달리 내 마음속 무언가가 식어버렸다.

생각은 이치의 문신에 머물러 있었다. 그의 어깨에서 팔꿈치까지 구불구불 이어진 그림들. 이치가 호화스럽고 헐렁한 고급 의류의 소매를 팔꿈치까지 걷어 올린 모습은 많이 봤지만, 흠 없이 창백한 팔바로 윗부분에 문신이 숨어 있으리라고는 전혀 예상하지 못했다. 내 생각은 원래 있어야 할 곳에서 점점 물러나며 파편화되었다. 냉정함이 그 틈으로 스멀스멀 파고들었다.

언제나 알고 있었다. 이치가 전적으로 '선량한' 사람은 아니라는 것을. 세상에 완벽하게 선량한 사람들이 있다면, 뼛속까지 순진한 본성을 타고났거나 혹은 망상에 빠진 것이다. 그런 사람과는 절대로 어울릴 수 없다. 우리의 만남에는 언제나 위험한 면이, 짜릿한 것이 있었다. 누군가 우리를 발견했다면 난 죽을 수도 있었다. 이치 역시 그 점을 알았다. 이치가 정말로 순수한 사람이었다면, 이 사실을 알면서도 날 계속 만나려 하진 않았을 거다.

이치의 어둠은 과연 어느 정도로 깊은 걸까? 지난 3년간 한 달에 한 번씩 만났을 뿐인 사람을 내가 잘 안다고 할 수 있나?

불안감이 점점 커지며 마구 끓어올랐다. 이치에게 거세게 입술을 비비자 달콤한 피 한 가닥이 흘러나왔다. 하지만 그럴수록 온통 흐트러진 머릿속으로 이미지들이 갈가리 찢겨나갔다. 양광이 내 몸 위에 올라탔을 때 저항하지 않았던 내 모습, 그의 아머가 내 몸을 짓눌러 꼼짝 못하게 했던 일, 지금처럼 내게 키스했던 그의 입술, 나를 괴롭히고 목 조르던 형천에게 저항할 수 없었던 나.

구내식당 탁자에 고였던 새빨간 피 위로 이세민이 좀처럼 보여주지 않았던 날것의 미소를 지었을 때, 눈을 떼지 못했던 나.

문득 공포에 질려 벌떡 일어섰다.

이치의 눈빛에서 몽롱한 느낌이 사라졌다.

"왜 그래?"

"아, 아무것도 아냐."

나는 고개를 흔들며 다시 몸을 숙였다. 그때 소리가 울렸다.

삐. 삐. 삐.

우리는 협탁에 놓인 손목 기기를 바라보았다. 이치는 내 어깨를 가볍게 두드리고는 기기를 살펴보려고 몸을 움직였다. 스크린의 불빛이 그의 얼굴에 어른거렸다.

이치의 얼굴이 급격히 일그러졌다.

그는 침대에서 벌떡 일어섰다. 그러고는 재빠르게 옷을 입고 문을 열었다.

"이세민 때문이야. 심박 수가 걷잡을 수 없이 올라가고 있어."

제22장

난장판

바닥에 쓰러진 이세민은 괴로워하며 돗자리를 움켜쥐고 있었다.

"이세민!"

이치가 그의 옆에 앉아 손목의 맥을 짚었다. 이치의 목소리가 약간 쉰 것 말고는 우리가 지금껏 뭘 하고 있었는지 알 만한 단서는 없었다.

"왜 이래? 뭘 한 거야?"

"문덕이니?"

이치를 바라보는 열기 어리고 부드러운 이세민의 표정을 보자 문가에서 발이 떨어지지 않았다. 달빛을 받아 드리워진 나의 그림자가 두 소년의 위로 어른거렸다. 이세민은 상처로 가득한 손으로 이치의 얼굴을 감쌌다.

문득 그는 놀란 듯 이치를 밀쳤다.

"안 돼. 오지 마……. 나에게서 떨어져, 문덕아. 조종석에 타지 마."

"애가 왜 이 지경이 된 거야?"

나는 발을 절며 방으로 들어가 이치의 옆에 웅크리고 앉았다. 시큼하고 역겨운 약초 냄새가 났다. 이치가 달래며 겨우 먹인 탕약을 다 토한 모양이었다.

"이세민이 환각을 보고 있어."

이치는 맥을 짚으며 얼굴을 찌푸리더니, 이세민의 짧은 머리카락을 쓸어 올리고 그의 이마에 자신의 이마를 댔다.

"열이 심한데."

"설마 이게 다 술을 못 마셔서 그런 거야?"

"그래서 금단 현상이 심각하다고 하는 거야. 측천아, 얘랑 같이 있어줘. 나는 사마의와 의사를 불러올게. 밖에 나가야겠어. 나 때문에 혼란스러워하는 것 같아."

이치가 돗자리를 짚고 일어서려 하자 이세민이 그의 옷자락을 꼭 쥐었다.

"문덕아……, 조종석에 타지 마……. 가지 마……."

무언가 묵직한 것이 심장을 짓누르는 듯했다. 애써 그 감정을 떨쳐내고 이세민의 얼굴을 나와 마주 보게 했다.

"이치는 네 반려가 아니야! 그리고 문덕은 죽었어!"

"측천아, 지금 상황에 더 힘들게 할 필요는 없잖아."

방을 나서던 이치가 돌아서 나를 나무랐다.

당황스럽고 조금 화도 났지만 결국 축 늘어진 이세민의 고개를 받쳐주었다. 구슬땀이 맺힌 그의 두피가 내 손바닥을 뜨겁게 달구었다. 부르르 떠는 그의 몸에 내 몸이 함께 떨렸다.

왜 이런 식으로 이세민에게 계속 반응하는 거지? 숨겨진 무의식이 세상이 나의 주인이라고 정해준 남자를 섬기자고 마음먹기라도 한 걸까? 그런 일은 전혀 바라지 않았다. 나는 입술을 꾹 물었다.

"네가 싫어. 너 때문에 내가 망가지고 있어."

높고 불안정한 목소리가 흘러나왔다. 그의 시선은 자꾸만 초점을 잃고 부유했다.

"미안해."

"미안하다는 말 좀 하지 마!"

"미안해……."

이세민의 눈꺼풀이 닫혔다. 하지만 떨림은 멈추지 않았다.

"하아, 이렇게까지 심해졌을 줄은 몰랐다."

사마의는 의무실 의자에 앉아 의자를 빙글 돌리며 투덜거렸다. 급하게 얼기설기 묶은 상투를 달고서 잠옷 위에 전략가 예복을 망토처럼 걸친 모습이었다.

"수-당 쪽 놈들은 무능한 바보야. 이 지경이 되도록 내버려 두다니 믿을 수가 없군."

"중앙사령부에서 이세민의 상태를 몰랐단 말입니까?"

이치는 침대 옆 의자에 앉아 있었다. 걷잡을 수 없이 떨리는 이세민의 손을 잡은 채였다.

"그래, 몰랐어. 내가 훈련시킬 때만 해도 이 정도는 아니었으니까. 수-당 쪽에 구체적인 훈련 계획까지 남겨두고 갔건만……."

사마의는 외투를 꼭 여미고는 몸을 돌렸다.

"문덕이 그렇게 된 후에, 이세민은 많이 힘들어 했어. 그렇게 무너진 애를 돌봐주지 못하고 나도 곧 떠나버렸지. 이쪽 녀석들이 이세민의 감정을 다루는 데 지친 나머지, 노역이든 전쟁이든 닥치는 대로 굴린 모양이야."

나는 이치 반대편에 앉아 이세민의 떨리는 팔을 누르고 있었다. 떨림이 멈추지 않는 바람에, 군의관들은 실험실에서 제조한 신경안정제를 맞기 전까지는 침을 놓을 수 없다며 우리를 두고 그냥 가버렸다.

기의 흐름을 약물로 제어하는 것은 좋지 않다. 하지만 동시에 이세민이 오랫동안 마셔온 술이 기의 흐름을 방해하고 있기도 했다.

의사들은 이세민이 가진 본연의 기가 심하게 손상되어서, 더 이상 재생되지 못하고 고갈되기만 할 거라고 말했다. 그리고 이미 간 기능이 매우 떨어져 해독 작용이 잘 이루어지지 않고 있으며, 다시 술을 마실 경우 다음번 금단 증세는 더 심해질 거라고 했다. 그때 그가 살아날 수 있을지는 장담조차 할 수 없단다.

사실 지금도 의사들은 이세민이 살아날 수 있을지 장담하지 못했다.

귀에서 날카롭고 가느다란 이명이 울렸다. 세상이 무너져 내리는 듯했다. 손에 쥔 이세민의 팔이 눈에 들어왔다.

차라리 지금 이세민이 죽는다면 완벽하지 않을까? 전쟁터의 주작 안에서 이세민을 죽인다면 혼돈들은 그의 죽음을 감지하고 조금은 물러설 테다. 혼자 남은 나를 감당할 남성 조종사도, 혼돈의 공격도 없는 상황에서 군대가 날 살려둘 이유는 없다. 하지만 이세민이 이 대로 죽는다면 군대는 나를 처형할 죄목을 찾지 못할 것이며, 혼돈은 현재와 같은 기세로 계속 침략할 것이다. 전력에 공백이 생긴 군대는 주작을 나의 크리살리스로 배정할지도 모른다.

"게다가 이세민은 감옥에서 간의 절반을 잘렸어."

순간 들려온 이치의 말에 나는 상념에서 화들짝 벗어났다.

"뭐라고?"

이치가 나를 바라보며 말했다.

"간의 절반과 신장을 적출당했어. 건강한 사형수들은 다 그렇게 장기를 적출당해. 이식이 필요한 사람들에게 주려고."

온몸의 피가 싹 빠져나가는 기분이었다. 신장은 원초적 기에 가장 중요한 장기다. 신장 하나를 떼어낸다는 것은 수명이 절반으로 줄어든다는 뜻이었다.

"네가 다른 사형수의 것을 하나 사서 주면 어떨까?"

사마의의 물음에 이치는 고개를 끄덕였다.

"살 수야 있죠. 하지만 이식은 큰 수술이기 때문에 몇 달은 요양을 해야 해요. 그동안 크리살리스를 조종하지 못할 텐데, 군대가 그걸 두고볼까요?"

사마의가 입술을 죽 말아 물었다.

"주 지방을 탈환할 때까지는 안 되겠군."

"언제나 그 문제로 돌아오네요, 그렇죠?"

이치가 한숨을 쉬며 이세민의 손을 더욱 꽉 쥐었다.

나는 맞잡은 두 사람의 손에서 눈을 뗄 수 없었다. 실험실에서 스
포이트로 용액을 다루고 약초를 분류하는 늘씬한 손이 적들을 반쯤
죽여놓는 무시무시한 손을 잡고 있었다.

아니, 놀랍도록 예술적인 필체로 시를 쓸 줄 아는 손이라고 해야
할까.

나는 여전히 괴로움으로 구겨져 있는 이세민의 얼굴에서 애써 눈
길을 돌렸다.

아니야. 신경 쓰지 말자. 이세민이 이렇게 죽을 리 없어. 이치가 책
임지고 그를 해독시킬 거야.

"힘내서 견뎌, 이 바보야."

팔을 잡은 손에 힘을 주자 이세민은 거칠게 마른기침을 뱉더니 일
어나려 했다.

"움직이지 마."

이치가 급히 그의 머리를 품에 안았다. 이세민은 중얼거리며 이치
의 손에 얼굴을 비비적댔다.

"가지 마."

"안 갈게."

속이 뒤틀렸다. 나는 기본적으로 다른 사람을 배려하는 데 서툰 사

람이다. 하지만 난 이치에게 기대서도, 내가 처한 난장판에 이치를 끌어들여서도 안 된다. 그럼에도 불구하고 끓어오르는 질투심 때문에, 나는 이세민을 달래줄 수가 없었다.

이치는 그가 물을 마시도록 도와주었다. 이세민은 그것을 한 모금 마시더니 곧바로 침대 옆에 토해 버렸다. 그의 입에서 위산과 함께 피가 뿜어져 나왔다.

그 순간 사방이 새빨갛게 변했다.

망루의 콘크리트 통로 사이로 경보음이 울렸다. 천장에 달린 크고 둥근 전구에서 뿜어진 붉은빛이 온 방을 밝혔다.

나는 자세를 고쳐 똑바로 앉았다. 사마의는 자리에서 일어나 멍하니 입을 뻐끔거리다가 무어라 말했다. 하지만 경보음에 묻혀 들리지 않았다. 결국 그가 소리를 질렀다.

"혼돈이 이렇게 빨리 재공격을 하다니! 너무 일러!"

"우리 때문일까요?"

내가 소리치자 사마의는 손을 저었다.

"그런 생각은 하지 마! 지금은 너희가 출전할 때가 아니야!"

"네!"

이렇게 대답하면서도 행동에 나서고픈 충동을 억누르기 힘들었다. 내 안에 전쟁의 판도를 바꿀 만한 힘이 있다는 걸 알게 된 지금, 크리살리스 안에서 또 다른 소녀가 죽는다면 나에게도 책임이 있었다.

바깥에서 일어난 대규모 충돌에 벽이 흔들렸다. 충돌 주기는 점점 빨라지고 있었다.

나는 의자에서 일어나 진동하는 창문으로 다가갔다. 그리고 커튼을 한쪽으로 걷었다.

그 자리에는 백호가 있었다. 호랑이 모습을 한 그 크리살리스는 네 발로 망루에서 달려나갔다. 녹색과 검은색 줄무늬가 섞인 창백한 다리가 빛을 내뿜으며 흐릿하고 어두운 밤 속으로 사라졌다. 쿵쿵 땅을 울리는 백호의 발걸음이 멀어지는 것이 느껴졌다. 금형(金型) 크리살리스인 백호는 광선포를 쏘기에는 적합하지 않을지 몰라도, 병기 내부의 특성을 잘 제어하고 조율했다. 생동감 있는 목기(木氣)를 온몸에 공명시켜 표범처럼 빠르게 달렸고, 적응형 수기(水氣)를 사용하여 부드럽고 유연하게 움직였다.

나는 흥분하며 이치에게 말했다.

"이것 봐!"

하지만 이치는 이세민의 입에서 흐르는 피를 거즈 뭉치로 닦으며 내겐 들리지 않는 말을 그에게 속삭일 뿐이었다. 이세민은 고개를 끄덕였지만 여전히 떨고 있었다.

그 광경에 소외감을 느끼다니, 나 자신에게 무척 당황스러웠다.

경보음은 1분 후 서서히 잦아들었다. 사마의의 손목 기기에서 들려오는 전투 방송 소리를 제외하곤 사방이 적막했다. 나는 방송을 보기 위해 절룩거리는 발걸음으로 그에게 다가갔다.

스크린을 가르는 초록색 광채와 스피커를 터트릴 듯한 폭발적인 굉음과 함께, 백호가 변신하고 있었다. 다리가 길어지고 어깨는 넓어졌다. 늘어난 앞발은 손톱 달린 손의 형태가 되었다. 턱이 크게 벌어지면서 안쪽으로부터 인간형 얼굴로 변신해 가던 백호는 최종적으로 호랑이 얼굴 모양 투구를 쓴 전사의 모습을 갖추었다. 몸통은 불투명한 유리로 만든 아머처럼 변했다. 어깨 위, 가슴판, 팔과 다리 곳곳에 녹색과 검은색 무늬가 수놓아졌다.

금형 크리살리스는 토형 다음으로 변신하기 어렵지만, 백호 크리살리스의 영웅형 변신은 3초도 채 되지 않아 완료되었다.

"조종사들이 어떻게 이토록 잘 협력할 수 있죠? 비결이 뭐예요?"

나는 믿을 수 없다는 듯 고개를 저으며 물었다.

사마의는 비난하는 눈빛으로 잠시 쏘아보더니 대꾸했다.

"저들은 자신들이 한 팀이라는 걸 잘 알아. 각자 잘하는 일을 맡아서 하고, 필요할 땐 물러설 줄 알지. 그러니 통제권을 두고 싸울 필요가 없어. 서로를 믿거든."

백호가 가슴판에서 자신의 대표 무기인 기다란 과를 비틀어 꺼내기 시작했다. 그의 눈빛은 초록색 목기와 검은색 수기로 흐릿하게 빛났다. 목기는 변신에, 수기는 기 금속을 형성하기에 좋기 때문이다. 뽑혀 나오는 과의 주위로 검은 웅덩이가 패이는 듯했지만, 과가 완성되자 가슴판은 원래대로 돌아갔다.

백호가 과를 휘두르며 전쟁터로 뛰어들었다. 한쪽 눈은 초록색, 반대편 눈은 검은색이었다. 두 기가 하나로 화합했다. 두 심장이 하나처럼 뛰었다. 백호는 떼를 이루어 번뜩이는 혼돈 위로 뛰어올라 놈들을 쓸어버렸다.

나는 화면 너머로 이세민을 가만히 바라보았다. 나도 모르게 입술을 깨물고 있었다.

그때 이치가 고개를 번쩍 들었다.

"이게 무슨 소리죠?"

복도를 울리는 요란한 군홧발 소리가 점점 커졌다. 문 앞에 도착한 병사들이 무어라 고함을 쳤다. 나는 사마의를 바라보았다.

그가 입을 다 떼기도 전에 문이 벌컥 열리더니 거대한 뱃살을 흔들며 전략가가 방으로 들어왔다. 수-당 국경 지역의 수석전략가, 안록산이었다. 사마의는 수업 때 종종 그에 대한 웃긴 이야기를 해주곤 했다.

"여기 있었군."

안록산은 깊은 숨을 들이쉬더니 이세민을 가리키며 말했다.

"전투에 나가라. 당장."

제23장

둘 다
너무나 비참한

"안 돼요!"

이치와 사마의와 나는 동시에 소리쳤다.

하지만 안록산의 눈은 이세민에게 고정되어 있었다.

"이건 명령이다. 지금 당장 셔틀을 타고 주작으로 가!"

빨간 불빛을 받은 병사들이 핏덩이처럼 방으로 쏟아져 들어왔다. 하지만 모든 병사들이 우리를 향해 총을 겨눈 것은 아니었다. 사마의와 함께 온 병사들은 사마의의 주위를 둘러섰다. 서로에게 총구를 겨눈 채 마주 보고 선 병사들의 얼굴에는 혼란스럽고 불안한 기색이 스쳤다.

"이 조종사는 지금 전투에 나갈 상태가 아닙니다!"

의자에서 벌떡 일어나 사마의가 침대 앞으로 성큼성큼 걸어갔다.

한밤중에 화장실에 가는 옷차림만 아니었다면 훨씬 더 단호해 보였을 테지만.

"어제 내 조종사 둘을 때려눕히지 않았소? 그 정도를 할 수 있었으니 지금도 괜찮을 거요."

안록산이 놀라울 정도로 가볍고 민첩한 발걸음으로 다가오자, 나는 비명을 지르며 뒤로 물러서고 싶은 충동을 느꼈다. 이치에게로, 어딘가 안전한 곳으로. 하지만 약한 모습을 보일 순 없었다. 나는 제자리에 단단히 선 채로 넘어지지 않기 위해 사마의의 의자에 기대어 몸을 지탱했다.

"이세민은 지금 금주 중입니다."

이치가 의자를 밀며 일어섰다. 손은 이세민의 어깨에 머물러 있었다. 안록산이 눈살을 찌푸렸다.

"나도 알아. 지금은 그런 것 따위는 상관없는 긴급 상황이다. 조종사는 항상 화하를 위해 모든 걸 바칠 준비가 되어 있어야 해."

"전투를 치른 지 겨우 이틀입니다!"

사마의의 목소리에는 뼛속까지 오싹하게 만드는 힘이 있었다. 툭하면 투덜대고 짜증을 내는 그의 성격 탓에 군대에서 그가 가진 위상을 잊곤 하지만 그는 분명 날카롭고 위엄 있는 전략가였다.

"이틀이란 말입니다. 이틀요. 안 전략가, 당신 미쳤습니까? 이 아이들을 다시 전투에 보내다니요?"

"사마 전략가, 잘 생각해 보시오. 구미호와 주작이 3단계 변신을 했잖소. 완성형은 아니었으나 그 변신은 분명 혼돈을 자극했고, 우리의 방어 능력을 넘어서는 공격을 펼치려 하고 있소."

그의 따가운 눈빛이 나를 스쳤다. 온몸에 소름이 끼쳤다.

"누구 때문에 일어난 일인데. 타협을 할 줄 알아야지."

그러나 사마의의 눈빛은 칼처럼 날카로웠다.

"그렇다고 이세민을 공물로 바칠 수는 없습니다."

"수-당 고위 전략가들이 다수결로 이것이 최선의 방책이라고 이미 결론 내렸소. 모두 이 지역의 복잡한 정세를 잘 아는 전문가들이니, 그들이 그렇다고 하면 따라야지요. 당신도 알겠지만, 이 조종사는 통제 불능이었소. 전투에 내보낼 때마다 황소를 도살장에 데려가는 꼴이었지요. 자기 목숨이 위험한 것도 아닌데 말이오! 전술에 제대로 써먹지도 못하는 놈이었지 않소!"

"진시황제 다음으로 높은 기력을 지닌 조종사를 공물로 바치겠단 말입니까? 중앙사령부를 대표해서 난 허락할 수 없습니다!"

사마의의 강경한 태도에 안록산은 콧김을 뿜으며 소리쳤다.

"중대한 위험 상황인 경우, 지역 전략가들은 필요에 따라 어느 조종사든 배치할 권리가 있소. 우리는 이것이 군대와 국민을 보호하기 위해 반드시 필요한 조치라고 여기고 있소!"

사마의는 이 논쟁에서 점차 지고 있었다.

안록산과 병사들은 한 발자국도 움직이지 않았지만, 그럼에도 피비린내 나는 악몽 속 존재처럼 이쪽으로 다가오는 듯했다. 무릎이 후들거렸다. 마음을 가라앉히기 위해 숨을 천천히 내뱉어야 했다. 어떤 절박함이 내 안에서 부글부글 끓었다. 뭐라도 해야 했다.

나는 마침내 고개를 들었다.

"조종사를 공물로 바친다니, 제가 제대로 들은 건가요?"

"닥쳐라. 남자들이 말하는 데 감히 끼어들다니."

안록산의 말에 분노가 끓어올랐다. 두려움을 산산조각 내고 모든 근육을 팽팽하게 긴장시키는 강렬한 분노가. 나는 병사들이 든 총을 바라보며 생각했다. 안록산의 코를 부러뜨리면 어떻게 될까. 그럴 만한 가치가 있을까.

"공물을 바친다는 건 겁쟁이나 하는 짓입니다!"

"사마의 전략가, 미안하오만 지금 이럴 시간이 없소. 화하의 안위가 위태롭단 말이오."

안록산의 눈에서 섬뜩한 주홍빛 안광이 나오는 듯했다. 그가 옆에 있던 병사에게 손짓하자 병사가 등 뒤에서 곡주가 가득 든 술병을 꺼냈다.

벌떡 일어난 이세민이 숨을 헐떡이며 술병에 달려들었다.

이치와 사마의가 그를 저지하자 여기저기서 고함이 터졌다. 나는 사마의의 의자에 기대어 비틀거렸다. 머리가 빙빙 돌고 심장이 터질 것처럼 빨리 뛰었다.

왜 저 병을 가져왔을까?

안록산이 병사에게서 병을 받아 마개를 열었다. 그는 이세민에게 불쌍하다는 시선을 보내며 말했다.

"이거 마시고 싶지? 그럼 어떻게 해야 하지? 그렇지, 얌전하게 전쟁터로 나가야지. 그럼 줄게."

뜨거운 것이 목구멍을 꽉 막았다.

전에도 이랬던 게 분명했다. 이것이 이세민에게 술을 허락한 이유였다. 수-당 지역 전략가들은 술을 미끼 삼아 이세민을 전쟁터에 내보냈고 죄 없는 소녀들을 죽였다.

발에 통증이 있었지만 개의치 않았다. 나는 쿵쿵 걸어 나가 안록산이 손가락으로 잡고 있던 술병을 확 쳤다. 떨어진 술병이 깨지면서 유리와 독한 술 냄새가 바닥에 퍼졌다.

안록산이 놀란 눈으로 나를 빤히 쳐다보았다. 그가 팔을 홱 들어 올렸다.

그의 손이 멍든 뺨을 내리치자, 내 몸은 침대 발치로 날아갔다. 열기와 고통에 얼굴이 부서질 것 같았다. 머리가 멍했다.

"측천아!"

이치가 내 옆으로 뛰어왔다.

"이치, 무빈을 데리고 나가! 어서!"

사마의는 이세민을 침대에서 일으킨 다음 문으로 밀어붙였다.

당황한 것도 잠시, 이치는 나를 번쩍 들어 안았다.

"감히 날 쏠 순 없을 거다. 난 중앙사령부 소속이야!"

사마의는 대치 중인 병사들 사이를 헤쳐 나가며 소리쳤다.

"날 쏠 순 없을 겁니다! 난 부잣집 자제라고요!"

이치가 사마의가 헤치고 간 틈으로 슬그머니 빠져나가며 소리쳤다.

우리는 검붉은 빛으로 가득한 복도로 나왔다. 우리를 따라오는 군홧발 소리가 들렸지만, 느릿하고 주저하는 기색이 느껴졌다. 병사들은 중앙사령부와 지역 전략가 사이에 생긴 알력에 혼란스러워하고 있었다. 안록산이 우리에게 퍼붓는 욕설이 복도에 쩌렁쩌렁하게 울렸다.

나는 이치의 품에서 하릴없이 흔들렸다. 그를 짓누르는 내 몸의 무게가 느껴졌다. 이세민은 사마의의 부축을 받아 비틀비틀 걸었다.

너무나 비참한 이 순간, 이세민과 나의 눈빛이 마주쳤다.

어쩌면 주작에 타서 이대로 삶을 끝내버리는 편이 나을지도 몰라. 그럼 이렇게 무력하게 당하고만 살지는 않을 테니.

생각할수록 화가 났다. 나의 무력함은 다섯 살 때 가족들이 발을 반으로 접어 부러뜨리면서 생겼다. 하지만 이세민은 왜…….

사마의가 엘리베이터에 손목 기기를 가져다 댔다. 그리고 열리는 문 사이로 이세민을 집어넣었다. 이치는 나를 안은 채 바닥에 주저앉아 가쁜 숨을 헐떡였다. 사마의는 다급히 '닫힘' 버튼을 눌렀다.

문틈으로 보이던 복도의 광경이 거의 사라져 가던 순간, 병사들이 나타났다.

닫혀! 제발 닫히라고!

그때 누군가의 손이 잽싸게 문틈을 파고들었다.

나는 속으로 비명을 질렀다.

예복 주머니에서 주사기를 꺼내 그 손을 찌른 사람은 바로 이치였다. 손은 깜짝 놀란 뱀처럼 스르륵 빠져나갔다.

엘리베이터가 덜컹대더니 아래로 내려가기 시작했다.

거친 숨소리와 움직이는 기계의 소음이 흘렀다.

"너!"

나는 몸을 가누고 서서 이세민의 가슴을 밀쳤다. 그는 힘없이 벽에 부딪혀 바닥에 주저앉았다. 그 충격에 엘리베이터가 흔들거렸다. 이치와 사마의가 나를 말렸지만 무시했다.

"너, 지금껏 이런 식으로 저놈 손에 놀아난 거지?"

이세민은 힘겹게 벽에 기대어 앉았다. 그는 여전히 떨고 있는 손을 맞잡아 깍지 끼고는 두 손으로 이마를 눌렀다. 대답은 없었다.

이치가 내 어깨를 잡았다.

"측천……."

나는 이치의 손을 쳐내며 더 크게 소리쳤다.

"고작 술 때문에 전쟁에 나가 여자애들을 죽였니?"

"그런 것만은 아니야!"

이세민이 목멘 소리로 외쳤다. 막 도려낸 심장을 삼킨 듯, 그의 입가에는 토한 피가 얼룩져 있었다.

"그만!"

사마의가 팔로 내 앞을 가로막았지만, 나는 계속 소리쳤다.

"크리살리스를 작동시킬 때마다 여자애들이 죽는다는 걸 알았으면서, 그걸 알면서도 그 애들 목숨보다 네가 마실 술이 더 중요하다고 생각했던 거잖아!"

"측천!"

이치가 목소리를 높였다.

나는 움찔했다. 이치가 나한테 큰 소리를 낸 건 이번이 처음이었다.

그는 곧바로 누그러졌다.

"측천아, 지금 이세민은 정말로 아픈 상태야. 뇌도 다른 장기와 마찬가지로 병들 수 있어. 지금 이세민의 뇌는 병들었어. 감기 걸린 사람의 폐는 멋대로 기침하는 걸 막을 수 없잖아. 지금 이세민의 뇌는 멋대로 술을 원하고, 의지만으로는 그걸 막을 수 없는 상태인 거야. 네가 보는 이 모습이 본래의 이세민은 아니라고. 그러니 좀 이해해 줘."

"아니야, 측천의 말이 맞아⋯⋯."

이세민은 헝클어진 머리카락 사이로 나를 노려보며 일어섰다.

"이게 본래 내 모습 맞아. 하지만⋯⋯ 내가 그 여자애들보다 더 중요하다고 생각했던 건 술이 아니야. 나였지. 난 스스로를 살리려고 그 아이들을 죽게 내버려 뒀어. 한 번도, 빠짐없이, 꼬박꼬박. 이걸 인정하길 바랐던 거지?"

이세민이 기침을 했다. 그는 손목으로 입에서 튀는 피를 막았다.

"자, 그래. 인정해! 이제 만족해?"

그가 피 묻은 팔을 옆으로 휘둘렀다. 거친 목소리가 텅 빈 공간 속으로 사라졌다. 엘리베이터가 흔들리며 더 깊은 곳으로 내려가고 있었다.

이세민의 턱까지 흘러내린 반짝이는 눈물 자국을 차마 볼 수 없었다. 나는 눈을 질끈 감고 벽에 등을 기댔다. 심장이 두근두근 뛰었다. 공허한 가슴속에 작고 외로운 마음이 고동쳤다.

"대화는 다 끝났나?"

사마의가 퉁명스레 물었다.

"우리…… 어디로 가는 거죠?"

나는 두 손으로 머리를 감싸 쥔 채 웅얼거리듯 물었다.

"첩 숙소로 간다. 양견 대공의 첩 숙소가 비었거든. 전투가 끝날 때까지 숨어 있으면 안록산도 어떻게 하지 못할 거야. 그리고…… 너희 둘은 서로에게 품은 감정의 응어리를 풀어내는 게 얼마나 중요한지 잘 모르는 것 같다."

답답함과 분노를 억누르느라 사마의는 몸을 떨었다.

"안록산의 말도 일리는 있어. 혼돈이 갑작스럽게 공격한 건 주작의 3단계 변화 때문이지. 마치 완벽한 변신에 성공이라도 한 듯이 과하게 반응하고 있어. 우리에게 놈들을 쓸어버릴 힘이 생겼음을 감지한 거겠지. 앞으로 혼돈들은 계속 공격해 올 거다. 그러니 너희가 제대로 된 짝이 되지 않으면 우리에겐 혼돈의 거센 반격에 대항할 힘이 없고, 결국 놈들에게 패배하고 말 거야. 그때는 너희를 공물로 바칠 수밖에 없겠지. 내 말 알겠나?"

"공물로 바친다는 게 정확히 무슨 뜻입니까?"

이치의 질문에 사마의는 콧대를 꾹꾹 누르며 대답했다.

"우리가 이길 가망이 전혀 없는 상황에서 조종사 하나를 불쑥 투입한다. 말할 것도 없이 그는 혼돈들의 공격을 받고 죽어. 다시 말해, 놈들에게 조종사 하나를 제물로 바쳐서 화를 달래주고 공격을 멈추도록 하는 거지. 공개적인 언급을 피하고 있지만 실제로 일어나는 일이다. 다루기 힘들거나, 비협조적이거나, 너무 나이 든 조종사들이 공물의 대상이 되곤 하지."

위장이 마구 펄떡여 폐를 치는 느낌이 들었다. 너무 많다는 그 나이는 고작 스물다섯 살을 뜻하고 있었다. 25세는 뇌의 발달이 멈추고 크리살리스를 조종할 만큼의 유연함이 사라지는 나이다. 그 나이가 넘도록 살아남는 조종사는 거의 없다. 스무 살을 넘기기도 쉽지 않다.

오싹하지만 놀랍지는 않다. 조종사들은 너무나도 이른 나이에 언론에 보도되고 인기를 얻었다가 금방 사라지니까.

이치는 머리를 쓸어 올리며 그렇지 않아도 얼기설기 묶인 머리를 엉망으로 만들었다.

"성현들에게 부탁해 볼 순 없는 겁니까? 그들은 안록산을 막을 수 있지 않습니까."

사마의는 고개를 저었다.

"모든 성현들이 우리가 혼돈에 반격할 수 있다고 생각하지는 않아. 중앙사령부에도 찬성하지 않는 사람이 있고. 일이 잘못되면, 혼돈들이 우리를 격파하고 만리장성을 무너뜨릴 테니. 그러면 당 지방도 잃을 게 뻔하지. 주 지방처럼."

듣기만 해도 얼굴에서 핏기가 가시는 이야기였다.

"우리가 죽느냐, 국민이 죽느냐군요."

무릎에 힘이 들어가지 않았다. 나는 이세민처럼 바닥에 주저앉으며 말했다.

"수-당 지방의 모두가 죽는 거군요."

그러자 사마의는 믿기지 않을 만큼 힘 있는 목소리로 말했다.

"그런 생각은 겁쟁이들이나 하는 거다! 강력한 조종사들을 데리고 도박을 해보지 않는다면 대체 어떻게 전쟁에서 이긴단 말이냐? 너희는 대단한 기력을 지니고 있고, 이렇게 한 쌍이 되었어. 수백 년에 한 번뿐이라고 단언할 수 있는 기회다. 난 너희 둘을 포기하지 않아!"

엘리베이터가 다시 한 번 덜컹거렸다. 그 순간, 나와 이세민의 눈이 마주쳤다. 비참함에 잠겨버린 눈들이었다.

난 그를 죽일 수 없다. 심지어 크리살리스 안에서도. 군대의 대다수는 제아무리 희귀하고 믿을 수 없을 만큼 강한 조종사라 하더라도, 맘에 들지 않는다면 조종사의 힘을 이용하기보단 그저 공물로 바치는 편을 택할 것이다.

어쩌면 그와 나는 날개를 서로 공유하는 한 마리의 새일지도 모른다. 한쪽 눈과 한쪽 날개만 지닌 채로 숲 바닥을 절룩거리는 반쪽짜리 새. 의지할 짝을 찾아야 비로소 하늘을 날 수 있는 가련한 새 말이다.

나는 관자놀이를 누르며 좌절에 찬 신음을 내뱉었다. 모두 틀렸어. 이세민과 나는 화하에서 가장 강력한 두 조종사라고. 다른 이들과 엄청난 격차를 보이는 존재야.

그는 철의 왕이 되어야 하고, 나는 철의 왕비가 되어야 마땅해.

하지만 우리에게 허락된 자리는 철의 악마와 철의 미망인뿐이지.

이래선 안 돼. 나는 이 힘을 놓칠 수 없어.

내가 이제껏 배운 게 하나 있다면, 무차별적인 힘은 그 자체로 아무런 의미가 없다는 점이었다. 다른 이들이 나를 쓰러뜨리고 싶게 만들 뿐이다.

난 친구가 필요했다. 동맹이 필요했다. 수-당 국경 지방 출신 사람으로 말이다. 사마의와 제갈량은 상부의 권위를 휘두르며 수-당 전략가들을 짜증 나게 만들고만 있다. 나에겐 이 지방 전략가들을 설득해서 우리를 공물로 바치려는 시도를 막아줄 사람이 필요했다.

다시 말해, 독고가라 같은 사람이 도와주어야 한다.

사마의가 다시 전투 방송을 켰다. 나는 백호에게 집중했다. 어느 누구보다 독고가라가 나를 가장 잘 이해해 줄 것 같았다. 내가 오기 전, 그녀는 가장 강력한 여성 조종사였으니까. 그녀는 지난 7년간 수-당 전략가들과 친하게 지내왔을 것이다. 적어도 그들의 마음을 돌릴 정도로는.

이제 그녀를 만날 때가 되었다.

제24장

암호랑이

안록산은 우리의 돌발 행동에 당연히 격분했다. 하지만 제갈량이 우리 편을 들어준 덕분에, 전투가 끝난 다음에 우리에게 이렇다 할 짓을 저지르지는 못했다.

언제까지고 이런 식으로 지낼 수는 없었다. 중앙사령부는 다양한 국경 지방과 그 지역 전략가들에게 명령을 내리는 동시에, 성현들에게 명령을 받아 수행하는 중간 관리자급 기관이다. 그들은 각 지역의 복잡한 정세를 모두 알 만한 실무진도, 마음대로 권력을 휘두르는 임원진도 아니다. 만약 수-당 지방의 모든 고위 전략가들이 이세민과 나를 공물로 바치자고 주장한다면, 성현들은 중앙사령부보다 그들의 말을 더 신뢰할 것이다. 아무리 중앙사령부가 화하 최고 지성을 모아놓은 전략가 집단이라 하더라도 말이다.

우리는 다른 방안이 필요했다.

개황 망루가 훈련 기지 바로 앞에 있긴 했지만, 엄격한 규칙에 따라 독고가라와 양견은 비전투 기간에 항상 훈련 기지에 머물렀다. 이 점을 이용하여 나는 공동 샤워장에서 독고가라를 만날 기회를 만들었다. 내게 옥 목걸이를 선물받은 샤워장 담당 아주머니는 독고가라가 오는 시간을 알려주었다.

벌거벗은 채로 반투명한 비닐 커튼을 지났다. 샤워실 수증기 사이로 여자 여섯 명과 그들의 아이들이 보였다. 대부분은 시녀 아주머니들인 것 같았다.

그리고 독고가라가 있었다.

그녀는 단연 눈에 띄었다. 구석진 곳, 낮은 아무 의자에 앉아 머리를 감고 있는 그녀의 등에는 하얀 금기의 척추 지지대가 길게 뻗어 있었다. 그 지지대는 백호 아머에서 나온 것으로, 척추에 항상 연결 침을 꽂아 둔 것과 같아, 아머를 입을 때 몸을 기대기만 해도 신체와 연결되게 해주었다. 쉽게 말하자면 척추 지지대는 조종사들이 침에 찔릴 때마다 느끼는 고통을 없애주고 아머와의 연결 속도를 높이는 장치였다. 지지대의 침은 아주 가느다랗기 때문에 조종사들이 일상 생활에서 움직이는 데 별지장을 주지 않는다.

나는 유리병에 담긴 목욕 용품 바구니를 들고서 몇 분이나 타일 바닥에 가만히 서 있었다. 수없이 많은 일을 겪어왔지만, 독고가라 앞에서는 그저 변방의 보잘것없는 농가 출신 소녀가 된 기분이었다. 소녀가 달성할 수 있는 최고의 지위인 대공비 장군 앞에서, 감히 눈을 들 수도 없는 천한 존재가 된 듯했다.

이 마음으로는 독고가라의 마음을 살 수 없을 것이다.

아니야. 이젠 내가 가장 강력해.

스스로에게 기를 불어넣듯 속으로 되뇌었다.

나는 목욕탕용 나무 의자를 하나 잡고서 절룩거리며 그녀에게 다가갔다. 내가 옆에 털썩 앉자, 머리를 감던 독고가라의 손이 멈췄다. 벽 틈에 설치된 적외선 등이 비추는 증기에서 젖은 금속의 맛이 감돌았다. 그녀는 천천히 나를 바라보았다. 얼굴은 굳은 채 공격의 기세가 서려 있었다. 내 얼굴을 뜯어보던 그녀는 곧 놀란 표정으로 바뀌었다. 홍채에선 초록색 목기가 이글거렸다.

나는 그녀와 똑같은 표정을 짓지 않으려 애썼다. 너무도 떨렸다.

세상에. 독고가라가 날 똑바로 쳐다보고 있다니.

"안녕하세요. 전 무측천이라고 해요. 새로 왔어요."

나는 목을 가다듬고 인사했다.

독고가라가 눈을 가늘게 떴다. 순수한 오랑캐 출신인 그녀는 이세민보다 훨씬 더 깊고 날카로운 눈매를 지녔다.

"그래. *너였구나.*"

입이 바짝 말랐다. 나무 슬리퍼를 신은 그녀의 발이 보였다. 전족하지 않은 발이었다. 한족들은 오랑캐를 가리키며 '여자들을 사방팔방 뛰어다니게 놔두는 야만인'이라며 비웃지만, 나는 오히려 '문명화되어' 뒤틀린 나의 발을 내보이고 싶지 않았다.

나는 더듬더듬 말을 이었다.

"음……, 전 우리가 만나야 한다고 생각했어요. 아가씨. 아니, 부인. 아니, 독고 님……."

그녀가 뾰족한 턱을 치켜들며 말했다.

"독고 대공비 장군님이라 불러라."

순간 머리에 열이 뻗쳤다.

"네, 독고 대공비 장군님."

그녀가 샤워기를 틀자 듣기 싫은 쇳소리가 났다.

"얼굴은 어쩌다 그렇게 됐지?"

나는 멍든 뺨을 만지며 대답했다.

"맞았어요. 두 번요."

그녀는 거칠게 머리를 헹구었다.

"그랬다고 내가 신경이라도 써줄 것 같아?"

"아닙니다. 신경 쓰실 거라고 생각하지 않았습니다."

"그런데 여긴 왜 왔지? 동정이라도 받아내고 싶었니?"

얼굴이 빨개졌다. 틀린 말은 아니었으니까.

"저는 그냥 만나보고 싶어서……."

그녀의 눈이 내게 향했다. 초록색 전류가 더욱 환하게 번뜩였다.

"내가 한마디 할까, 여우 아가씨? 난 너 같은 부류를 잘 알아. 그러니 내 앞에서 얼쩡거리지 않는 게 좋을 거야. 특히 내 반려의 눈에 띄는 일이 없도록 해."

"뭐라고요?"

"내 반려의 눈에 띄지 말라고."

"그게 무슨! 왜 이야기가 그렇게 되나요?"

"넌 네가 잘나간다고 생각하지? 자기가 뭐 특별한 존재라도 된다고 생각하잖아. 구미호를 모르는 구미호라니, 정말 웃겨."

"언론에 보도된 걸 말씀하시는 거라면, 그건 제가 어쩔 수 없는 일이었어요! 전 그때 감옥에 갇혀 있었다고요!"

"있잖아, 어제 전투에 나가서 내 반려와 연결되었을 때 내가 뭘 봤는지 아니? 너였어. 내 반려의 머릿속에 네가 있었다고."

독고가라에 대한 실망감에 시커멓게 변한 분노가 유독한 연기처럼 내 속을 메웠다.

"그래서, 그게 내 잘못이란 거예요? 전 사람 대 사람으로 이야기를 나누러 왔을 뿐이에요. 그런데 당신은 온통 남자 생각뿐이군요."

막을 수 없을 정도로 빠르게, 그녀의 손이 내게 달려들었다.

타일 벽에 머리를 부딪힌 순간, 고통에 온몸이 지끈거렸다. 의자가 쭉 미끄러지며 다리가 얽히고, 고통에 휩싸인 채 미끌미끌한 바닥에 엎어졌다.

"내 반려에게 얼씬거리지 마. 남자 잡아먹는 더러운 년아."

그녀가 나를 내려다보며 쏘아붙였다.

차가운 물이 고인 축축한 바닥에 날 내버려 둔 채, 독고가라는 전족하지 않은 발로 찰박찰박 소리를 내며 자리를 떴다. 내가 절대로 따라 할 수 없는 발걸음이었다.

제25장

먹잇감

뜨겁고 멍한 가운데 앞이 빙빙 돌고 맥박이 벌떡였다. 다시 움직일 수 있게 될 때까지 족히 1분은 머리를 잡고 있어야 했다. 쏟아지는 물줄기와 아른대는 수증기 사이로 사방을 둘러보며, 다른 사람들도 독고가라의 모습에 나만큼 충격을 받았을지 가늠해 보았다.

어떤 아이가 울고 있었다. 어떤 아이는 웃고 있었다. 몇몇 여자들의 당황한 시선이 보였지만, 그들은 재빨리 사라졌다. 다들 머리카락을 정신없이 헹구고, 수건을 꽉 짜고, 서둘러 샤워기를 잠갔다. 유리병을 급히 바구니에 넣는 소리와 밖으로 향하는 사람들의 발소리가 들렸다.

믿기지 않았다.

의자에 다시 걸터앉아 손바닥으로 눈을 눌렀다. 눈물이 솟구쳤다.

눈물은 내 손에 고였다가 손목을 타고 흘러내렸다. 난 이를 악물었다. 가슴이 들썩이며 잘게 떨렸다.

그때, 누군가의 발소리가 내 쪽으로 가까워졌다.

나는 긴장하며 고개를 들었다. 독고가라가 다시 왔나?

눈앞에는 다른 여자가 서 있었다.

"괜찮아요?"

그녀가 몸을 숙였다. 목덜미 부분에 둥그렇게 말아 묶은 머리카락에는 습기가 송송 맺혀 있었다. 부드럽고 주름살 없는 눈매에 낮은 콧대를 지닌 넓적한 얼굴. 전형적인 한족 여자였다.

하지만 그녀 역시 전족을 하지 않았다.

나는 그녀의 발을 홀끔거리고 있다는 사실을 깨닫고는 얼른 그녀 전체를 바라보는 척하려고 했지만, 그녀는 다 안다는 표정으로 보조개를 드러내며 웃었다. 그리고 두 손을 모으고서 살짝 절했다.

"현무를 담당하는 음의 조종사 마수영이라고 해요."

내 눈이 휘둥그레졌다.

"앗, 안녕하세요!"

마수영은 독고가라와 더불어 둘밖에 없는 철의 대공비였다. 나까지 포함하면 셋이겠지만. 내 쪽에서 먼저 마수영을 알아보았어야 했지만, 화장기 없는 얼굴에 머리 모양도 달라서 눈치채지 못했다. 계급이 대공비인데도 마수영의 외모와 태도는 무척 평범했다. 기력 검사 팀이 그녀의 놀라운 가치를 발견하기 전까지, 마수영은 첩 조종사가 되기는커녕 괜찮은 집에 시집갈 생각조차 못 했을 만큼 평범한 시골 처녀로 살았다.

그녀는 깔깔 웃었다.

"맞아요. 사람들이 나더러 발 큰 아줌마라고 하더라고요."

나는 서둘러 그녀에게 절했다.

"그런데 대공비께서는 명 지방에 계시지 않았나요?"

"원장과 나는 오늘 밤에 왔어요. 중앙사령부가 이곳에 혼돈이 들 끓는 중이라고 했거든요."

그렇다면 말이 되었다. 현무는 수형(水型) 크리살리스다. 수형 크리살리스는 유연성 덕분에 넓은 지역을 빠르게 이동하기에 가장 알맞은 병기다.

"맞아요. 어느 정도는 제게도 책임이 있는 일이죠. 아무튼 대공비님이 이렇게 오셨다니 제겐 다행이네요. 앞선 대공비님보다는 훨씬 좋은 분이신 것 같아요."

나는 문가에 친 비닐 커튼을 노려보며 말했다.

마수영은 손으로 입을 가리고 웃었다.

"솔직히 말하자면, 나도 독고가라를 보러 왔어요. 그런데 말을 해볼 기회가 없던 게 오히려 다행이네요."

눈을 너무 심하게 흘겼나. 머리에 다시금 욱신거리는 통증이 찾아왔다.

"어쩜 행동을 그리하실까요."

"오랑캐 여자들이 어떤지 알잖아요. 그들은 성질이 불같아요."

마수영은 몸을 더욱 가까이 숙이고는 은밀한 목소리로 속삭였다.

북쪽 지방 억양이 강해서 발음이 튀게 들렸다.

"소문에 따르면요, 독고가라는 짝 대관식 날 밤 양 대공의 목에 사냥용 칼을 들이댔대요. 다시는 다른 여자랑 자지 않겠다는 맹세를 시켰다는군요. 그래서 양 대공이 첩을 들이지 않는 거래요."

마수영의 말에는 찌르는 듯한 기운이 있었다. 하지만 명 지방에서는 한족과 오랑캐의 사이가 다른 곳보다 좋지 않다고 들은 것이 기억났다.

"사실 그 행동 자체는 문제가 아니라고 생각하지만, 양 대공님의 생각 속에 제가 잠시 스쳐 지나갔다는 이유로 저에게 그렇게 행동하는 건 이해할 수 없어요. 말도 안 되는 일이에요."

마수영이 부드럽게 눈썹을 휘며 답했다.

"가끔은 마음의 배신이 더 아픈 법이니까요. 몸의 배신보다 훨씬 더 아프죠."

"그렇군요. 제가 양 대공님의 마음속에 있었다는 건 확실히 이상하긴 해요. 하지만 아무리 그래도……."

마수영은 어깨를 으쓱였다.

"남자들이 당신을 두고 흥미를 보이는 건 어찌 보면 당연해요. 특히 조종사들이라면 더욱 그렇죠. 원장과 연결되어 있던 동안 그이의 정신을 열심히 살펴보았다면 아마 나도 같은 것을 발견했을 거예요."

"진심이신가요?"

"인정하고 싶지는 않지만, 남자들은 항상 새롭고 신선한 것에 끌리기 마련이거든요. 어쨌든 계속 이야기하고 싶다면, 어때요……?"

그녀는 샤워장 반대편에 있는 나무 욕조를 가리켰다. 그곳에는 마수영의 어린 아들 둘이 까르르 웃으며 서로에게 물을 튀겨대고 있었다.

무례하게 굴 마음은 없었기에, 난 억지 미소를 지으며 의자와 바구니를 들고 그쪽으로 향했다. 하지만 마수영의 임신 말기에 주원장의 첩들이 그녀의 자리에 대신 들어갔다는 사실이 머릿속을 맴돌았다. 굳이 죽지 않아도 될 사람들이 죽어갔다. 그토록 위험한 환경에서 왜 마수영이 아이를 낳았는지 이해할 수 없었다. 그녀의 나이는 스물세 살. 이제 조종사 수명이 끝나가고 있다. 주원장은 심지어 그녀보다 나이가 더 많은 스물네 살이다. 1년쯤 지나면, 군대는 이들을 혼돈에게 공물로 넘길지도 모른다.

아이를 출산하라는 건 애초에 군대에서 지시한 사항이었을지도 모른다. 섣부른 판단을 해서는 안 된다. 여자가 임신하면 그녀의 몸은 갑자기 모든 이의 것이 된다. 끝없는 제약 속에 가두며 '다 아이를 위해서'라며 합리화한다. 이보다 더 좋은 구속의 구실이 어디 있을까.

나와 이세민이 함께한 겨우 2주라는 시간 동안에도 사람들은 그에게 나를 취하라고, 그리하여 결국 임신시키라고 강요했다.

배 안이 차갑게 굳는 것 같았다. 나는 자궁을 수백 조각으로 갈기갈기 찢어버리고 싶다고 생각했다. 그 이미지를 떨쳐내기 위해 눈을 힘주어 깜빡였다.

"표야, 체야, 무 누나에게 인사하렴!"

마수영은 상한 데 하나 없는 발로 성큼성큼 걸었다. 그녀의 검은 척추 지지대는 뱀처럼 등을 따라 구불구불 이어져 있었다. 철의 대공비 세 명 중 두 명이 전족하지 않은 발이라는 건 우연이 아닌 것 같았다. 하지만 전족을 피할 수 있다 해도 아이를 낳는 건 다른 문제였다. 임신 문제에서만큼은 마수영에게도 선택권이 없었을 것이다.

"무 누나, 안녕!"

꼬마들이 수줍게 인사했다.

나는 고개를 끄덕였다. 가슴속에서 점점 크게 들려오는 운명의 소리를 무시하고, 마수영 옆에 있는 샤워기를 틀었다. 녹슨 샤워기에서 끽 소리가 나더니 뜨거운 물이 뿜어져 나왔다. 나는 넘어지면서 몸에 묻은 것들을 씻어냈다.

다른 여자들이 모두 서둘러 나간 참이라 샤워실에는 아무도 없었다. 마수영은 의자에 앉아 아이들의 몸을 닦았지만, 다시 고개를 든 그녀의 표정은 아까보다 우울했다.

"있죠, 들어봐요. 내가 너무 주제넘은 말을 하는 건지는 모르겠지만, 누군가 말을 들어줄 사람이 필요하다면 나한테 해요. 당신은 여기 새로 왔으니까 이곳 일에 관여하기 힘들 거예요. 필요한 게 있다면 내가 뭐든 빌려줄게요. 예를 들어…… 커버 파우더 같은 거요. 혹시 갖고 있어요?"

"커버 파우더요?"

나는 고개를 갸웃거렸다.

"그러니까, 당신의…….."

마수영은 자기 뺨을 가리키더니, 이어서 목덜미로 손가락을 내렸다.

내 손이 더듬더듬 멍 자국에 가닿았다.

"아, 이거요? 감사한 말씀이지만 전 신경 안 써요. 달리 잘 보여야
할 사람이 없어서요."

그녀의 슬픈 눈망울에 빛이 어른거렸다.

"무슨 말인지 알아요. 남자들은 발끈할 때가 있지요. 특히 오랑캐
출신인 이 조종사라면 더욱……."

내 속눈썹이 고장 난 것처럼 파르르 떨렸다.

"아, 그런 게 아니에요. 이건 그러니까, 이세민이 한 게 아니에요.
맙소사, 만약 이세민이 날 때렸다면 난 진짜로 놈을 죽였을 거예요!"

"오, 미안해요. 난 그냥……."

"그런데 왜 대공비님은 커버 파우더를 갖고 계시는 거죠?"

그녀를 훑어보았지만 멍은 보이지 않았다.

마수영의 눈빛이 다시 굳었다.

"그야 필요한 여자들에게 주려는 거죠."

"왜 굳이 멍을 숨기죠? 여자를 때리는 남자들은 제대로 된 심판을
받고 죽어야 해요! 그냥 봐주면 안 된다고요!"

마수영은 놀라서 입을 벌렸다가 힘없이 미소를 지었다.

"왜 사람들이 당신을 철의 미망인이라고 부르는지 알겠어요."

"그런 걸 너그럽게 봐주는 건 아무런 의미가 없다고 생각해요."

나는 주먹을 불끈 쥐고 벽을 마주 보았다. 샤워기 물줄기가 눈앞을
덮었다. 언니의 유령이 미소 짓는 것이 느껴졌다. 웃고, 웃고, 또 웃고.

언니는 언제나 웃었다. 하늘이 그녀에게 완벽하고 순종적인 딸의 운명을 부여했기 때문이었다.

"대공비님은 참고 또 참으시죠. 무엇을 위해 참는 건가요? 계속 그렇게 달래고 제멋대로 굴게 내버려 두면 그들이 나아지려 노력할 이유가 있나요? 폭력을 쓰면 자기들이 원하는 모든 걸 얻을 수 있는데요. 그러다 결국 죽는 건 여자들 아니겠어요?"

내 말에 마수영은 지친 듯 공허한 목소리로 대답했다.

"하지만 첩 조종사들은 대부분 소란 피울 수 없는 위치라는 걸 알아둬요. 잘못 처신했다가는 가족의 안전과 생계가 위태로워지니까요. 우리에겐 서로를 지지해 주는 것만이 최선이에요. 그러니 혹시 의논할 일이 있으면 내게 꼭 연락해 줘요. 알았죠?"

내 안에 뭉쳐 있던 응어리가 서서히 풀리는 것 같았다. 마수영의 말이 맞아. 난 좀 더 이해심을 가질 필요가 있다. 사람의 상황은 저마다 다르니까.

"알겠어요. 고맙습니다."

난 이렇게 대답했다. 마수영은 독고가라와는 달리 나를 보살펴 주려 하고 있으니.

독고가라가 같은 여자라는 이유로 내 편이 되어주리라 생각했던 스스로가 참 바보 같았다.

내 발을 반으로 부러뜨린 사람 또한 우리 할머니였는데. 나와 언니가 첩 조종사가 되게끔 등 떠민 것은 우리 엄마였고. 고작 남동생이 다른 여자를 신부로 들일 돈을 마련하기 위해서.

삼삼오오 둘러앉아 언제나 남편을 두고 쉴 새 없이 불평하면서도 누구누구네 딸이 아직도 시집가지 않았다며 입방아를 찧어대는 것도 언제나 동네의 아주머니들이었다. 그들은 갓 아기를 낳은 엄마에게 아들을 낳았으니 '복 받았다.'며 축하해 주곤 했지. 자신들 모두가 누군가의 딸이자 여자면서도.

어떻게 인류의 절반에게서 투지를 빼앗고 그들이 자발적으로 노예가 되도록 만들 수 있을까? 방법은 이렇다. 그들에게 말하는 것이다. 너희들은 태어날 때부터 남을 섬기는 것 외에는 할 수 있는 게 없다고. 너희는 약하다고. 너희는 먹잇감이라고.

계속 그들에게 말하는 것이다. 결국 그 말을 진리로 여기고 살아갈 때까지.

스위트룸에 돌아와 거울에 비친 내 모습을 보았다. 노르스름하고 탁한 불빛이 불투명한 유리창 안으로 들어왔다. 만리장성을 건설하는 공사의 끝없는 소음이 들려왔다. 덜컹대고 쾅쾅대는 소리가 바깥에서 울렸다. 이치는 이세민의 방에 머물면서 그가 죽음의 문턱을 넘어가지 않도록 곁을 지키는 중이었다.

나는 지금 자야 했다. 혼돈은 밤에 공격하는 일이 더 많기 때문에, 불쑥 나타나 우리를 전장에 끌고 갈 안록산의 등장에 대비해 밤새 깨어 있어야 했다. 기가 충전되기 전에 전투가 일어나지 않기를 바랄 뿐이었다.

하지만 내가 어떻게 잘 수 있을까? 마수영과 동맹을 맺은 것 같긴 해도, 그녀는 수-당 지방에 연줄이 없으니 당장 시급한 문제를 해결해 줄 수 없다. 마수영과 독고가라의 말이 머릿속에서 맴돌았다.

"남자들이 당신을 두고 흥미를 보이는 건 어찌 보면 당연해요."

"내가 한마디 할까, 여우 아가씨? 난 너 같은 부류를 잘 알아."

나 같은 부류? 그게 뭔데?

남자 인생을 망치는 성질 더러운 여자?

이치가 해준 말들이 떠올랐다. 내 정체를 알아내려는 사람들, 군대가 나를 이용해야 할지 아니면 처형해야 할지를 두고 토론을 벌이는 사람들의 말. 양견이 내 생각을 한 이유도 짐작이 갔다. 자신 같은 대공급 장군도 죽일 수 있는 무시무시한 신참 여자애니까. 독고가라가 양견의 정신에서 본 게 무엇일지 생각하자 몸에 소름이 돋았지만, 그녀가 내 존재에 위협을 느낄 필요는 없었다. 그의 생각이 사랑이나 존경 비슷한 감정은 아니었을 테니.

하지만 자석처럼 사람의 관심을 끄는 매력은 내가 굳이 쓰려 하지 않아도 드러나겠지.

피가 혈관을 통해 빠르게 퍼졌다. 거울로 다가가 멍든 얼굴을 살폈다. 퀭하니 충혈된 눈 둘레로 다크서클이 두드러졌다. 입술이 갈라졌고, 안색은 핼쑥했다. 하지만 바탕은 여전하다. 나는 아름다웠다.

거울 속에 비친 내 모습이 뒤로 물러나 앉았다. 눈빛에서 검은 불꽃이 일었다. 사람들은 예쁜 여자에게 은근한 눈빛을 던지기 좋아하지만, 그보다 더 좋아하는 건 예쁜 여자를 미워하는 것이다. 유순하고 이상적인 아내와 어머니상에서 벗어난 여자에게 격분하는 대중보다 대상에게 집착하는 존재는 없다. *저 여자는 너무 허영심이 강해. 나의 아버지 같은 사람은 이런 여자에게 욕을 한다. 너무 자기중심적이야. 남자를 쪽쪽 빨아먹어서 원하는 걸 얻어내다니, 너무 기만적이야.*

하지만 거대한 미움은 오히려 돈이 된다. 돈의 원천이 된다는 건 권력을 손에 넣고 보호를 받을 수 있다는 뜻이다. 미디어 시청률은 옳고 그름에 연연하지 않는다. 추문을 드러내는 머리기사를 클릭할 때마다 수익이 발생하며, 사람들이 욕하며 사진을 볼 때마다 이윤이 창출된다. 내가 커다란 돈줄이 된다면, 언론사는 나를 잃지 않도록 정부 관계자들에게 뇌물을 먹일 것이다. 이치의 가문과 가까운 친구인 반금련. 그녀는 경박하고 별난 여자라는 이유로 언제나 신문 머리기사에 오르내린다. 성현들은 그녀가 '사회적 가치를 훼손한다.'는 명목으로 대중매체에 나오지 못하도록 막아야 했지만, 사람들이 반금련에 대해서 계속 이야기하는 한 언론사들은 보이지 않는 곳에서 언제나 그녀 편이 되어줄 것이다. 이치는 반금련이 자신의 위치를 정확히 알고 있으며, 날이 갈수록 늘어가는 자신의 재산을 보며 인터넷에 수없이 달리는 악성 댓글들을 비웃는다고 했다.

나 역시 같은 길을 택할 수 있다. 만약 내가 언론사와 독점 계약을 한다면 난 그들이 훨씬 많은 돈을 벌게 해줄 수 있고, 그래서 어쩔 수 없이 나를 돕도록 만들 수 있다.

다시 말해, *이치의 아버지*에게 나를 지원하라고 강요할 수 있다.

갑자기 생각이 휘몰아쳤다. 세면대를 잡은 손에 힘이 들어갔다. 난 이제껏 이치의 아버지, 고구의 능력을 간과해 왔다. 나를 사랑하는 이치에게만 집중한 나머지 고구가 보이지 않았다. 그의 어두운 상술에 대해 너무 많은 이야기를 들은 탓이기도 했다. 하지만 이제껏 본 바에 따르면, 조종사의 운명을 바꿀 수 있는 건 오로지 언론사뿐이다. 가장 좋은 예가 바로 제천대성의 전 조종사인 손오공이다. 그는 저명한 승려를 도와 혼돈이 사는 야생 구역으로 건너갔고, 화하가 주 지방을 뺏긴 후 연락이 끊겼던 인간 거점 요새인 인도에서 잃어버린 학술 원고와 기술 도표를 회수하는 전설적인 임무를 완수했다. 그는 여행의 회고록인 『서유기』를 발표했고, 그에 대한 온갖 각색물이 나오면서 손오공은 폭발적인 인기를 끌었다. 언론에 자주 등장하게 되었고 남은 복무 기간 동안 큰 전투에 투입되지도 않았다. 은퇴한 손오공은 배우이자 코미디언이 되어 여전히 엄청난 인기를 누리고 있다. 내 남동생은 매일 그의 영상을 본다.

손오공의 소속사가 고구의 회사, 고 엔터테인먼트다.

고구는 조종사가 공물로 바쳐지지 않도록 막았다. 만약 내가 고구에게 어마어마한 돈을 벌어다 준다면, 그는 수-당 전략가들을 설득하기 위해 온갖 방법을 쓸 것이다.

나는 서둘러 화장실에서 나와 이치를 찾았다. 이번에는 그에게 키스하려는 목적이 아니었다.

제26장

그럼에도
불구하고

고구를 상대하는 일은 상상했던 그대로 아주 짜증스러웠다. 그는 내가 이세민과 같이 전투에 나갔다가 살아남을 수 있다는 걸 증명한다면 진지하게 생각해 보겠다고 했다.

"성현들은 그 여자애를 별로 좋아하지 않는다. 그러니 걔를 띄워 주려면 뒷돈을 아주 많이 먹여야겠지. 하지만 조금 있다 죽어버릴 애를 두고 뇌물을 바치는 건 의미가 없지 않겠니?"

고구는 이치에게 음성 메시지를 남겼다. 나와 직접 말하는 것조차 원치 않았기 때문이다. 이젠 모든 게 나와 이세민이 다음 전투에서 얼마나 균형을 잘 맞추느냐에 달렸다.

머리가 맑아졌다. 이세민이 무슨 짓을 했든, 그에 대한 내 감정이 얼마나 엉망이든, 나는 그를 밀어내지 않을 거다. 그가 이치의 도움을 받아 최악의 금단 현상을 겪으면서도 살아난 다음부터 나는 사마의가 제안하는 모든 훈련을 불평 없이 수행했다. 아이스 댄스부터 일반 댄스, 신뢰 게임, 손을 잡고 높은 평균대에서 균형 잡기에 이르기까지, 어떤 것에도 문제를 제기하지 않았다.

심지어 우리더러 만리장성에서 함께 뛰어내리라 했을 때도 나는 사마의가 시키는 대로 했다.

달빛이 구름을 적시자 이세민은 또 다른 춤을 추려는 듯 나를 두 팔로 감쌌다. 혼돈이 계속해서 몰려오는 상황이라, 사마의는 동료 중앙사령부 전략가들에게 도움을 청해 우리가 평상시에도 기 아머를 입을 수 있도록 허락받아 주었다. 아머를 입는 것은 훈련에 도움이 될 뿐만 아니라, 다른 조종사들이 우리를 함부로 공격하지 못하도록 보호하는 역할도 했다.

주작의 아머는 커다란 주황색 날개가 양옆으로 뻗어 있어서 무게가 상당했다. 우리는 아머 차림으로 콘크리트 장벽 가장자리에서 비틀거렸다. 비바람에 얼룩지고 이끼가 덮인 만리장성은 밤이 되자 그저 캄캄할 뿐이었다. 아득하게만 느껴지는 저 아래는 어서 이리로 오라 손짓하는 망각이나 다름없었다.

혼돈 야생 구역을 휘저으며 불어오는 밤바람은 마치 저 멀리서 울부짖는 죽은 첩 조종사의 목소리 같았다. 이세민의 짧은 머리를 휘젓는 바람결이 내 몸의 뼛속까지 훑고 지나갔다. 그의 몸은 아직도 떨리고 있었다. 얼굴은 무거운 그림자에 눌린 듯 무표정하고 생기가 없었다.

아머까지 차려입자 왕관 없는 그의 머리는 더욱 이상하게 보였다. 날개와 봉황을 떠올리게 하는 기다란 치마, 날아갈 듯 어깨에 붙은 금속 깃털이 달린 아머는 참 웅장했지만 그 위에는 그저 머리만이 불쑥 솟아 있었다.

내가 왕관 쓴 이세민의 모습을 속으로 그려갈 때쯤 사마의가 명령을 내렸다.

"뛰어내려!"

그다음 순간, 나는 처음으로 철의 악마 이세민이 기를 발휘하는 광경을 목격했다.

붉은 화기가 그의 피부 아래에서 흘러넘치는 용암처럼 흐르며 아머 속으로 흘러들었다. 그에게서 밀려드는 열기에 나의 몸이 달아올랐다. 그의 홍채가 불씨처럼 밝게 빛났다. 활짝 펴진 날개가 밤하늘 아래 불타올랐다.

그의 모습은 화하에 사는 누구라도 볼 수 있을 만큼 강렬했다.

날개에서 음파를 터뜨리면서, 이세민은 나를 안고 만리장성에서 뛰어내렸다. 삽시간에 무중력 상태가 되어버린 나는 비명을 지르며 이세민의 뜨거운 아머를 꼭 붙들었다. 귓가에 바람이 윙윙거렸다. 순간 세상이 무엇인지, 그가 강요하던 논리가 무엇인지 아무것도 생각나지 않았다. 그의 날갯짓에서 비롯된 뜨거운 돌풍이 우리를 뒤흔들었다.

좌절감이 몸부림치며 올라왔다.

내가 되고 싶은 모습은 이런 게 아냐. 남자에게 꼭 달라붙어 떨어지려 하지 않는 여자가 아니라고!

나는 심호흡을 하며 하얀 금기를 몸 밖으로 내보냈다. 서늘한 느낌이 등골을 타고 아머 속으로 밀려들었다. 나는 이세민의 가슴을 밀치고 그의 몸에서 떨어져 나왔다.

추락의 공포가 치솟았지만, 나는 계속 퍼덕이면서 기를 날개에 쏟아부었다. 그러자 날개에서 창백한 광채가 뿜어져 나왔다. 돌풍이 불어와 땀투성이의 몸을 식혀주었다.

죽음과 중력을 거스른 거대한 날개가 바람을 타고 나를 띄웠다. 별빛처럼 반짝이는 쾌감에 온몸의 세포가 환희로 발광했다. 나는 저 아래에 있는 세상을 내려다보며 공중을 선회했다. 천천히, 더 높은 하늘로 올랐다. 더 큰 세상은 더 많은 공간과 소리와 자유로 가득했다. 크리살리스를 타야만 볼 수 있었던 광경이었다. 화하의 극동 지역에 있는 혼돈 가득한 대양과도 같은 이 허공을, 넓고도 부드럽게 몸을 감싸 안아주는 하늘을 부유하며 날고 있는 인간이 나였다. 만리장성 바깥 망루에서 빛나는 네모난 빛들은 마치 수평선을 따라 이어지는 뱀의 별자리 같았다. 팔에서는 차분한 은백색인 나의 금기가 금속 아머 아래로 흐르고 있었다.

솟구치는 감정들을 어떻게 다루어야 할지 알 수 없었다. 통제해야 할까. 바람에 흩날리는 눈물과 함께 넘쳐흐르지 못하도록 막아야 할까. 흐느낌이 격해지며 나는 균형을 잃었다. 뒤를 따라오던 이세민이 얼른 내 허리를 잡았다. 나의 차가운 날갯짓은 그의 뜨거운 날갯짓에 섞여들었다.

너무나 벅차오른 탓이었을까. 난 그를 밀어내지 않았다.

"내게는 걷는 것조차 사치였어."

나는 그가 입은 아머의 가슴판을 주먹으로 쳐대며 목멘 소리로 울
었다. 그리고 그 가슴에 완전히 기댔다. 이세민의 기에서 나오는 열
기가 나의 뺨을 따스하게 덥혔다.

그는 아무 말도 하지 않았다. 하늘과 땅 사이, 그 아득한 공간에 둥
둥 뜬 채로 나를 꼭 안았을 뿐이다.

우리가 만리장성으로 돌아왔을 때 사마의는 무척 만족한 것 같았
다. 하지만 그날 이후 우리의 합은 조금도 나아지지 않았다.

"너는 그저 이세민에게 양보를 하고 있을 뿐이잖아! 양보와 협력
은 같은 게 아니야! 협력을 하란 말이다!"

이세민은 아이스링크에서 서투르게 나를 끌고 다니고 있었다. 사
마의가 내게 고함을 질렀다.

말이야 쉽지. 직접 해보라지. 항상 술 생각만 하며 자꾸만 다른 곳
으로 가려는 상대와 어떻게 얼음판 위에서 협력하란 말이야.

훈련 5일째, 내 마음은 끊임없는 불안에 휩싸여 있었다. 해낼 수
있다는 희망에 금이 가는 듯했다. 그런 내 마음을 읽었다는 듯, 폭풍
우가 아이스링크 지붕 위로 몰아치며 콘크리트를 울리고 창문을 뒤
흔들었다.

"너, 나랑 얘기 좀 하자."

이세민이 부루퉁한 모습으로 화장실에 간 사이, 사마의가 아이스 링크 가장자리에서 나를 불렀다.

"무슨 얘기요?"

나는 등의 날개를 움직여 균형을 맞추면서 마지못해 그쪽으로 스케이트를 향했다. 아머를 입고 있으니 얼음판 위로 넘어지지도 발이 심하게 아프지도 않았다.

사마의가 링크장을 둘러싼 낮은 유리벽을 꽉 쥐며 말했다.

"삼각관계는 하지 않는 게 좋을 거다."

나의 자그마한 스케이트화가 얼음판을 긁는 소리를 내며 멈췄다. 아니라고 부정하려 했지만 사마의는 손을 들어 저지했다.

"거짓말할 생각 마. 너랑 그 도련님의 눈빛은 다 봤어. 하지만 그쪽 과는 엮이지 않는 게 좋을 거야."

사마의는 몸을 숙이고 속삭였다.

"이세민은 너의 반려야. 단 하나밖에 없는 너의 진정한 짝이라고. 그 점을 명심해라. 특히 사람들 앞에서 반드시 그 점을 기억하고 행동해. 군대 내의 여론은 이미 너에게 불리하게 돌아가고 있어. 거기에 바람을 피운다는 꼬리표까지 달 수는 없잖니."

"걱정하지 말아요. 난 우선순위가 뭔지 잘 아니까."

거짓말이 아니었다. 엉망이었던 그날 밤 이후로 이치와 난 단 한 번도 키스하지 않았다. 나는 손가락으로 삼각형을 만들고는 가만히 바라보았다.

"그리고 말이죠, 전략가님. 기하학 기초도 모르세요? 삼각형은 가장 강력한 형태라고요."

그는 쏘아붙였다.

"난 진지하게 말하는 거야. 너와 세민은 서로를 너무 불편해하고 있어. 밤 시중을 제대로 들지 못하는 거니?"

'밤 시중'이라는 말을 듣자마자 나는 귀까지 새빨개졌다.

"뭐라고요?! 그게 무슨 상관인지…… 우린 한 번도 안 했어요!"

사마의는 두 손으로 자기 얼굴을 감쌌다.

"아, 이제야 알겠군. 어쩐지 아무 진전이 없더라니!"

"그게 우리 훈련과 무슨 상관인데요?"

"그건 궁극적인 반려 활동이잖아! 왜 지금까지 하지 않았지?"

마치 왜 숙소에서 나가기 전에 난로를 끄지 않았느냐고 묻는 것과 다르지 않은 말투였다.

나는 스케이트를 타고 뒤로 물러서면서 날개를 흔들었다.

"난…… 그냥 안 하고 싶은 것뿐이에요!"

"네 의사는 중요하지 않아."

사마의는 엄하게 말했다. 이 웃긴 주제를 두고 그가 얼마나 진지한지, 나는 어이가 없었다.

"양 대령과 할 수 있었다면, 이세민과도 할 수 있잖아. 네가 오랑캐와 자는 게 무서운 거라면 이해하지만, 그래도……."

"난 양광과도 자지 않았어요!"

나는 말 그대로 버럭 소리를 질렀다.

사마의는 나를 멍하니 바라보았다.

"그럼 아직 처녀라고?"

"그게 뭐 어때서요?"

내 뺨이 불타올랐다.

사마의는 링크 울타리를 손으로 내려쳤다.

"잘 들어. 네가 이런 식으로 이세민에게 마음의 벽을 치고 있으면 제대로 함께할 수가 없어. 지금 당장 너와 세민을 보내서 일을 치르게 해야겠다. 이건 시급한 문제야. 평범한 여자애처럼 굴 때가 아니라고!"

"저 평범한 여자애 맞거든요?!"

눈물이 핑 돌더니, 금방이라도 흘러내릴 것처럼 가득 차올랐다.

"난 평생을 치가 떨리게 교육받으며 살았다고요! 이런 짓은 세상에서 제일 나쁘고 더러운 일이라고 말이죠! 우리 가족이 나를 얼마나 많이 협박했는지 알아요? 내가 어느 남자애랑 친하게 지낸다는 소리만 들어도 돼지우리에 처넣어 죽여버리겠다고 했어요. 그런데 이제는 남자랑 자지 않아서 이상하다고요? 그것도 내가 싫어하는 애랑요?"

내 목소리가 콘크리트 벽에 메아리쳤다. 그때 사마의가 옆으로 시선을 돌렸다.

이세민은 화장실로 가다가 멈춰 서서 우리를 보고 있었다. 건물 천장을 내려치는 빗소리 때문에 그의 아머 소리를 듣지 못했다. 천둥이 우르릉 울렸다.

후회가 나를 산산조각 냈다.

하지만 이세민을 싫어한다는 걸 숨긴 적은 없었다. 그러니 무슨 상관이겠어……?

사마의는 고개를 저었다.

"아, 어쨌든. 그러는 게 좋겠다고. 세민! 이리 와! 너와 무 조종사가 제대로 된 반려가 되기 위해 꼭 필요한 일이다!"

이유를 알 수 없었지만 이세민은 얼굴을 찌푸렸다. 그리고 몸을 돌려 화장실 쪽으로 쿵쿵 걸어갔다.

"이런 대화 하고 싶지 않습니다."

"넌 대체 뭐가 문제냐? 얘 봐라. 좀 통통할지 몰라도 괜찮게 생겼잖니!"

이세민은 고개를 휙 돌렸다. 구내식당에서의 분노가 되살아나는 듯했다.

"난 짐승이 아닙니다, 사마의 전략가님."

그는 나를 바라보았다.

"우리는 짐승이 아니라고요."

사마의는 멈추지 않았다.

"그래, 아니지. 하지만 다음번 전투에 너희의 목숨이 달렸다는 걸 잊지 마라! 지금 너희가 서로를 얼마나 어색해하는지 생각을 좀 해 봐! 그러니 고쳐야지!"

이세민은 말없이 멀어져 갔다. 나는 눈을 질끈 감고서 심호흡했다.

우리가 스스로를 망치고 있는 걸까? 어쩌면 사마의가 지적한 것이

맞을지도 모른다. 오늘을 이렇게 넘기면 전보다 더 합이 맞지 않게 될 거다. 게다가 우리에겐 여유를 부리며 삐걱대고 있을 시간이 없었다.

다시금 얼굴에 열기가 돈다. 나는 숨을 훅 들이마시고 입을 열었다.

"이세—!"

그 순간, 천장에 빨간 불이 깜빡였다. 혼돈 경보가 건물 전체에 울려 퍼졌다.

이세민이 돌아보았다.

엉망진창인 합으로 주작에 탑승했다간 둘 다 죽는다. 생존 본능에 따라 우리는 서로를 향해 달려갔다. 나는 그가 둘러메기 쉽도록 날개를 접어 몸통에 감았다. 그 편이 내가 직접 걷는 것보다 빨랐다. 날아서 도망치는 것은 불가능했다. 밤하늘을 가르는 거대한 목표물은 격추되기 십상이니까.

건물 바깥으로 열 발자국쯤 걸었을까, 병사들이 우리 주위로 우르르 몰려들었다. 나는 아머에 강한 기를 불어넣어 정신 감각을 확장시켰다. 그러자 멀리 있는 것들까지도 인식할 수 있었다. 나는 훈련소 병사 전원이 우리를 향해 달려오고 있음을 감지했다.

병사 하나가 안록산의 얼굴이 실시간으로 나오는 태블릿을 들고 내 앞에 섰다. 다른 병사는 태블릿 화면 위로 우산을 받쳤다.

"이번 전투는 빠져나가지 못할 거다."

스피커에서 안록산의 목소리가 흘러나왔다.

사마의는 비에 맞아 흠뻑 젖은 소매를 휘두르며 고함쳤다.

"나는 중앙사령부로부터 지시를 받아서—!"

안록산이 문서를 보여주며 말했다.

"중앙사령부 지시는 이제 효력이 없소. 성현들의 의장인 공자께서
내리신 명령이거든."

제27장

탕 소리가
나면서

나의 얼굴은 세차게 내리는 빗줄기보다 차가워졌다.

공자는 성현의 지도자였다. 의장인 그는 우리 둘과 혼돈에게 반격할 기회 모두를 포기한다고 선언한 것이다.

빗줄기 사이로 훈련장을 비추는 등불 아래에는 두려움 서린 사마의의 얼굴이 보였다. 이어서 번개가 번쩍이자, 며칠간 그가 지고 있었던 무게와 피로가 한꺼번에 드러나는 듯했다. 헬쑥한 얼굴선을 따라 주르르 흐르는 물줄기가 수염을 타고 뚝뚝 떨어졌다.

사마의는 그저 눈을 감고 이렇게 말했다.

"알겠습니다."

나의 마음은 끝없는 심연으로 떨어지는 돌멩이처럼 곤두박질쳤다.

화면 속 안록산이 활짝 웃었다.

"저들을 주작으로 데려가라."

병사들이 가까이 다가왔다. 그중 하나가 입마개를 들고 있었다. 검은 강철에 빗줄기가 닿았다.

"나한테 그거 씌우지 마!"

병사들은 걸음을 멈추었다. 이세민은 두 팔로 나를 꼭 껴안았다.

"갈 겁니다. 이번에는 반항하지 않겠습니다. 제겐 이 아이가 있으니까요."

뒤늦은 깨달음일까. 아니면 이전의 떠올림일까. 알 수 없는 힘에 마음이 움직였다.

물론 우리는 고분고분하게 명령에 따라야 했다. 하지만 자꾸 무언가 잘못되었다는 느낌과 반항심이 솟아올랐다. 우리는 손발이 착착 맞는 반려가 아니다. 서로를 바라본 적도 별로 없다. 기의 재충전을 시작한 지는 겨우 엿새밖에 되지 않았다.

우리가 해낼 수 있을 리 없다.

우리는 병사들을 따라 걸었다. 이세민의 안경에 빗방울이 얼룩졌다. 사마의도 따라오려 했지만, 곧바로 저지당했다.

"사마의 전략가, 당신이 저들과 동행할 필요는 없소."

안록산은 미소를 지으며 손을 휘휘 저었다. 마치 이쪽의 편의를 봐준다는 태도였다.

사마의는 이를 드러냈지만, 총구의 위협 속에 가만히 있을 수밖에 없었다. 폭우를 뚫고 그의 외침이 들렸다.

"주작의 기는 급속 충전이 가능하다! 다른 크리살리스에게 최대한 많은 기를 얻어내면 괜찮을 거야!"

아니, 괜찮을 리 없다! 대체 누가 우리에게 기를 빌려준단 말인가? 마수영이라면 모르겠지만, 그녀 또한 자신의 기를 충전하고 있었다. 그러니 이번 전투에는 참가하지 않을 것이다.

이세민의 품에서 벗어나 도망치고 싶었다. 하지만 난 달리기를 할 수 없으니 절대로 도망칠 수가……!

잠깐, 아머를 입고 있잖아.

어쩌면 달아날 수 있을지도 몰라.

나는 날개를 펴기 위해 몸을 뒤틀었다. 날개가 쉬잉 소리를 내며 이세민의 가슴판을 긁었다. 이윽고 날개를 펴려는 순간.

탕!

어마어마한 힘이 나를 그의 품으로 밀었다. 잠시 후, 등에 심한 통증이 일었다. 눈앞이 까매졌다. 입이 벌어지고 팔다리가 쫙 뻗으면서 온몸의 근육이 팽팽하게 긴장한 나머지 아무런 소리도 낼 수 없었다. 귓가에 고함이 아스라이 들렸다 사라지는 것이 마치 얼음물에 빠진 듯했다.

"지금 이게 뭐……."

"어떻게……!"

젖은 공기 위로 화약 냄새가 떠돌았다. 이세민이 내 이름을 소리치고 있었다. 그가 내 이름을 부른 적이 있었나? 이세민은 나를 품에 안고 흔들었다. 하지만 정신을 차릴 수가 없었다. 고통이 감각을 좀먹고 세포 하나하나를 움켜쥐었다.

우리는 여전히 앞으로 이끌려 나아갔다. 온몸을 도려내는 것 같은 고통 가운데서도, 축 늘어져 콘크리트 길을 긁는 날개의 감각이 희미하게 느껴졌다.

이젠 탈출할 수 없다.

만리장성 위까지 가는 동안 의식이 더듬더듬 살아나다 이내 다시 꺼지기를 반복했다. 우중충한 엘리베이터의 불빛. 귀에 거슬리는 끼익 소리. 번들거리는 총구. 내 목에서 흘러나오는 쉰 흐느낌. 콘크리트 건물과 강철 선로 위로 옅은 안개를 일으키며 세차게 내리는 비.

우리는 셔틀을 타고 주작이 있는 망루로 향하고 있었다. 빗방울이 한밤중 빛나는 발톱처럼 셔틀의 창문을 할퀴었다.

"그, 그놈들이 정말 날 쐈어."

나는 숨을 헐떡이며 이세민의 품에 뻣뻣하게 웅크린 채 그를 마주 보았다. 똑같은 말을 벌써 몇 번이나 했을까. 모르겠다. 식은땀이 이마를 타고 흘러내렸다.

이세민은 내 어깨를 잡으며 날 더욱 끌어안았다.

"내 곁에 있어줘. 우리가 주작과 연결될 때까지만이라도. 연결되면 고통은 느껴지지 않을 거야."

치아가 딱딱 소리를 내며 맞부딪혔다. 몸의 떨림이 멈추지 않았다. 술을 끊은 첫날 밤에 이세민이 이런 기분이었을까? 아머 아래 입은 전도성 슈트가 젖어서 피부에 차갑게 달라붙었다.

그의 아머를 감싼 금속 깃털 아래에서 붉은빛이 스멀스멀 피어올랐다. 밀려드는 열기에 주위의 공기가 일렁였다. 나는 떨리는 숨을 들이쉬었다. 그리고 그의 가슴을 밀며 말했다.

"안 돼……. 하지 마. 기를 낭비하지 마……."

"지금 그게 중요한 게 아니야."

이세민은 홍채를 빨갛게 빛내며 중얼거렸다. 그의 안경에 맺힌 물방울이 빠르게 증발했다. 그는 건틀릿에 감싸인 내 손을 문질러 따뜻하게 해주었다. 그의 잿빛 얼굴은 금단 현상으로 힘이 다 빠지고 괴로워 보였는데도 바짝 집중한 모습이었다. 바람과 금속이 만나 내는 소리가 마치 적군의 심장 소리 같았다. 셔틀은 물기 어린 선로 위를 덜컹대며 달렸다. 이세민의 얼굴 위로 비 그림자가 드리웠다. 나는 가만히 입을 벌리고 그를 올려다보았다.

"왜 나한테 이렇게 잘해 줘? 난 너한테 못되게만 구는데."

답답하리만큼 바짝 죄인 목에서 자그마한 소리가 나왔다.

이세민은 눈꺼풀을 무겁게 내리깔았다. 악마처럼 일렁이는 홍채의 붉은 기운과 전혀 어울리지 않는 부드러운 태도였다. 그의 손이 내 손과 깍지를 꼈다.

"넌 이제껏 내가 기다려왔던 기적 같은 존재야. 전투에 들어갈 때마다 이번만큼은 다르게 해달라고 언제나 기도했는데, 드디어 네가 나타난 거야. 너를 잃어버린다는 생각만으로도 견딜 수가 없어."

눈시울이 뜨겁고 따끔해졌다. 시야가 흔들렸다. 이런 내 모습을 보여주고 싶지 않아서 몸을 돌렸다.

나의 목소리가 너무도 가냘프게 떨려 나왔다.

"널 싫어하지 않아. 그렇게 많이는…… 아니, 이제는 아니야. 그냥, 너 때문에 혼란스러워서 그래."

"미안해."

이세민은 이렇게 속삭이며 깍지 꼈던 손을 슬며시 풀었다.

나는 그 손을 도로 잡았다.

"글씨를 정말 아름답게 쓴다고 들었어. 서예를 다시 해봐."

나는 엄지로 그의 엄지를 매만졌다. 온갖 생각이 출렁였다. 지금 내가 무슨 말을 하는 걸까.

이세민은 메마른 웃음을 지었다. 그가 다시 깍지를 끼자 손가락에서 경련이 이는 것 같았다.

"이런 손으로…… 다시는 제대로 붓을 잡을 수 없을 것 같은데."

나는 정신이 혼미해진 채로 그의 손을 꽉 잡아 내 가슴에 댔다.

"그래도 노력해야지. 다시 해봐야지."

셔틀이 멈추자, 그 반동에 내 몸이 이세민에게 털썩 부딪혔다. 나는 고통스레 울부짖었다. 세민은 손을 풀고 나를 지탱했다. 주변에 있던 병사들이 일제히 총을 들었다.

그가 내 몸을 안아 들었다.

"이제 가야 해. 내가 널 안고 갈게."

나는 고개를 끄덕였다.

안아 드는 움직임 또한 고통을 일으켰다. 이런 괴로움을 감당할 준비는 되어 있지 않았다. 눈에 게거품이 이는 듯 시야가 흔들렸다. 나는 이세민의 어깨에 머리를 단단히 기대고서 비명을 꾹 삼켰다.

어쩌면 전투에 투입되는 게 차라리 나을지도 몰라. 이 고통에서 자유로워질 테니.

하지만 주작으로 이어지는 엘리베이터로 끌려가면서, 새로운 공포가 찾아와 나를 꿰뚫었다. 세민의 얼굴에 나타난 체념이 보였다.

혹시 포기하려는 건가?

"이세민, *세민아*."

나는 애원했다.

그는 애처롭고도 부드러운 시선으로 나를 바라보았다. 그를 만난 후로 가장 부드러운 모습이었다. 세민을 처음 만났을 때, 바로 이 엘리베이터에서 내려 나에게로 걸어왔었지. 죄수복을 입고서, 입마개를 찬 얼굴 위로 분노를 한껏 담고서.

이제 그럴 일 없을 거야.

나는 그의 목덜미를 그러안고 그의 입술에 입 맞추었다.

세민의 코에서 가쁜 숨이 흘러나왔다. 그는 한 발짝 뒤로 비틀거렸다. 부채질을 받은 숯덩이처럼 그의 아머가 화르르 빛나며 엘리베이터 안을 뜨겁게 덮혔다. 짜릿한 감각이 우리 사이에 빠르게 돌았다. 타오르고 터지는 감각이 나를 스치자 고통마저 잠시 잊을 정도였다. 세민만큼이나 나도 깜짝 놀랐다.

"싸워."

나는 그의 입술에서 살짝 물러나 속삭였다. 나의 심장은 마치 고삐에서 풀려난 미친 괴물 같았다.

"싸워. 아무리 아파도 싸워."

나는 그의 목덜미를 끌어당겼다.

"이렇게 죽어서는 안 되니까. 이보다는 가치 있게 죽어야지."

세민이 나를 꼭 껴안았다. 그의 손가락이 나의 아머를 힘 있게 쥐었다.

엘리베이터 문이 열리자 바깥은 맹렬한 폭우가 쏟아지고 있었다. 축축한 공기 사이로 뻗은 불빛 아래 주작의 길고 휘어진 목이 다리 끝과 닿아 있었다. 병사들의 군홧발이 격자무늬 금속 바닥을 쿵쿵대며 밟았다. 그리고 다리 양편에 줄지어 서서 총을 들었다. 그들은 우리를 싫어하지만, 우리가 필요했다.

세민은 나를 안고 병사들 사이를 지나 주작으로 향했다. 그의 아머 위로 휘몰아치는 폭풍우가 쉿쉿 소리를 내며 뿌연 수증기로 변하는 모습이 마치 후광 같았다. 나는 고통에 달뜬 상태로, 좌우로 늘어선 겁쟁이들을 한 명씩 노려보았다.

병사 두 명이 우리를 따라 조종칸에 들어왔다. 우리가 음과 양의 조종석에 앉자, 그들은 조종석 좌우에 놓인 좌석에 앉아 안전벨트를 맸다.

곧 머리에 총이 닿는 느낌이 들었다.

제28장

가장
강력한 형태

주작으로 들어가는 동안 나는 치밀어 오르는 분노를 느꼈다. 이글이글 타오르는 분노였다.

이번에는 세민의 끔찍한 정신세계에 착륙하지 않았다. 나의 분노는 그의 분노와 직접 충돌했다. 그건 마치 불길에 던져진 기름과도 같았다. 주작이 비명을 지르며 밤하늘을 밝게 비췄다. 하늘에서 천 개의 침이 내리꽂는 듯 빗방울이 쏟아졌다. 주작의 눈이 하얀 금기와 붉은 화기로 각각 빛났다.

"움직여라, 주작! 당장 움직이지 않으면 명령 불복종으로 간주하겠다!"

새로 설치한 스피커에서 안록산의 듣기 싫은 목소리가 울렸다.

나는 주작이 되어 비명을 질렀다. 어쩌면 두 명의 비명이었는지도 모른다. 그저 고통스럽기만 했던 몸에서 벗어난 것만이 나의 유일한 위안이었다. 나라는 존재가 안개처럼 흩어지면서 주작의 거대한 날개로 뻗어갔다. 나는 날개를 펄럭여 움직이기 시작했다. 이대로 돌아서서 만리장성을 무너뜨리고 싶었지만, 내가 엉뚱한 움직임을 보이는 순간 병사들이 조종석에 누운 내 실제 머리에 총을 쏴버릴 게 분명했다.

세민과 나는 서투른 호흡을 맞춰가며 주작을 조종했다. 동시에 흑백이 뒤섞인 뿌연 안개가 또 다른 층의 의식에 머물렀다. 점점 음양의 영역이 또렷해지더니 세민의 영혼체가 보였다. 우리는 흑백의 경계에서 무릎을 꿇고 마주 앉아 있었다. 나는 그의 얼굴을 두 손으로 잡았다.

"지난번에 스피커 날려버렸던 것 기억하지? 그때처럼 병사들을 던져버리는 거야. 알겠지?"

세민은 날 보고 충격을 받은 듯하더니 곧 음양의 영역에 들어왔음을 알아차렸다. 우리가 이곳에서 정상적으로 행동한 건 이번이 처음이었다. 그에게서 폭력적 욕망은 보이지 않았다. 희망이 있었다.

세민의 눈은 사방을 훑어보다가 내게로 다시 돌아왔다.

"병사들을 던진 다음에는?"

나는 멍하니 입을 벌렸다.

그래, 그다음엔 어쩌지? 주작을 비활성화시키고 전투가 끝날 때까지 가만히 앉아 있다가 결국 사형 선고를 받을 곳으로 돌아가야 하나? 아니면 조종석에서 나오길 거부하다가 총상을 이기지 못하고 죽어야 하나? 주작을 타고 혼돈 야생 구역으로 도망가 봤자 혼돈이 떼로 몰려들 텐데?

이것도, 저것도, 그 어느 것도 현실적이지 않았다.

저항해선 안 돼. 사형당해서도 안 돼. 하지만 혼돈과 싸운다면 우리의 가치를 증명하고 살아남을 수 있을지도 몰라.

세민의 얼굴에는 표정이 없었다. 나는 아까 그가 체념한 이유를 문득 깨달았다. 이런 전투에 나보다 훨씬 더 많이 참전했었기 때문이었다.

그가 어둠 속에서 주작의 발을 조종하여 혼돈 야생 지역 군데군데 모인 검은 혼돈 떼 위로 움직였다. 나는 그의 힘에 대항하지 못하고 끌려다녔다.

헛된 희망이구나. 군대의 음모가 분명해.

피곤한 데다 기도 반밖에 충전하지 못했기 때문에, 우리의 주작은 곧바로 제 기능을 해내지 못했다. 크리살리스의 움직임은 깃털이 물에 흠뻑 젖은 새처럼 느릿했다. 카메라 드론은 배가 고파서 눈이 시뻘게진 파리처럼 우리 주위를 조롱하듯 날아다녔다. 고구와 성현, 수-당 국경과 중앙사령부의 전략가들이 저 카메라로 우리를 관찰하고 있겠지. 머리 위에 서린 짙은 먹구름 사이로 친 번개가 평야를 번쩍 밝혔다.

지평선에서 첫 번째 혼돈 떼가 몰려오기 시작했다. 전투를 벌이는 지점은 만리장성 벽과 지나치게 가까웠다. 혼돈들의 자그마한 기가 어둠 속에 번지더니, 이어서 그들의 형태가 보이기 시작했다.

"정찰용 드론들은 뭘 하는 거지? 혼돈들이 다가온다고 왜 얘기를 안 해주는 거냐고!"

나는 음양의 영역에서 소리쳤다.

"아니면 윗선에서 우리 쪽으로 오는 혼돈을 그냥 내버려 두라고 지시했을지도 몰라."

세민은 무릎 위로 두 주먹을 쥐었다. 우리의 영혼체가 함께 있으니, 그가 하는 생각들이 내게도 선명하게 떠올랐다.

"아, 그러고도 남지."

혼돈의 목표는 만리장성이 아닌 크리살리스를 파괴하는 것이었다. 그러니 주요 전투지에서 떨어져 나온 혼돈 떼 전체가 우리를 따라올 것이다. 달콤한 향을 풍기는 복숭아에 벌레가 꼬이듯이.

혼돈 떼와 부딪치기 직전, 세민은 주작의 날개를 있는 힘껏 뒤로 폈다가 앞으로 확 쳤다. 날개에서 발생한 강풍에 평민급 혼돈들이 균형을 잃었다. 사방에 물이 튀어 앞을 뿌옇게 가렸다. 그 틈을 타고 귀족급 혼돈들이 우리에게 덤벼들었다.

나는 놈들 중 하나를 겨냥해 발을 휘둘렀다.

"안 돼! 하지 마!"

세민의 정신이 저항하는 바람에 주작의 속도는 느릿해졌지만 이미 늦었다. 날카로운 발톱이 혼돈의 둥근 몸을 파고들었다.

그러자 혼돈의 기 금속이 발톱 주위에서 일렁이더니 오히려 발톱을 꽉 묶었다. 발을 흔들어 보았지만 떼어지지 않았다.

"아, 맞다! 눈에 띄는 빛이 없었어. 수형 혼돈이었구나!"

난 자책했다. 다른 귀족급 혼돈 두 마리가 주작의 발을 힘주어 밀었다. 균형을 잃게 해 쓰러뜨리려는 것이다.

독고가라와 양견을 보며 사마의가 한 말이 머릿속에 울려 퍼졌다.

"자신들이 한 팀이 되어야 한다는 걸 잘 알기 때문이지. 각자 잘하는 일을 맡아서 하고, 필요할 땐 물러설 줄 알아."

나는 잠시 주작을 향한 명령을 멈추었다. 세민이 잘 조종해 주리라 믿었다. 젖은 날갯짓을 하던 세민은 새를 하늘로 띄웠다. 그리고 다른 발로 발톱에 박힌 혼돈을 튕겨내면서 부리에 기를 모았다. 땅에 나뒹군 혼돈은 몸이 뒤집혀 벌레처럼 다리를 버둥댔다. 밟기만 해도 속이 퍽 터지는 부류였다.

주작의 머리는 혼돈 떼를 향해 거칠게 광선포를 발사하며 비 내리는 광경을 빛으로 난도질했다. 돌격하는 붉은 기에 맞은 혼돈이 갈라지며 터졌다. 얼른 내 기를 더하자, 광선포는 분홍색 빛줄기로 변했다. 우리는 헐떡거리며 마지막 기를 내뿜고는 연기가 피어오르는 혼돈의 잔해 위로 떨어졌다. 주작의 날개는 주저앉은 채 빛을 잃어 갔다.

"저 혼돈은 계급이 어떻게 돼? 시야가 어지러워서 가늠이 안 돼."

나는 숨을 몰아쉬며 물었다.

"백작급이야. 그중에서도 좀 낮은 급인 것 같은데?"

그의 말을 들으니 우리가 현재 타고 있는 크리살리스의 크기가 실감 났다. 백작급 혼돈은 10미터에서 15미터 정도로, 건물 삼사 층 크기지만 우리의 눈에는 길고양이만 해 보였다.

하지만 내 머리에 총구를 댄 병사들과 함께 조종석에 앉아 있는 한, 이런 힘은 아무런 의미가 없다. 우리가 혼돈에게서 벗어나자 우리와 함께 죽을까 봐 긴장했던 병사들이 안심하는 게 느껴졌다. 그들이 마음을 추스르고 자세를 고쳐 앉는 동안, 나는 아무 짓도 하지 않기 위해 모든 자제력을 끌어모아야 했다.

세민은 다시 주작을 일으켜 세워, 진흙투성이 평원을 계속 밟으며 나아갔다. 다시금 밀려오는 색색의 혼돈 떼에 다가가는 동안에도 거센 비가 휘몰아쳤다. 주작은 전보다 더 허우적댔다.

"앞으로는 기 공격을 하면 안 돼."

불안이 곰팡이처럼 번졌다. 세민은 걱정스럽다는 듯 말했다.

"정말 큰일인데. 이제 공격이 거의 불가능해. 주작은 무력으로 육탄전을 벌이는 병기가 아니잖아. 혼돈과 가까이 붙을수록 불리해진다고."

"그럼 지금보다 진화된 형태로 변신하자. 내가 금기를 발산하면 광선포를 좀 더 만들어볼 수 있잖아. 저번에 우리 그거 어떻게 했었어?"

"몰라. 한 번도 의식적으로 변신해 본 적이 없어."

"그래. 넌 화기밖에 쓸 줄 모르니까."

기 금속은 같은 형질의 기만으로는 변형될 수 없다. 혼돈이 변신할 수 없는 이유이기도 하다. 혼돈은 단일한 기만을 지니기 때문이다. 세민과 같은 조종사들은 그들의 신체에 두 번째로 많은 기를 사용하는 방법을 익혀야 한다. 그의 두 번째 기는 토기였다.

"전투 중에 이토록 정신이 맑다니 기적이야."

세민은 영혼체의 손을 맞잡으며 덧붙였다.

"그런데 이게 좋은 건지 나쁜 건지 모르겠어."

다음번 혼돈 떼가 가까워졌다. 우리는 전진하면서 놈들에게 얼마 남지 않은 광선포를 쏠 수밖에 없었다. 나는 최선을 다해 세민의 움직임을 따라갔다. 정신으로 한 몸을 제어하기 위해서는 아주 섬세한 기술이 필요하다. 여기서는 자존심 따위 부려서는 안 된다. 나는 경험이 적은 조종사니까.

저 멀리 주요 격전지의 상황이 보였다. 크리살리스들과 혼돈들이 서로 엎치락뒤치락 싸우고 있었다. 천둥이 울리는 가운데 찬란한 기 줄기가 빗줄기 사이로 타올랐다.

어느 것이 혼돈이고 어느 것이 크리살리스인지 분간할 수 없었다. 특이한 모양이 아닌 크리살리스는 더더욱 구별하기 힘들었다. 나는 군대가 어떻게 대중들에게 들키지 않고 조종사를 공물로 바칠 수 있는지 깨달았다. 이 대혼란 속에서라면 무엇이라도, 심지어 같은 편이라도 쉽게 죽일 수 있었다.

"조종할 때는 보통 어떤 느낌이야?"

세민에게 묻자 그는 눈을 질끈 감았다.

"통제 불능의 느낌이야. 혼돈을 전부 죽여야겠다는 생각 말고는 아무것도 남은 게 없는……. 심지어 전략가들도 나와 스피커로 대화하지 않을 때가 많아. 내가 듣지 않는다는 걸 알거든."

"그럼 지금 그 상태가 되도록 기를 방출할 수 있겠어? 난 입 다물고 있을게."

"안 돼. 소용없어. 네 정신이 옆에 있잖아. 너무 시끄러워. 말을 안 해도 시끄럽다고."

나는 자포자기한 심정으로 소리쳤다.

"알았어. 그럼 둘이서 잘해 보자고!"

이윽고 번개가 번쩍인 순간, 나는 전쟁터에서 뒤엉킨 크리살리스들을 보고 그만 얼어붙었다.

저들 중에 무두전사가 있어.

"안 돼. 안 돼. 안 돼. 안 돼."

나는 음양의 영역에서 머리를 움켜쥐었다.

"왜 그래?"

세민이 내 어깨를 잡았다.

숨을 쉴 필요가 없는 곳인데도 나는 과호흡을 하고 있었다. 바깥에서는 천둥소리가 울렸다. 내 하반신을 짓누르는 형천의 무게와 목을 움켜쥔 손의 힘이 머릿속을 파고들었다.

그가 이 전투에서 어떻게든 우리를 죽일 방법을 찾을 거야. 그래서 혼돈에게 우리를 공물로 내어주는 동시에 양광의 복수를 하는 거지. 우리는 살아남을 가망이 없어.

그렇다면 명령에 따라야 할 이유가 뭐야?

나를 가두고 있던 속박이 끊어졌다. 나는 음양의 영역에서 무릎을 벌떡 세우고 일어났다. 그리고 세민을 바닥에 눕히고 그의 몸 위에 올라탔다. 나의 손이 지난번처럼 그의 목을 그러쥐었다. 세민 또한 나의 목을 향해 손을 뻗었지만, 도중에 멈추었다.

"나와 싸우려고? 우리 둘 다 의미 없이 죽게 될 거야."

"날 놓아줘. 의미 있는 죽음으로 이끌어줄게."

세민이 놀란 눈으로 나를 바라보았다. 그러더니 그저 눈을 감았다.

나는 모든 기력을 쏟아부어 주작에게 전했다. 세민의 정신은 잠시 저항하는 듯했지만, 이내 잠잠해졌다.

주작을 향해 돌진하는 귀족급 혼돈의 공격을 받은 나는 일부러 넘어졌다. 그 충격에 앉아 있던 병사들이 조종실 바닥을 굴러다녔다. 나는 조종석을 이루는 기 금속을 조작해 병사들을 감싼 다음 쥐새끼를 처리하듯 빗물 배출구 바깥으로 내보냈다.

추락해서 죽거나 깔려서 죽겠지, 뭐.

무슨 상관이겠어.

나는 무두전사에게 온 정신을 집중했다. 그리고 전투의 아수라장을 뚫고 성큼성큼 걸었다. 가슴 부분에서 빛나는 눈과 배에 난 입을 향해서. 사나운 폭풍우가 사방에 휘몰아치는 바람에 아무도 나의 의도를 알아차리지 못했다. 나는 주작의 날개로 형천을 후려쳐 넘어뜨렸다. 쉬운 일이었다. 무두전사의 크기는 주작의 반밖에 되지 않았으니까. 그럼에도 불구하고 무두전사는 엄청난 충격을 일으키며 넘어졌다. 전략가들이 스피커에 고함을 치는 가운데, 나는 주작의 한쪽 발을 들었다.

주작의 발톱이 조종석을 향하던 순간, 섬뜩한 생각이 들었다. 내가 부수려는 건 형천이 아니었다. 무두전사였다. 당연히 무고한 첩 조종사도 형천의 품에 갇혀 조종석에 함께 있을 터였다.

그녀를 죽이지 않고선 형천을 죽일 수 없었다.

내가 잠시 망설이는 틈을 타 무두전사가 다시 땅을 딛고 일어섰다. 그는 커다란 손으로 주작의 발목을 잡았다. 나는 그를 발로 차 떨쳐 냈다. 생각이 빠르게 흐르고 뒤엉키다 하나의 떨리는 점으로 수렴했다. 크나큰 좌절감에 나의 주작은 하늘을 향해 비명을 질렀다.

세민은 무언가 깨달은 듯 몸을 일으켜 앉았다. 그리고 내 영혼체가 물러서도록 부드럽게 밀었다. 나의 손이 그의 목덜미에서 스르르 풀려났다.

"널 죽이려 했던 게 저놈이야?"

"그래. 저놈이야."

곧바로 그의 눈과 경혈에서 이글거리는 주홍빛이 일었다.

주작은 다시 무두전사에게 달려들었다.

"잠깐만!"

막으려 했지만 세민의 분노는 압도적이었다. 마치 그의 정신세계에서 봤던 비명을 지르는 새들에게 다시 습격당하는 느낌이었다.

세민은 나를 두 팔로 껴안고 자신의 품에 으스러지도록 안았다. 이 가상의 세계에서도 그가 뿜는 열기는 대단했다. 가슴이 두근거렸다. 아주 잠깐, 나는 세민에게 모든 걸 내어주고 원하는 대로 하도록 내버려 둘까 생각했다.

하지만…….

그럴 순 없어.

"그만!"

나는 숨을 헐떡이며 소리쳤다.

세민은 주작을 띄운 다음 높이 타오르는 불꽃 같은 날개를 펼쳤다. 그리고 무두전사를 향해 발톱을 세웠다.

나는 그를 흔들면서 더 크게 비명을 질렀다.

"그만하라고! 또 여자애를 죽일 셈이야?!"

주작은 날개를 멈칫하며 흔들리더니 무두전사 위로 주저앉았다. 무두전사의 조종석은 주작의 발톱에 찢기긴 했지만 완전히 꿰뚫리지는 않았다.

세민의 일렁이는 분노는 이러지도 저러지도 못한 채 좌절하고 말았다. 그의 좌절감은 나의 것과 비슷했지만, 나에게는 없는 깊은 슬픔이 깃들어 있었다. 수증기를 빼내지 못하고 펄펄 끓기만 하는 물 같은 압력이 주작의 표면에 서서히 차올랐다. 익숙한 느낌이었다.

주작의 몸이 변하기 시작했다. 새로운 형체가 돋아나기 시작했다. 나는 그 뭉툭하고 병든 듯한 형체를 감지할 수 있었다. 완성되지 못한 3단계 악당형 변신이었다.

좋다.

형천을 죽일 순 없어도 고통을 줄 순 있으니. 내가 어떻게 그를 단단히 *이용하는지*, 똑똑히 보라고.

나는 변형된 한쪽 발톱으로 무두전사의 하반신을 감싸고 다른 발톱으로 그의 다리를 쥐었다. 그리고 온 힘을 다해 당겼다.

다리가 몸에서 떨어지기 시작했다. 갈라지는 곳마다 형천의 빛나는 기가 뿜어져 나왔다. 내가 그의 기를 조금씩 주작에게 전달하자,

빨간 금속 깃털 아래로 노란빛이 넘실거렸다. 무두전사의 배에 달린 입에서 형천의 비명이 들려왔다.

사마의는 크리살리스 안에서 당할 수 있는 끔찍한 손상에 대해 이야기해 준 적이 있다. 내가 지금 무두전사의 다리를 떼어내면, 형천 역시 다리가 찢어지는 고통을 느끼리라는 것을 알고 있는 이유다.

형천을 구하기 위해 다른 크리살리스가 도착했지만, 나는 날개로 그를 멀리 쳐내고는 무두전사의 다른 쪽 다리로 향했다. 고통에 찬 형천의 비명이 점점 높아지다가, 잠시 후 몇 번 쿨럭대는 소리와 함께 사라졌다. 그의 기가 희미해지기 시작했다. 가슴께에 달린 무두전사의 눈빛은 흐렸다.

나는 무두전사의 다리를 무심히 그것의 얼굴에 던졌다.

다시는 이 크리살리스를 사용할 수 없을 것이다. 평민급 혼돈은 무두전사의 거짓 죽음을 보고 잠시 진정된 듯하더니 서둘러 허둥지둥 다른 크리살리스를 쫓아갔다.

세민은 여전히 정신 연결 상태를 유지하고 있었지만, 그의 팔은 패배한 듯 축 늘어진 상태였다. 내가 지금부터 할 일에 세민은 아무런 반기도 들지 않을 것임을 알 수 있었다.

나는 주작을 돌려 날개를 펄럭였다. 형천의 기를 태워서 하늘을 날았다. 이렇게 남의 기를 쓰는 것은 효율이 매우 떨어지는 최후의 수단이다. 주작의 몸으로 형천의 기를 쓰는 일은 낯설고 생명력 없는 액체를 억지로 밀어내는 기분이었지만, 어쨌든 기본적인 비행 동작을 유지할 수는 있었다. 몇몇 크리살리스들이 우리를 쫓아왔지만, 그

중 아무도 날지는 못했다. 비행은 대단히 높은 기력을 필요로 하기 때문이었다. 우리는 그들을 따돌렸다.

만리장성이 저 앞에 어른거렸다. 나는 개황 망루 쪽으로 방향을 틀었다. 당황한 전략가들의 고함이 들렸지만, 지난번처럼 스피커를 떼어내진 않았다.

저들이 겁에 질려 내는 소리가 무척 듣기 좋았다.

나는 주작을 하늘 높이 호를 그리며 날도록 조종했다. 그리고 망루로 부리를 겨누며 급강하했다. 저 안에 있는 사람들은 날 이 꼴로 만들었거나 날 도와주기를 거부한 이들이다. 내가 사라지기를 간절히 바라던 자들이니, 난 사라질 것이다.

하지만 갈 때 가더라도, 나만 가진 않을 것이다. 모두 데려가야지.

나는 새의 날개를 옆으로 접었다. 가속도가 붙었다.

"측천아! 세민아!"

그 목소리에 내 속의 모든 것이 비명을 지르며 우뚝 멈춰버렸다. 이치. 나는 주작의 날개를 퍼덕여 앞으로 나아가려는 힘을 저지했다. 굉음과 함께 시작된 돌풍 이후 급작스러운 정적이 흘렀다. 빗방울이 주작의 몸체를 때려댔다. 조종실에 빗소리가 울려 퍼졌다.

"진정해. 부탁이야. 제발 진정해."

이치의 목소리가 스피커에서 흘러나왔다.

죄책감이 온몸을 덮쳐왔다. 이치가 망루에 있으리라고는 생각지도 못했는데.

"기를 받으러 온 거지? 잠깐만 기다려줘."

최대한 부드럽게 주작을 내려 앉혔지만 망루의 창문 몇 개를 부수고 말았다. 눈앞에는 만리장성이 펼쳐져 있었다. 그 뒤에 선 훈련소 건물들은 장난감 모형처럼 작게만 보였다.

곧이어 망루 뒤편 엘리베이터의 문이 열리고 장벽과 연결되는 짧은 다리 위로 빛이 비쳐 들었다. 자그마한 그림자가 급한 걸음으로 다리를 건넜다. 다른 사람일 리 없는 그 모습. 이치였다.

지금 우리를 마주할 만큼 용감한 단 한 사람.

나는 고개를 돌렸다. 이토록 괴상한 주작의 모습을 이치에게 보여준다고 생각하니 문득 참을 수가 없었다.

"측천아!"

만리장성 꼭대기에 선 이치가 내리치는 폭풍우를 뚫고 소리쳤다. 너무나 희미하고, 작고, 인간적인 목소리였다.

내가 이치에게 정신을 뺏긴 동안, 세민이 주작으로 돌아왔다. 시야에서 이치의 모습이 갑자기 확대되자 나는 깜짝 놀라고 말았다. 이런 기능이 있었다니.

이치의 반묶음 머리는 비에 젖어 창백한 목덜미에 찰싹 달라붙었다. 비 맞은 청회색 예복은 먹물처럼 새카맣게 보였다. 그 모습에 가슴이 아렸다. 나는 주작의 날개를 이치 위로 펼쳤다. 그 행동이 이치를 비바람에서 완전히 보호하진 못했지만, 세민이 내게 해주었던 것처럼 나도 이치를 따뜻하게 해주고 싶었다. 하지만 내가 지닌 금기는 차갑기만 했다.

설상가상으로 주작의 기는 바닥을 보이고 있었다. 나는 얼마 남지 않은 기로 간신히 조종을 이어갔다.

"내 기를 가져가!"

이치가 한 손을 번쩍 들더니 우리에게 다가왔다.

세민과 나는 동시에 이치에게 몸을 굽혔다. 이치의 손바닥이 주작의 부리에 닿았다. 밤하늘의 한 점 별빛처럼, 작고 빛나는 접촉이었다.

"넌 나의 북극성이야. 네가 이끄는 곳이라면 어디든 갈 거야."

기억 속에서 이치의 목소리가 떠올랐다.

주작이 날개를 부르르 떨었다.

아니, 이치. 네가 나의 북극성이야. 알고 있니?

그때였다. 한 줄기 거센 바람이 불듯, 이치의 수업 노트에서 봤던 도표가 퍼뜩 기억났다. 전신에 걸쳐 자세하게 표시된 경혈의 선, 손의 부분마다 빽빽이 표시된 침 자리들이었다.

나는 금기의 정밀함을 발휘하여, 이치의 손에 있는 작은 침 자리에 집중한 다음 즉석에서 기 금속으로 침을 만들어 부드럽게 그 자리를 찔렀다.

이치의 눈에 노란 광채가 일었다. 폭풍우 치는 어둠 속에서도 선명한 빛이었다. 그의 경혈이 피부를 가로지르는 금맥처럼 반짝이며 켜졌다.

이윽고 기가 주작으로 흘러들었다. 이치의 기는 노란색 토기를 바탕으로, 초록색 목기가 뜨거운 전기로 그은 듯 균일한 줄무늬를 이루고 있었다. 형천에게서 훔친 무심한 기와는 달리 생동감이 넘쳤다.

마음을 진정시키는 힘이 주작의 전신으로 뻗어갔다.

이치가 우리와 함께 있어. 그의 기가, 혼이 함께하고 있어.

하늘에서 내려온 빗줄기들이 음양의 영역에 있던 나와 세민의 둘레를 색색의 안개처럼 휘감았다. 우리의 몸이 빗줄기의 힘을 받아 일어섰다. 우리는 서로 마주 보았다. 금빛 기의 소용돌이가 우리의 팔을 감싸며 서로의 손으로 이끌었다. 이윽고 그것은 맞닿은 손끝으로 세민과 나의 심장 박동에 섞여들었다. 두 심장이 느리게 박자를 맞추었다. 하얀 나비가 세민의 손마디에서 돋아 나왔다. 날개에 검은 점이 있는 작은 나비였다. 검은 바탕에 하얀 점이 있는 나비가 내 몸에서 돋아났다. 어떻게 해서 이런 나비가 피어난 건지는 알 수 없었다. 세민이었을까, 나였을까. 아니면 주작에게 내재된 본질적인 특성 때문이었을까. 아니, 그건 중요하지 않을지도 모른다.

나는 그저 그것을 믿었다. 이치의 기를 믿듯이. 바깥에서는 이치가 주작의 부리에 이마를 대고 있었다. 심장 박동이 점점 느려졌다. 그럴수록 나비는 쉴 새 없이 나와 세민에게서 돋아 나와 펄럭였다.

곧이어 우리 둘의 영혼이 검고 하얀 파편으로 산산이 조각나더니 서로에게 밀려들었다. 우리의 정신은 전에 없던 모습으로 솟아올랐다. 더 이상의 갈라섬은 없었다. 음양의 영역은 이제 존재하지 않았다.

우리는 온전한 주작이 되어, 한마음으로 명령을 내렸다. 주작의 형태가 인간형에 가깝게 변하기 시작했다. 발을 뻗어 다리를 늘리고, 팔이 날개에서 분리되었다. 날개는 더욱 넓고 거대해졌다. 몸통이 길어지고 탄탄해지며 인간형 얼굴에서 새 가면을 쓴 듯 머리 모양이 변했다. 변신한 주작의 모습은 우리가 기 아머를 입은 것과 비슷했다. 하얀 금기와 노란 토기가 주작의 불타는 빨간색 위에 강조점처럼 찍혔다.

이치의 젖은 머리카락과 예복이 휘날렸다. 하지만 번개에 비친 그의 미소는 더없이 밝았다.

우리는 이치를 한 손으로 감싸들었다. 그는 웃으면서 주작의 부리에 엉거주춤 몸을 기댔다. 우리는 이치의 손바닥 주위로 기 금속을 구부려서 임시 건틀릿을 만들어주었다. 이러면 우리처럼 주작에 연결은 되면서도 자유로운 이동이 가능했다. 주작의 눈 뒤편에 위치한 조종실의 문을 열자, 이치가 들어왔다.

"이치……."

나의 의식이 유한한 현실의 몸으로 급히 돌아왔다. 무어라 말한 것 같았지만, 어쩌면 머릿속에 떠올린 것뿐인지도 모르겠다. 조종실을 수놓은 빨강과 하양, 노랑의 물결 가운데 이치가 다가오는 것이 보였다. 꿈만 같았다.

"측천아."

이치는 두 손으로 내 얼굴을 감쌌다. 나의 경혈에서 나오는 흰빛이 조명처럼 그를 비추었다.

"내가 왔어. 네 충상의 치료법을 찾아볼게. 그러니 넌 가서 싸워."

"응……."

고통이 닥쳐오기 전 나의 의식은 주작에게 되돌아갔다. 세민과 나

339

는 주작을 일으켰다. 넓고 긴 금속 망토 자락이 우리의 다리를 둘러
쌌다. 만리장성은 우리의 가슴께까지밖에 오지 않았다.

주작의 뒤에는 크리살리스들이 반원형 대열을 이루어 서 있었다.
다들 어찌해야 할지 모르는 듯 보였다.

"혼돈을 죽이러 가자!"

우리는 이렇게 소리 지르며 그들을 뚫고 돌진했다. 우리에게 의문
따위 품을 겨를을 주지 않았다.

나가는 동안 우리는 가슴판을 손으로 눌러 사용할 무기를 찾았다.
기 금속을 뒤지던 손가락이 손잡이를 하나 잡아 뽑아냈다.

불꽃이 번쩍이고 금속이 긁히는 소리가 나더니, 기다란 활이 모양
을 형성하며 뽑아져 나왔다.

우리는 공중으로 뛰어올랐다. 날개에 부딪친 비바람이 더욱 크게
흐느껴 울었다. 주요 전투지에 다다르자마자 우리는 활시위를 당겼
다. 농축된 기 화살이 빛을 발하며 활시위에 떠올랐다. 우리는 전쟁
터에서 가장 커다란 혼돈을 겨냥한 다음 활을 쏘았다. 깨끗하고 날
카롭게 꽂힌 화살은 혼돈의 불꽃을 잠재웠다. 혼돈의 껍데기는 주저
앉았다. 상한 데 없이 온전하게 주저앉은 껍데기는 인양해서 재활용
할 가능성이 충분했다.

이 정도 크기의 껍데기를 인양할 수 있다면 우리가 어떤 행동을
했든 군대는 절대 우리를 거부하지 못할 것이다.

우리는 거대한 활로 귀족급 혼돈들을 쓰러뜨렸다. 경악에 찬 다른
크리살리스들이 우리가 떠 있는 하늘을 올려다보았지만 싸움을 멈

추지는 않았다. 목형이나 화형 혼돈이 우리 쪽으로 광선포를 쏘려 할 때마다 누군가가 조용히 그들을 처리했다.

마지막 귀족급 혼돈을 쓰러뜨렸을 때, 혼돈의 몸체가 안개처럼 뒤덮인 전쟁터 너머로 평화가 내려앉았다. 나는 제갈량과 사마의가 우리에게서 발견했다는 잠재력이 무엇인지 확신했다.

내가 말했죠, 사마의 전략가. 삼각형은 가장 강력한 형태라고요.

카메라 드론을 통해 보고 있을 사마의에게, 나는 이렇게 말하고 싶었다.

하지만 주작의 턱을 움직일 수가 없었다.

아무것도 움직일 수가 없었다.

정신이 흔들리고 흐릿해졌다. 난 고통을 싫어하지만, 고통이 중요하다는 것도 알고 있다. 고통은 무언가 잘못되었다는 걸 알려주는 신호다.

하지만 지금은 아니었다. 뭔가 이상했지만, 나는 그저 하얀 금기가 주작의 몸에서 빠져나가는 걸 멍하니 보고만 있었다.

여러 사람의 목소리가 내 이름을 불렀다. 나는 마치 물결에 실려 어둠 속으로 떠내려가는 것 같았다.

분명 그것은 평화였다.

추웠다.

너무나도.

※ 다음 권에서 계속

341

아이언 위도우

죽음을 삼킨 여자 1

1판 1쇄 인쇄 2023년 3월 15일
1판 1쇄 발행 2023년 3월 22일

지은이 쟈오 재이 시란
옮긴이 심연희

펴낸이 김영곤
융합1본부장 문영 **책임편집** 이신지 **융합1팀** 정유나 오경은 이해인
디자인 박숙희 임민지 **교정교열** 임지은
아동마케팅영업본부장 변유경
아동마케팅1팀 김영남 황혜선 이규림 황성진
아동마케팅2팀 임동렬 이해림 안정현 최윤아
아동영업팀 한충희 오은희 강경남 김규희
해외기획실 최연순 이윤경 **제작팀** 이영민 권경민

펴낸곳 (주)북이십일 아르테
출판등록 2000년 5월 6일 제406-2003-061호
주소 (10881) 경기도 파주시 회동길 201(문발동)
대표전화 031-955-2100 **팩스** 031-955-2151
홈페이지 www.book21.com

ⓒ 쟈오 재이 시란, 2021

아르테는 (주)북이십일의 문학 브랜드 입니다.

ISBN 978-89-509-8820-3 (04840)
ISBN 978-89-509-6531-0 (04840) (세트)

옮긴이 **심연희**

연세대학교와 동 대학원에서 영문학을 공부하고, 독일 뮌헨 대학교 LMU에서 언어학과 미국학을 공부했다. 현재 영어와 독일어 전문 번역가로 활동 중이며 다수의 저서를 옮겼다. 그중 대표작으로는《아웃랜더》,《미드나잇 선》,《레슨 인 더 캐미스트리》시리즈 등이 있다.